格非 作品

小说的十字路口

格非 著

图书在版编目(CIP)数据

小说的十字路口/格非著.—杭州：浙江文艺出版社，2023.3
ISBN 978-7-5339-7175-5

Ⅰ.①小… Ⅱ.①格… Ⅲ.①散文集-中国-当代 Ⅳ.①I267

中国国家版本馆CIP数据核字(2023)第036472号

策划统筹	曹元勇
责任编辑	汤明明
助理编辑	黄煜尔
责任印制	吴春娟
装帧设计	汐和 at compus studio
营销编辑	耿德加　胡凤凡
数字编辑	姜梦冉　诸婧琦

小说的十字路口

格非　著

出版发行	浙江文艺出版社
地　址	杭州市体育场路347号
邮　编	310006
电　话	0571-85176953(总编办)
	0571-85152727(市场部)
印　刷	上海盛通时代印刷有限公司
开　本	889毫米×1240毫米　1/32
字　数	180千字
印　张	9.375
插　页	4
版　次	2023年3月第1版
印　次	2023年3月第1次印刷
书　号	ISBN 978-7-5339-7175-5
定　价	59.00元(精装)

版权所有　侵权必究

目 录

第一辑　小说的十字路口

- 003　写作的恩惠
- 006　作家的局限和自由
- 011　小说和记忆
- 020　长篇小说的文体和结构
- 025　故事的内核和走向
- 041　时代与经典
- 045　常例与例外
- 048　小说的十字路口
- 059　故事的消亡
- 064　发展主义观念与文学

第二辑　十年一日

071　十年一日
088　1999：小说叙事掠影
099　雷蒙德·卡佛
102　加西亚·马尔克斯：回归种子的道路
115　列夫·托尔斯泰与《安娜·卡列尼娜》
133　陀思妥耶夫斯基与复调
147　《包法利夫人》与福楼拜
165　《城堡》的叙事分析
195　鲁迅和卡夫卡
209　存在与想象
221　《红楼梦》的真妄观

第三辑　塞壬的歌声

231　塞壬的歌声
235　阳光的时间
240　寂灭
243　音乐与记忆
248　我与音乐
252　似曾相识的精灵
259　寒冷和疼痛的缓解
266　词语
270　另一种形式
274　博尔赫斯的面孔

第一辑
小说的十字路口

写作的恩惠

写作这项职业带给我的种种好处,是其他的工作(诸如工程师、机关职员、新闻记者)所无法替代的。我是一个喜欢独处的人,不喜欢共谋和合作,喜欢冥想而倦于人事交往,写作至今还算是一门职业或手艺,它尚能给我提供低限的经济保障,使我于无所事事之中并不感到太大的恐慌和惭愧。

在日常生活之中,我时常能感到自己的生活和思想方式与其他人很不一致。我不知道是周围的世界出了问题,还是自己本身出了问题。在这样一种情形之下,写作就非常慷慨而及时地对我的种种不切实际的行为和思想予以了肯定。换句话来说,它给我的幻想、行为以至梦想赋予了某种形式,它很快使我安下心来,并感到了一定的自由。

当然,写作使我加深了对世界或存在本身的了解,只有在写作中,世界混乱不堪的图景才会暂时变得清晰起来,我开始为我所看到、感知到或记忆中的事物命名,并安排好它们的程序,它确实有些类似于游戏。正如卡尔维诺所说,写作有些类似于在一片密林中开辟道路,它使我们能够感到事物的神秘,它的韵律和节奏、它的呼吸、它不安的悸动;通过写作,我理解并能想象存在的奥秘和浩瀚,它几乎无法被人们的感官和思想所穷尽。我相信,所有的伟大作品都是在试图将读者带入一个未知的陌生世界。

写作给予我的另一个恩惠是,它能使人的感觉的触须保持敏锐而锋利的状态,它是真正的作品得以出现的首要条件。唯有敏锐能通向智慧之路,唯有智慧能够通向真诚,真诚或真实使我们能够发现一些快乐,我希望这种快乐有一个相对稳定的基石,耐久而经得起推敲。

说到快乐,我联想起很多朋友曾不时向我抱怨他们的职业,他们说:"我为某种职业做出了巨大的牺牲"(比如,"我为了弄清楚一些词语的意义耗白了头发"),"而职业本身又给我带来了什么呢?"他们无非是在询问,他们的牺牲是否值得?我认为,只要你在这项事业中发现一些真正的乐趣,牺牲永远是值得的。

我坦率地承认,写作常常能够给我带来一些我所渴望的快乐。每当我写完一部较长篇幅的作品,走在阳光下,在慵懒的倦意中常能感到一种隐抑的激动,我常常想起庄子"朝菌不知晦朔"这句话来,它也总是在提醒我,与日常的享乐应当保持怎样的距离。

最后,我想说,自从我开始写作的那一天起,我就没有过浪费光阴,虚度生命一类的恐惧和苦恼。我的冥想、闲暇、游历和娱乐无一不和工作相连。对于一个作家来说,并非只有不倦的工作才合乎道德,闲暇和静默无时不在给作品孕育养料。我每天十时起床(上午有课除外),然后写作至下午四点,晚上的时间用来阅读和闲聊。我觉得这样安排一天的时间是天经地义的。

当然,我这样说并非对写作中的苦恼故意视而不见,它同样具体而真实,不过,又属于另外一个话题了。

我想,除了写作之外,对我来说,还有一个诱人的职业,那就是在大学任教。现在,我同时兼有这两项职业,不仅心满意足,而且简直有些喜出望外。

1994 年 3 月 9 日于上海

作家的局限和自由

沟通,作为这次会议的主要议题之一,恰好可以解释我从事写作的潜在动机。"沟通"这一概念的复杂性质,不仅仅取决于主体的愿望和欲求,同时也与对象物的浩瀚和暧昧不明有关。在古印度,语言被视为人类存在的菁华,作家则是运用语言创造奇迹的人。写作活动从一开始就具有某种神秘性。从埃及金字塔中出土的《亡灵书》,比较清晰地说明了那个时代作家或诗人所扮演的基本角色。诗篇的稿本之所以在殉葬品中占有如此重要的地位,那是由于亡灵们有理由相信,语言文字符咒般的力量能够帮助他们与神灵相通。这一事例所提供的反证之一,就是作家或诗人与通常意义上的社会生活的关系并不像我们想象的那样紧密。在古埃及,只有当人死后,灵魂开始旅行的时候,诗人作为灵魂向导的地位才得以确立。

在中国的古典诗词中,诗人们似乎并不热衷于描述一般的社会生活,经常出现于他们笔下的是花草、流水、星辰一类的事物。古典小说里的志怪故事历来占据着重要的地位,就连《红楼梦》这样一部复杂的作品,时至今日仍然盛行着这样一种解释：从作家较为深奥的意图来看，它更像是对《周易》所作的一次注释或说明。

到了二十世纪，当每一个个体的声音变得强大而不容忽视，沟通或交流的途径在日常生活中无限伸展的时候，作家与社会生活之间的关系也发生了重要的变化。瓦尔特·本雅明称波德莱尔一类的作家为"拾垃圾者"，而罗兰·巴特则从哲学上宣布了作家主体地位的丧失。一方面是日常公众交流的虚假活跃，另一方面是真正意义上的"幽闭症"的开端，两者都是沟通受阻的明显信号。

对我来说，具有讽刺意味的是，交流或沟通是作为一种负担或障碍出现的。当我企图与外界沟通，建立联系的时候，我想我所能做的首先是逃避，它使我的注意力转移到一些静态的或无生命的事物上去。成为一个作家的梦想不时受到了如下一些情形的怂恿和鼓励：写作意味着个人的独立工作，它是不用与人合作而生存的合法手段。可当我意识到这样一种构想也许只是个人对外界生活表示的恐惧和怯懦时，焦虑跟着就来了。通常，交流，置身于生活之中的愿望越是旺盛，自我封闭的意图也越是强烈。反过来说也是一样。我一度相信，这一困境仅仅是我的天性造成的，它是无数个生存者中的一个糟糕的特例。

对于我们这一代人来说，鲁迅的作品从中学时代就构成了我们成长的主要经验。当然，这种经验在开始时所带给我们的往往是强迫性的误会。后来，我读到了他的《野草》，一种全新的感受给了我最初的慰藉。这个在我的印象中热衷于社会生活的思想家和活动家,到了中年被一种不可思议的虚无感缠住了。他甚至对母亲和妻子的存在也表示了某种程度的不耐烦。我当时的感受是,他打算从虚无的矿砂中提取有价值的钻石。《野草》与其说是一个可供阅读的文本,还不如说是作家个人内心冲突的粗略记录。不管他采用了怎样的文体,对一个作家而言,它始终是最好的记录。在鲁迅的中年,外在世界的一切可能性成为一种局限和障碍的时候,他的写作向我们呈现了另一种意义。唯一的现实就是内心的现实,唯一的真实,就是灵魂感知的真实。我开始朦朦胧胧地意识到,一扇大门的关闭,同时也意味着另一扇窗户的开启。障碍,不仅给写作活动提供了必要的强度,而且它本身就是重要的资源。

在陀思妥耶夫斯基那里,外部社会力量所强加给他的限制,一度表现为监狱的高墙。墙壁和牢房阻隔了他与外部世界的联系,同时也在铁丝网的上方标出了自由的界线。陀思妥耶夫斯基后来回忆说,对于一个久处牢狱的囚徒来说,自由就是铁丝网上端那方晦暗的天空。它不仅确切存在着,而且几乎伸手可触。而当他出狱之后,随着铁丝网的消失,自由似乎也已无影无踪,而他的狱外生活则随处飘荡着一股监狱的气味。这一重要的发现无疑对他日后的写作构成了深远的影响。

卡夫卡也许是一个相反的例子。从某种意义上说,他具有使一切局限性转化为写作资源的无与伦比的能力。他所关注的概念只有一个,那就是"障碍"。而在卡夫卡的笔下,这种障碍同时具有喜剧和宿命的色彩。

当一只老鼠误入一条狭长的甬道,它只能面对两种选择:要么被捕鼠器夹住,要么扑入一只猫的怀抱。而土地测量员 K 试图接近城堡的努力从另一个方面向我们揭示出,K 的唯一动机只不过是对自身存在的合法性和必要性作出某种说明。这也是卡夫卡自己所要寻找的说明。正因为 K 和卡夫卡还有一线希望,这种循环往复的自我折磨才遥遥无期。卡夫卡在二十世纪文学中所扮演的"圣徒"角色可能掩盖了这样一个显而易见的事实:卡夫卡并不是因为要拯救人类才开始写作的。他所关注的始终是他个人的局限。交流的不可逾越的障碍也许正是他从事写作的基本动力。

早在 1945 年,瑞典导演英玛·伯格曼在拍摄他的第一部电影时,就区分了两种现实。其一是物理上的现实,这是他竭力逃避和拒绝的。另外一种是心灵的现实,它形成伯格曼一生创作的焦点。他的很多批评者认为,伯格曼的主题是重复的,对白是枯燥乏味的,场景缺乏变化,他似乎打算使现代电影倒退到古老的戏剧表演的时代。而对伯格曼本人而言,电影技术上种种革命性变化只不过是无用的奢侈品,对于表现"呼唤与耳语"这个主题来说,仅有两个场景就足够了:病榻是病人叫喊的场所,而客厅里灰暗的灯光则适合耳语。伯格曼影片里的主人公和他本人一样,心灵、思维和行动都受到了令人窒息的局限。和二十世纪的大部分艺术家所做的工作极为相似，英玛·伯格曼表现出了将个人的困境、个人与现实之间日趋紧张的关系转变为艺术资源和题材的能力，他的努力也为二十世纪的电影挽回了尊严。

但愿我的发言不要给诸位留下逃避现实和自我束缚的印象。面对真实生活的勇气恰恰是一个作家所应具备的基本素质。当一个作家通过他的作品寻求与外部世界交流的时候，他的感觉是敞开的；当伯格曼声称远离物理现实的时候，当福克纳对公众生活表示厌烦和蔑视的时候，甚至，当博尔赫斯将晚年的失明视为一种恩惠的时候，他们的感觉和心灵也始终是敞开着的。每一个作家都有着自己的生活，自己的内心世界，自己观察和记录世界的方式，而现实生活中的一切信息也只能通过他的内心而产生意义。

普鲁斯特曾经说，写作只不过是将生活中的精华转变为文学的一项工作。假如一个作家由于担心自己的作品为另外民族的作品误解，而在写作之初就去考虑翻译的可能，这是完全没有必要的。因为真正伟大的作品永远不是调查报告，而只能是心灵的直接现实。它应当经得起任何翻译和误解的考验。

1996 年 6 月 22 日于北京

小说和记忆

一

我在着手写《追忆乌攸先生》这篇小说时,第一次意识到了生命、记忆以及写作所构成的那种神秘的关系。当时是在一辆拥挤而嘈杂的火车上,车厢里弥漫着一股汗渍和腐沤鱼虾的腥味,而窗外则是阳光明媚,青山如黛。树林、河流、田野交替掠过。在长达十四个小时的旅途中,我在日记本上写完了这个故事,自始至终,我沉浸在一种隐隐的激动之中,几乎忘掉了时间。

这篇小说的得失也许无关紧要,写作经历却显得不同寻常,因为我似乎已经隐约知道了应当如何通过写作为记忆中的某些事物命名,而写作则同时向我显露了它的奥秘和全部的意义。美好的心境来源于这样一种庆幸之感:在写作这篇作品之前,我的记忆一直在黑暗中沉睡;现在,它终于向我敞露了一线缝隙,记忆中的事物犹如一个个早已被遗忘的梦境突然呈现出来,使我感觉到了它的神秘、丰富、浩瀚无边。而语言正是在这样一种浩瀚的黑暗中开辟着道路,探测着它的边界,在它无限敞开的腹地设置路标。

记忆中的一条河流并非仅仅是一条河流。如果我们曾经为它感到激动,是因为我们的触目所见激活了我们的全部情感。我们之所以一遍遍地回忆起它的河床的颜色,两岸的树木和花草,它的形状、流速和气息,是因为我们试图复现出特定情境中的个人情感,并通过文字将它固定下来,仅仅通过地理学的方法去描绘记忆中的自然是难以想象的。我以为威廉·福克纳笔下的自然迷人而饶有韵致,因为他给记忆中的事物赋予了灵性和生命。

记忆中的一个午后也并非是统计学上的两个小时,假如我们恰好将这两个小时用来静卧遐思,那么是否意味着在这两个小时里,什么事也没有发生呢?在我看来,一切都发生过了。我们常常对于那些记忆中的戏剧性事件给予过多的关注,并给予这些事件以合乎现存经验和概念的解释,而对更为广袤的记忆空间视而不见,对我来说,午后的两个小时也许意味着天空滚过的雷声,植物和树木的清香,意味着无边无际的寂寞,隐伏的不安或欲望,意味着万物的生长和寂灭,雪片或杏花无声无息地飘落……这是因为记忆中的事物因其隐喻的性质总是与其他记忆中的片段紧紧地牵扯在一起,它有着自身的逻辑与生命。

二

每一个人一生中所经历的事件难以数计，但只有很少的一部分经过记忆力的筛选被保存了下来，而大部分都被人遗忘了。这种遗忘有时出于自愿或习惯，有时则出于强迫——比如某件事情令人震惊或恐惧的程度超出了意志和想象力所能承受的范围。不管这种遗忘的形式如何，被遗忘的内容并非根本不存在，其实，它一直积存在我们的无意识之中，有时它通过梦的形式返回我们的意识，而在更多的情形之中，它往往受到我们正在经历的情境的触发，突然浮现出来，令人猝不及防。

因此，我以为遗忘实际上是一种更为深刻的记忆。它不期而至，又转瞬即逝。

记忆中的事物一旦被意识唤醒，我们也许能够复述它的全部过程，但这并不是说，我们能够复述它的情境，情境之于事件的过程并非果核之于它的外壳——我们只要剥掉了它的外壳就能发现其核心。它更像一只葱头，我们剥到最后往往一无所有。普鲁斯特曾经告诉过我们，玛德兰点心所引发的对往事的妙不可言的感觉只保留了短短的一瞬，随着点心的味道渐渐迟钝，情境本身也一去不返。

许多年前的一天黄昏，我在听肖邦的《即兴幻想曲》时，突然感觉到一种莫名其妙的激动,我隐约记起了幼年时代的一段往事。在过去,我的意识对它一无所知,仿佛这件事一直没有发生过。当时,我和父母在外婆家做客。我的母亲在竹园的一张藤椅上熟睡,我在椅子边一直试图将她弄醒,但她始终安睡不动,后来我就哭了起来,惊动了我的父亲,他从房内跑出来,看了我半天,又转身离开了。在回忆这段往事的过程中,我能够清晰地感觉到午后的沉寂,竹子的芳香以及竹篱外的河道上敞亮的阳光,那是一种在忧郁中夹杂着惬意的感觉。事后,当我再次聆听肖邦的这首曲子,感觉却不再重现。后来,我在《背景》和《边缘》这两部作品中试图解释这种感觉,但仅仅只是一种解释而已。

我以为回忆是构成写作与记忆之间关系的中介,尽管它并不是写作的最终目的。回忆不是一种逻辑推理或归纳,它仅仅是一种直觉。也就是说,当我们开始回忆往事之时,回忆自身带有强烈的选择性,这种选择性是没有逻辑的,同时,我们并不总是立即就能发现记忆中事物的意义,它的意义在大部分场合中是暧昧不明的,回忆的内容和方式取决于自我的现时状态。因此,回忆往往是即兴的、跳跃的,而写作活动从根本上来说也是即兴的。

从另一个方面来说,记忆的内容互相交错混杂,回忆和写作实际上就是一种想象和拼合。

既然记忆的内容、回忆的方式和自我在写作中的现时状态有着紧密的联系,那么,如何通过语言的组合去解释和发现这种联系就成了写作的关键。试图通过语言去再现记忆中的情境将被证明是徒劳无益的,一方面,由于这种情境转瞬即逝,我们只能通过语言去模拟这种情境;另一方面,由于情境的产生取决于现时的状态与选择,写作活动必然意味着以下三种状态的互相通联:"现时的自我,保留其本质的对象物,鼓励我们再度寻求其本质的未来的对象物"(见普鲁斯特《重现的时光》)。

因此,我认为,真正的小说不论其形式或效果,总是表现性的。小说艺术的最根本的魅力所在,乃是通过语言激活我们记忆和想象的巨大力量。

三

有一年,我整整一个夏天都被记忆中的两组画面所缠绕:一支漂泊在河道中的妓女船队(这个传说使我幼年时在长江中航行的许多夜晚历历在目);我和祖父去距离村庄很远的一个地方看望一个隐居的老人。

我在写作《青黄》的时候,并不知道这两组画面存在着怎样的联系,或者说,我不知道自己为何要去描述它们。后来,我这样设想:这两组画面至少在一点上有着相似的性质,那就是一种慵懒的寂寞。这种寂寞之感是我所熟悉的,当我想起轮船在幽蓝的月光下发出沉闷的叫声,当流水汩汩滑过船舷,或者在去探访老人的途中,我们在四月的田野中差一点迷了路时,这种感觉就会在心头涌现。尽管这种感情极其强烈,甚至贯穿写作的始终,但完成后的《青黄》似乎与上述两组画面并无太大的关联。这不禁使我感觉到,记忆中的某种情境有时仅仅诱发出写作的冲动,为写作的过程带来了一种心境,为作品规定了一种调性。这种最初的记忆在写作过程中很快会与其他的记忆片段融合在一处,最终为一种更淳厚、庞大的背景所吞没,而写作的最初契机反而模糊不清了。

试图清晰地说明记忆本身与我们的情感、欲望、生命状态之间的关系是十分困难的,事实上,正是这种未明的、晦暗的联系为小说的写作开辟了可能的空间。换句话说,写作只不过是对个体生命与存在状态之间关系的象征性解释。真正意义上的写作仿佛在一片幽暗的树林中摸索着道路,而伟大的作品总是将读者带向一个似曾相识的陌生境地。

我以为一个作家从事写作的最简单的理由就是他有话要说。大凡有才能的作家都有着良好的记忆力,这种记忆力是以警觉和敏锐为前提的。他的工作之一,就是试图分辨在他身上发生的所有的事情对于他个人的生存究竟意味着什么。海明威终其一生只探讨了一种联系,他的所有作品也只有一个主题,这个主题和联系并非到了《老人与海》才最终完成,在他早期的作品《在密执安北部》中,它早已清晰地显露了出来,前者是对后者的进一步深化,但同时也是对后者的一种遮蔽。因此,尽管很多人将写作的目的规定为对自身生命的了解或解释,但这种解释往往只不过是一种象征性的补偿而已。

从某种意义上说,写作的魅力正在于它的相对性。情境不可复制,写作也不能从科学与知识的可操作性那里得到帮助。如果仅仅从修辞学的意义上来说,写作的确是一种略带冒险性的游戏活动。

四

在写作过程中,记忆的片段与其说是时间性的延续,不如说是空间性的拼合。二十世纪以来,很多作家尝试通过画面或空间性的场景的拼合所造成的流动性来取代传统的线性的叙事模式,那是因为他们存有这样一条重要理由:新的叙事方式更能模拟记忆的活动方式,从而更能造成感觉上的真实性。乔伊斯笔下的主人公布鲁姆因为看到一只多汁的水果从而联想到女人的乳房,进而产生妻子不忠的幻觉,从记忆活动的方式来看是可信的,因此,作者叙述中上述场景的切换亦在情理之中。普鲁斯特通过钟声意识到中午的康勃雷,通过供暖装置所发出的哼哼声意识到清早的堂西埃尔,是因为他确信,除了感觉与记忆的这种联想关系之外,不存在其他的关系。

许多人对于这种"感觉上的真实"似乎一直颇有微词,但我不知道除了这种真实之外还存在其他什么真实。

这里仅牵涉到了对于历史及其真实性的理解。我承认,在很长一段时间里，我确实一度对历史怀有很大的兴趣，这种兴趣并非来自社会学或考古学意义上的追根寻源，重要的是，我对历史的兴趣仅仅在于它的连续性或权威性突然呈现的断裂，这种断裂彻底粉碎了历史的神话，当我进一步思考这个问题时，我仿佛发现，所谓的历史并不是作为知识和理性的一成不变的背景而存在，说到底，它只不过是一堆任人宰割的记忆的残片而已。

如果说，一个作者敢于声称他所描述的历史就是"信史"，那么他不是出于虚妄就是出于无知。即便我们对历史的常识一无所知，我们对于历史本身亦存有记忆。或者说，历史的残片只有通过个人的意识活动——在写作上，它通常是一种直觉，才会显示出它全部的意义。因此，小说家和历史学家同样在描述历史，其区别在于，历史学家依靠的是资料，而小说家则依靠个人的记忆力以及直觉式的洞察力。小说的作者更关注民间记忆，更关注个人在历史残片中的全部情感活动，更关注这种活动的可能性。

比如说，当一位法国当代作家描述到一位主人公的妻子被当地的权贵侮辱一节时，他冷静地表现了这个女人在这种境遇中的全部情感：一方面，她对事件本身感到羞辱和仇恨，同时她又在享受着身体方面的快感，如果我们将这种快感视为一种肉体的背叛的话，那么米兰·昆德拉笔下特丽莎的被诱奸则与其极为相似。

用歌德的话来说，人既是心灵的，又是肉体的。既是恶魔，又是天使。小说家介入历史，更重视个体生命以及记忆的复杂内容，他没有任何理由仅仅出于某种政治、时尚或道德的约束对这种内容进行简化。

最后，我想说明的一点是，我不认为我个人对自己的记忆有很深的了解，同时我也不认为弗洛伊德及现代心理学对包括记忆在内的人类意识的研究一定具有令人信服的基础。我写作，尝试解释个人的生命、感觉、记忆之间的种种关系，是因为我没有其他的选择。也许，我们只不过是记忆的奴隶或影子罢了。

1994年5月3日于北京

长篇小说的文体和结构

有些作家,譬如海明威和辛格,他们的长篇小说与短篇小说在结构的安排上并无多大不同。故事单纯,叙述简洁,节奏明快。因此有人认为,《永别了,武器》或《卢布林的魔术师》算不上是一部真正意义上的长篇小说,充其量只是短篇小说的延展而已。而对威廉·福克纳这样的作家来说,即便是短篇小说,其结构也相当复杂。《献给艾米莉的玫瑰》堪称短篇小说的经典之作,但假如有必要,作家完全可以将它写成一部二十万字的哥特小说。

假如我们仅仅从篇幅的长短来界定长篇小说和短篇小说的体裁,将使我们忽略掉小说史上许多饶有趣味的事实。从某种程度上来说,作家在安排长篇小说的结构时,自然会考虑到多种因素:故事的长度、作品的容量、主题的复杂程度,等等,它还涉及作家对长篇小说艺术长期以来所形成的某种固有的信念、哲学观、传统的文化形态的影响。

不管海明威眼中的现实多么复杂和混乱,他也只能用一种明晰的方式去描绘它。这并不是因为他缺乏设置复杂故事结构的能力和耐心,而是决定于这种复杂结构在多大程度上是必要的,也就是说,它取决于作家的天性对于"明晰"和"丰富"所做的自然选择。因此,我们宁愿相信这样一个事实:长篇小说的结构是简洁还是复杂,其容量是深厚还是单纯,叙事节奏是明快还是烦冗,往往是一个作家的境遇、天性和世界观所决定的。尽管海明威对列夫·托尔斯泰赞不绝口,但我们还是无法想象他能够写出《战争与和平》这样的作品。

美国学者万·梅特尔·阿米斯很早以前就注意到了这样一个有趣的问题:为什么法国和意大利的长篇小说大多写得精致、优美,而德国和俄国的作家则更有史诗的气概,巴尔扎克笔下的《人间喜剧》故事复杂,人物众多,场景变化纷繁复杂,但在结构的安排上仍然显示出一种惊人的简洁。《人间喜剧》具备了史诗般的规模,但也许并不是真正的史诗。意大利人与法国人很相似,按照阿米斯的观点,他们只擅长写短篇和中篇小说,而在德国和俄国,歌德、托马斯·曼、列夫·托尔斯泰的创作自始至终贯穿着一种复杂性,他们的作品通常有着两个以上的主题。至于造成这样一种区别的原因,阿米斯的结论是:法国和意大利人因受一元论哲学的影响,他们眼中的世界图景是单纯而统一的,而德、俄作家则信奉二元论哲学,并不是说托尔斯泰一定要将其作品尽可能写得复杂,而是世界呈现在他视线中的图像本来就是复杂的。

阿米斯的这一观点是否武断、草率,我们暂不评价,他提出的这一问题确实可以启发我们随后的思考。

假如我们顺着他的思路再作进一步的比较,就不难看到这样一个事实:法国在世界文学发展的各个阶段,都给世界文坛贡献了一批又一批的文体家。福楼拜、安德烈·纪德、普鲁斯特、西蒙、罗伯-格里耶的出现为文学的发展提供了新的形式,从而改变了文学的基本结构和面貌。与德、俄作家相比,他们更注重作品的文体、独创性、结构内在的统一性。福楼拜一直致力于小说形式的纯粹性和完美程度,更注重叙述节奏,语言的准确性,以期望小说能够具备真正的诗性,在语言的完美程度上和诗歌并驾齐驱。而他的众多追随者则将这样一种小说美学更加具体化,普鲁斯特充满诗意的写作崛起于二十世纪五十年代的新小说派运动,也是在形式实验的旗帜下展开的,其主要成就也表现在文体上。《窥视者》和《追忆似水年华》既是脍炙人口的艺术作品,同时也是小说美学的教科书。如果我们要在法国作家中找到几位杰出的思想家,则要困难得多。阿尔贝·加缪似乎具备了一个思想家的素质,可他精神上的导师却是陀思妥耶夫斯基和卡夫卡。

相比较而言,歌德、列夫·托尔斯泰、陀思妥耶夫斯基、卡夫卡都是天生的哲学家和思想家。假如一位初学写作的人热衷于文体和修辞,《复活》和《罪与罚》大概都不是他首选的教材。他们对文体考虑甚少是因为他们有信心通过思想的光芒统一全篇。我们注意到,美国作家麦尔维尔在写作《白鲸》时就对文体进行了周密的考虑,而托尔斯泰的追随者,二十世纪的帕斯捷尔纳克在《日瓦戈医生》中对文体的完美性依然漠不关心。《魔山》一书在叙述上沉闷、缓慢,结构松散而随意,使得很多人对它在小说史上的崇高地位表示怀疑。米兰·昆德拉在《被背叛的遗嘱》中对托马斯·曼表达了足够的尊敬,但字里行间似乎对《魔山》仍有所保留,也许有人认为《魔山》或《卡拉马佐夫兄弟》的文体芜杂而沉滞,但无人能够否认德、俄作家在文学史上里程碑式的地位,以及他们对未来小说所产生的举足轻重的影响。

我们也许已经看到了两种不同类型的长篇小说,其背后也一定存在着两种截然不同的评价标准,最近一个时期以来,我们注意到这种不同标准在理论界显示出统一的迹象,其明显的特征就是将短篇小说与长篇小说作为两种不同的小说类型加以分别对待。王蒙先生曾说,短篇小说是一门艺术,而长篇小说并非纯粹的艺术类型。他的这一观点也许正是基于这样一个出发点。

当然,围绕着两种不同类型的长篇小说的争论同时也在呼唤着另一种全新的长篇小说观念的出现:既注重史诗般的规模、全景式的描述方法,也注重文体的形式特征。在某种意义上说,布尔加科夫的《大师与玛格丽特》以及南美的长篇小说创作都显示了这一趋向。

比照阿米斯的观点,中国的哲学观念既非一元论,亦非多元论,而是一而多,多而一。《红楼梦》的写作正是这种哲学观点的完美体现:它的内容深邃、寓意丰富、场面壮阔,同时也充满了文体上的警觉。我认为,中国当代的长篇小说创作似乎普遍存在着一种简单化的趋势,而其形式的真正成熟也许依赖着一种全新的创作方法的出现。

1996年3月13日

故事的内核和走向

在写作过程中,作者,尤其是刚学写作的作者常常会遇到这样一个问题:是将故事构思完成以后再进行写作呢,还是在写作的过程中去即兴地讲述故事呢?这个疑问看上去是一个纯技术性的枝节问题,但是实际上它却涉及作者本人的艺术趣味、对待写作的态度,以及对于故事和小说创作的根本理解。

有人认为,对这个问题的不同回答导致了传统小说和现代小说的分野,这种意见尽管的确存在着某种现象学上的依据,但实际的情形却要复杂得多。

即便在当代的许多优秀作家们之中,也常常在这个问题上各执己见,争论不休。作家汪曾祺的小说,读者读来似乎极为随意,故事散淡,结构轻灵。而作者本人却坦率承认,在写作之前,他有一个较长时间的酝酿过程,这一过程使他笔下的故事,人物的特征以及叙事上的策略渐渐成熟。

美国当代著名作家纳博科夫也曾不止一次地谈到,他在写作过程中,给每一个人物都备有卡片档案——他将构思好的故事片段抄写在一张张卡片上,最后再将这些卡片上的内容组织成篇,因此,对他来说,写作有时就是一种"填字游戏"而已。

当然,更多的作者崇尚所谓的"即兴写作",在写作过程中去创造故事。许多激进的批评家对这种方式大加褒扬,似乎这种"即兴创作"成了"天才与独创"的同义语。作家们在各种场合声称:自己的写作完全是即兴的,事先没有提纲、构思以及酝酿,兴之所至,信手拈来,当行则行,当止则止。这的确是一种理想的写作境界,同时也是写作过程中固有的一种实情。但是,这种即兴式的创作小说的方式的功能被夸大之后,那些不仅事先经过构思酝酿,而且事后进行修改的作家的艰辛劳动在某种程度上受到了嘲笑,这样一种"非此即彼"式简单化的对立导致了创作过程中一系列实质性的问题被普遍忽略了。

不能否认,自古以来,有很多作家完全按照他们预先设定的思想框架来完成作品,这种思想框架也许来自作者本人先验的假设,也可能来自某种政治化或功利的意图,这样一来,写作就变成了某种"命题作文"式的东西,即便这种"命题"或"思想"很有价值,但由于这种机械的创作过程排斥了想象力、自由的创造,它和艺术创造的根本宗旨是相违背的,其后果便不难想象。

另一方面,完全"即兴式"的创作也同样是值得怀疑的,一个作家也许在写作前并没有进行系统的构思,或者为作品的故事发展列出提纲,但是起码,他必须有一种创造和写作的冲动,他之所以会产生这样的冲动,与作家长期以来在无意识中进行的酝酿是分不开的。实质上,"冲动"本身也就是酝酿成熟的某种信号,写作就构成了一种整理过程。如果作家在没有任何准备(包括潜意识的酝酿),任何冲动的情况之下进行写作,依靠"信马由缰"式的写作方式来虚构故事(这样的写作也的确存在),那么,其结果必然是,不仅创造力和想象力无所附丽,甚至连文本的风格都很难统一。

小说毕竟不能等同于诗歌,小说创作中带有很多"匠人"的特点。一般来说,优秀的作家在写作之前均有长时间的酝酿过程,也许不一定为笔下的人物或故事列出提纲,或者像很多作家喜欢做的那样:画出一张小说结构的草图,但他对故事的大致走向还是略有准备的,尤其是长篇小说的写作,情况更是如此。

在这里,我们已经涉及了一个重要问题,那就是作家在具体的写作过程中听命于何种信息的指引呢?

一、对创作初衷的违背

作家写作某一个故事的过程往往会遇到以下的情形:笔下的故事的发展与原先的构想形成了冲突,这时候,作家是按照故事本身的逻辑(亦即新的故事走向)来完成作品呢,还是削足适履式地回到原先设定的意图上去呢?换句话说,他是听命于自己的思想呢,还是听命于小说本身的智慧呢?

米兰·昆德拉认为,"每一位真正的小说家都在等待听到那种超越个人意识的智慧之声","那是小说的智慧"。在这里,昆德拉使用了"等待"一词,它起码向我们暗示了这样一个现象:这种存在于小说自身的"智慧"并不是先验的,它与创作过程一同产生,并且稍纵即逝(它与"灵感"既有类似,亦有不同),它还试图表明,这种智慧之声并不一定经常出现,而一旦它来临,它的光亮必然会照亮作家的道路。它是小说家真正的福音。正如威廉·福克纳在创作《我弥留之际》时的情形一样,小说的智慧之光使他原先构思的人物、故事、情节结构发生了奇妙的变化,他受惠于这种"光亮"完成了自己的"神构妙品"。

我们据此可以推断,如果在创作过程中,作家一直没有听到这种智慧之声,那么小说创作的意义和价值并未能够充分地体现出来。法国学者兼批评家爱弥尔·法盖和米兰·昆德拉抱有近似的看法。他在评价司汤达的作品时曾经分析到:司汤达似乎在小说的开始就设想好了作品的结局。"于连·索雷尔在《红与黑》中一露面,就注定了要在最后朝德·瑞那夫人射去决定性的一枪"(先于写作过程的框架完全控制住了司汤达)。爱弥尔·法盖对这种故事构成的批评在法国批评界曾经一度引起了争议。我们对这场争议的是非暂不分析,法盖在这里至少说出了某种实情。

与司汤达的《红与黑》形成鲜明对照的是俄国作家托尔斯泰的《安娜·卡列尼娜》一书的写作。

如果日丹诺夫的描述是真实的话，我们可以从他提供的材料中隐约看到《安娜·卡列尼娜》第一稿的雏形。作为一个狂热的东正教教徒，列夫·托尔斯泰原先构思的《安娜·卡列尼娜》的故事走向大致是这样的：安娜·卡列尼娜作为一个背离宗教原则的妇女，背弃了自己忠实可靠的丈夫与别人通奸，最后遭到了惩罚。托尔斯泰的初始意图是要表现夫妻关系的永恒性。我们在此不妨引用一下俄国学者巴赫金的著名论点——作家在构思故事并在具体的创作过程中并非完全为"第一视野"所控制。"第一视野"的内容是先验的、抽象的、空洞乏味的。而我们在公开出版的成书《安娜·卡列尼娜》中发现，原先的故事框架发生了巨大的变化：安娜从一个丑陋、堕落的"妓女"摇身一变，成为一个风姿绰约、优美动人的贵族妇女。安娜这一人物的变化，作为一个象征性的信号，使托尔斯泰的目光从宗教、家庭伦理投向个人情爱的存在状况，他的兴趣和想象力也从社会学转向了存在境遇的复杂领域。实际上，托尔斯泰对故事初衷的背离不仅挽救了一部天才的巨著，而且使他卸下了沉重的道德重负，对家庭、婚姻、情爱等一系列问题产生了崭新的见解。在他后期的《克莱采奏鸣曲》中，托尔斯泰延续了在《安娜·卡列尼娜》中没有最终完成的探索，并且走得更远。

因此，从某种意义上说，并不是作家赋予了作品智慧，相反,小说自身的智慧一直在引导和教育着作家。很多作家进而得出这样一个结论:小说的成功与否取决于作家在多大程度上对创作初衷构成了违背。

这同样也可以说明,一个作家在构思作品时,不能过于周全,有时,一个作家的初始意念过于强烈,其结果是,意念本身在写作过程中自始至终都控制着作者,作者成了某种意念和价值的奴隶,这样的例子在中外的小说创作中可谓屡见不鲜。

二、开放式的故事走向

现代哲学和语言学的研究表明,在某种程度上,语言并不能确切地表达思想,甚至它也不能客观地表现事物。因为语言本身便是一个高度主观化的产物,这一特性便决定了企图通过语言去构筑纯客观的世界是徒劳的。因此,作家们放弃了再现现实的意图,而更多地侧重于表现某种"感觉的真实"。在这里,我们可以发现,作家在写作过程中,在建构故事时,他所遵循的"小说的智慧"为故事的走向提供了一系列新的美学原则。

西方现代作家,并没有放弃故事,而是对故事的叙述结构进行了必要的调整。传统的故事形式尽管也存在着自身的自由度,比如说作家可以运用自己所喜欢的任何方式和文体(包括人称变化)来讲述故事,但从根本上说,故事的大致走向由于时间的延续性和因果律的限制,这种"自由"是极为有限的。

我认为,现代小说的发展(尤其是福楼拜以来的一系列叙事革命),为故事的叙述结构提供了一个开放的空间,作家在讲述故事时,不再依赖时间上的延续和因果承接关系,它所依据的完全是一种心理逻辑。

正如乔伊斯将这种逻辑称为"感觉上的和谐一致",普鲁斯特却通过"活跃的、无可确定的记忆"为它命名。

在福克纳的《喧哗与骚动》中,故事的走向完全是通过人物感觉的"联通"来安排的。两个故事片段之间并无时间的先后顺序,也不存在着因果关系,甚至连戏剧性的过渡和铺垫也被省略。作家可以随时介入某一个故事的描绘,或者暂时地撇下它,进入另一个故事。譬如在小说的开始,白痴班吉正在看高尔夫球员打球,当他听到高尔夫球员喊"球童"(caddie)时,由于"球童"一词与他的姐姐凯蒂谐音,他的感觉出现了跳跃,故事的走向也随之发生变化,作家立即将故事切入若干年前,班吉的姐姐凯蒂在一天夜里哄他入睡的情景。当昆汀沿着夕阳中的河道踽踽独行之时,道路两旁树木被风吹动的声音使他联想起一个大雨滂沱的午后葬礼。读者在阅读这部作品时,根本无法预料故事会走向哪里,他必须时刻保持高度的警觉。

作为一部伟大的划时代的杰作,《追忆似水年华》彻底结束了线性故事的历史,并为故事的发展走向提供了无限丰富的可能性。热拉尔·热奈特将它归功于"议论对故事,随笔对小说,叙事话语对叙事的入侵",在普鲁斯特笔下,"回忆"在叙事学上不仅仅是一个暗示,实际上,他告诉我们:"在一切事物之中,在模糊的回忆和各种感觉之中,存在着明显的质的共同性,换言之,存在着某种和谐与一致。"在这里,故事早就不是目的,甚至也不是某种思想或观念的"载体",它实际上已成为感觉中的世界本身。

在这类小说中,故事的走向构成了一个开放式的结构。这个结构的形成一方面取决于作品主人公或叙事者不确定的感觉联想,另一方面,它取决于作品的文体上的美学效果。按照这种效果的需要,作家可以通过存在于事物与事物之间的对比、类比、反衬、和谐或不和谐的性质加以串联。它要求作家以诗道的大胆与精致来把握整个作品的布局。

写到这里,我想起了作家陈村曾经向我谈起的一个感受。他说,作家也许在心里打算着给读者讲述某一个类型的故事,但是,"我们根本用不着替故事担忧,故事自己会往前走的"。在陈村看来,故事好像是一只识路的骆驼,作家有时只要跟着它往前走就可以了。他的话虽然带有一定的神秘色彩,但无疑却传达出了作为一个作家的高度智慧。我想,这种智慧也许来自他在创作中的实际感受。在中国古典文论中,"得意忘言"一类的古训也同样说明了这样一个道理,作家在写作中的理想状态应当是极为松弛的,而不是剑拔弩张式的控制(当然,在写作中,控制力也同样重要),就小说而言,写作应是一种发现,一种勘探,更应是一种谛听,作家每时每刻都在谛听着来自小说的声音。实际上,写作本身不仅能够帮助我们确立自身与世界的关系,而且能够帮助我们认识自己,如果一位作家始终认为他自己比小说高明,那他不如干脆放弃小说这个行当。

三、故事的内核

很多杰出的作家在他们的笔记、日记或谈话录、文论中都曾经谈到这样一个事实:当作者在构思小说的时候,并非立即出现整个故事,首先在他的意识中浮现出来的往往是一个意象,一个故事的片段,一种尚未确定下来的感受,它在很大程度上都是以一幅画面的形式出现的。

当然,我们不能否认的是,一个作家尽可以从别人那里(或者历史传统中)掠取一个完整的故事,然后将它写出来。我们在这里所说的主要是一些职业作家在虚构作品时出现的情况。

作家初始意象的出现往往极为重要,它作为一个意味深长的信号,不仅关系到故事的发展和走向,而且对于小说的最终成败都构成了影响,我们不妨将这种最早出现于作家意识中的"初始画面"称为"故事的内核"。

通常,这种初始的意象或画面,作为作者在整个虚构故事中的切入点,往往形成了作家最初的写作冲动,这方面的例子是不胜枚举的。面对刹那间出现的意象,作者有时能够明确地感觉到它意味着什么,也就是说,作家能够洞悉这种意象与整部小说的关系。但是,在更为普遍的情形之下,意象本身是晦暗不明的,它有着一层扑朔迷离的外壳,作者只是朦胧地被这种意象所指引,陷入了创作的巨大冲动之中。

如果说托马斯·曼在瑞士的一座疗养院中出现了写作一部作品的最初意象,以至于最终写出了七十五万字的《魔山》,那么曼完全知道这个瞬间的"念头"对整个故事来说意味着什么;但是,当玛格丽特·杜拉斯沉浸在音乐的回忆之中,为"白色"这个词语所激动的时候,她并不知道"白色"一词和小说存在着怎样的关系,小说最终会走向何处,以及故事会将她带到什么地方。我们知道,很多作家在后来的写作中最终淡化或取消了这种最初的意象,但如果我们据此而判定这种"初始画面"对作品可有可无,实在是极为荒唐的。

我相信,在故事的最初意象与整个故事之间,就写作过程来看,至少存在着以下三种关系。

第一,意象本身作为故事产生的重要契机,它构成了故事的核心部分,或者说,它是故事的浓缩,两者之间不仅存在着逻辑上的联系,而且可以互相说明,彼此印证。我们将这种存在于初始意象与整个故事之间的关系称为"演绎关系"。

列夫·托尔斯泰写作《哈泽·穆拉特》的最初动机是源于他的一次乡间散步。在散步途中,他在雨后泥泞的道路边发现了一朵"牛蒡花"。它的根茎叶脉已经被马车轮子压扁,但它依然从泥土中顽强地"抬起头",不屈地生长着,托尔斯泰久久地注视着它,萌发了强烈的创作欲望。这朵牛蒡花对托尔斯泰后来写作的影响可以从以下两个方面来看:其一,牛蒡花作为一种植物对托尔斯泰的触动。其二,这朵牛蒡花使托尔斯泰想到了一个人,一个过去时代的英雄,那就是哈泽·穆拉特。在这里,我们可以发现,作为植物的牛蒡花很快被列夫·托尔斯泰人格化,它本身就成了英雄顽强品格的化身。在此基础上完成的小说《哈泽·穆拉特》实现了对这朵牛蒡花意象的放大,牛蒡花与哈泽·穆拉特本人可以互相参照,彼此说明,故事本身就是对"牛蒡花"的一次注解过程。而从读者的角度来看,牛蒡花成了这个故事的核心部分,或者说,它是故事的缩影和指代。

第二,初始意象与整个故事的关系并不像《哈泽·穆拉特》的写作过程那么简单,两者之间并不存在明显的联系,彼此之间既不能互相印证、说明,也不构成从属、因果等逻辑联系,但是却存在内在结构的暗合和一致。我们将这种关系称为"象征关系"。

我们知道,加西亚·马尔克斯的《百年孤独》这一漫长的故事是以作者的一段真实经历为基础的:在许多年前,作者的外祖父马尔克斯上校带他去香蕉公司的仓库,让人打开一箱冰冻鲷鱼,把他的手按在冰块里。我们不难推断,作者在很小的时候就已经在"构思"这个故事了。他感到这件事情里面有一种"令人激动的东西"等待着他去表达。他早期的创作在某种程度上完成了这一"表达"的准备。在这里"见识冰块"与他个人生活世界之间构成了一种深刻的联系。尽管他后来将这个细节直接写入了《百年孤独》，但这种初始意象与整个故事之间的关系并不是简单的演绎型的，也就是说，作家并不是将最初的意象放大，而是从一个更高的层次上对这个意象进行了重新创造和书写。

很多马尔克斯的评论者都注意到了"见识冰块"与"拉丁美洲的孤独"之间的象征关系。从文化社会学的角度来看，一个老人带着一个孩子去河边见识冰块这个细节无非包含着这样的信息：冰块是自然之物，地处热带的马贡多人却无缘得见。吉卜赛人将它引入马贡多时，村里的人都误认为它是钻石，并将它看成是"我们这个时代最伟大的发明"。它从某一个侧面反映了拉丁美洲对域外世界的无知，反映了直接切入的欧洲文明与当地古老的神话般的生存状况之间的种种荒诞的关系，并且"埋下"了"孤独"的种子。

事实上，"见识冰块"这个初始意象与故事之间的关联在小说中并不像我们分析的那样明晰，正如我们不能用"拉丁美洲的孤独"来概括《百年孤独》一样，我们同样不能用这个见识冰块的细节来说明整个故事。

如果说，牛蒡花的意象与《哈泽·穆拉特》的故事存在着思想、意蕴的一致，那么，在《百年孤独》中，意象与故事的和谐一致是通过一个"象征结构"来体现的，意象本身只是一种暗示。

第三,很多作家在创作冲动形成的初期,为某种片段、画面、意念所触动而开始了创作过程,但当他们完成书稿之后,作品里已经无法看到形成故事最初的意象痕迹。在这里,最初的意象或画面只不过承担了某种"催化"作用,一旦进入具体的故事写作,它即为故事所融解。米兰·昆德拉在写作《玩笑》一书时,曾经谈到这样一个感受:

> 早在1962年,我就开始写(《玩笑》)这部小说,那时我三十三岁,发生在一个捷克小镇的事件激发了我的灵感:一个姑娘由于从公墓里偷花,把花作为礼物献给她的情人而被捕。当我认真思索这件事时,一个人物形象在我眼前形成了……(米兰·昆德拉《玩笑》英文版自序)

从米兰·昆德拉的描述来看,一个姑娘从公墓偷花,将它献给自己的情人,这样一个细节是促使他写作《玩笑》的最初原因,但这个细节与"一首关于灵与肉分裂的伤感的二重奏"这个故事大纲之间并无实质性的文本联系。一个意象触发了另一个意象并引出另外的故事,其结果是,最初的意象被淹没了,被消解了。但同时,这并不意味着最初"姑娘偷花"这样一个意象对作品的构成无关紧要。事实上,直至昆德拉写完《玩笑》,这个画面依然久久地留在他的脑海里。在《玩笑》的创作过程中,就"姑娘去墓地偷花将它献给情人"这一细节与整个故事之间的深藏的关系,我们称之为"隐喻式的关系"。

我们从三个方面扼要分析了故事与其初始意象之间的种种关系,这样的分析并不能概括所有的写作,除此之外的各种关系依然存在。我们曾经讨论了作家在故事的走向上必然会受到来自小说自身的智慧的影响,因此,在有些情形中,初始意象只不过给作家的写作提供了某种氛围,规定了某种情境,或者仅仅是为作品的叙事风格定下了某种"调性",当这种"氛围"或"调性"形成之后,作家很可能为另外一个更为强烈的意图吸引,这样一来,构成故事的真正"内核"就模糊不清了。

一个作家在写作某一部具体作品时,也许存在着某种"中心意象",但是,这种意象有时并不仅仅存在于某一部(篇)作品。如果我们将一个作家较长时间的创作作一个系统的分析,我们便可发现这样一个有趣的现象:某种"意象"在其一部作品中出现之后,又在另一部作品中以"改头换面"的形式再度出现。有时它在作家的某一创作阶段频繁出现,有时,它甚至贯穿了作家的一生,这就是说,作家讲述的所有故事从一个阶段的时间来看存在着共同的性质,或者说存在着一个作家关注的视线焦点,尽管在具体的每部作品里故事的形式有所不同。

这种普遍存在于写作过程中的"重复"现象,究其产生原因我们可以追溯到作家开始写作,也就是作家试图通过写作来为自己在宇宙的时空中找到一个特定的位置的那一刻。

我们知道,并非每个人都"愿意"或"能够"成为作家,因为并非每个人都对自身存在存有困惑或追问。按照弗兰兹·卡夫卡的理解,一个人之所以选择作家这样一个职业,是因为现实生活难以应付,自己无法确定个人在世界中的位置及其意义:

> 无论什么人,只要你在活着的时候应付不了生活,就应该用一只手挡开点笼罩着你的命运的绝望……但同时,你可以用另一只手草草记下你在废墟中看到的一切,因为你和别人看到的不同,而且更多;总之,你在自己的有生之年就已经死了,但你却是真正的获救者。

卡夫卡在日记中的这段自白多少表明了作者从事写作的动机,这同样也可以解释为什么卡夫卡终其一生只写某一类的故事,我们如果考察一下卡夫卡的故事内核,它就是"罪愆——惩罚"所构成的激烈的内在冲突。

对自身存在问题的沉思,每个作家都有不同的阐释。在加缪那里,它就是生存的意义,"忍耐"的形式,或者对"人何以不自杀"等问题的深入思索。相反,在另外一部分作家那里,写作成了对苦难的超越和规避,成了遗忘,这种遗忘和规避导致了其作品的另一种形式——对灵魂进行抚慰。

不管作家通过何种方式建立个人与世界的联系,作家对于存在的追问和思索都必然将经历一个漫长的过程。开始,种种困扰着他的问题也许牵扯着他的情感使他无法看清它的真相，同时，这些问题或情感也在要求作家赋予它以形式。随着创作的持续，作家一旦找到了某种相应的形式，在某种程度上作家也被这种形式加以规定，有些作家一生都想超越自己（比如列夫·托尔斯泰），但很少有人意识到，这种超越仅仅意味着一种"更深刻的重复"。

许多作家一生的写作都是围绕一个基本的命题，一个意念的核心而展开的，除了卡夫卡之外，陀思妥耶夫斯基、加缪等等都是典型的例子，从广义的角度来看，还应当包括海明威、福克纳、格里耶、博尔赫斯等作家。这个核心的存在，有时不仅仅涉及作者的经历、学识和世界观，而且与作家的气质和感知方式关系密切。

李陀在1988年给笔者的一封信中曾经指出："不要害怕重复，重复在写作中有时是必须的。"当时，我对这句话不以为意，但随着时间的推移和创作的持续，我逐渐感觉到它实际上指明了存在于创作中的一个普遍问题，那就是，每个作家都有各自的责任，有其需要表达的最根本的意图。尽管这种意图有时不为人知。我们往往以为每一个作品都是对自己的超越，事实上，存在于故事中的某种内核却一直在作品中时隐时现。

时代与经典

无人能够否认这样一个事实：一部作品是否不朽，得由时间这一终审法官做出最后的裁决。就我个人的经验来说，情况的确如此，十年，二十年前的一些炙手可热的作品，到了现在，不是被时间虫蛀蚁啃得千疮百孔，就是早已销声匿迹，或者成为嘲讽的对象。对于这样一个事实，我没有兴趣作更多的补充。在这里，我想谈谈另一个暧昧得多的话题，那就是时代。

如果说，钟表的刻度象征着时间的流动，那么，时代的嬗变则构成了历史的延续。说得简单一点，我们是依据不同时代的具体特征，以及这些特征之间的隐喻关系来把握历史的。对于文学史的作者来说，如何选择构成文学史脉络的"经典"，无疑会受到时代种种因素的制约。这些因素大致包括：社会的意识形态，日常生活时尚，大众的欣赏趣味以及作者个人的文化、心理结构。一般来说，一个社会的结构形态越是稳定，这种稳定的结构持续的时间越长，对历史描述的争议也越少。反过来说，一个社会的"革命"和"转型"越是剧烈，对于重写历史、重写文学史的呼声就越是迫切。中国社会自晚清以来,似乎一直处于"转型"当中,迄今仍没有任何"定型"的迹象,社会尚且无法找到自身的确定性,个人夫复何言?在文学史不断的重写中,作家亦如过江之鲫,几乎每五年、十年风尚便为之一变。

使一部作品成为"经典"的因素很多。据说,一个作家是否深刻而全面地反映了他所处的那个特定时代,其作品是否能够成为记忆的核心和纽带极为重要。今天很少有人知道安德里奇的作品,但这并不妨碍他的"经典性"。

如果抽象地来看,弗兰兹·卡夫卡的文体风格也许并不是作者本人的首创,但他却在二十世纪的文学史中占据着显赫的位置。这与两次世界大战后,西方社会普遍的沮丧、怀疑与绝望情绪有关,因为卡夫卡的作品(不管他本人的意愿如何)恰如其分地象征了那个时代,构筑了记忆的平台,而他之前的先驱者们所缔造的"传统"亦随之复活。到了今天,随着人类对大战的恐怖记忆渐渐淡漠,享乐与消费主义大行其道,读者对卡夫卡的作品显然也不怎么热衷了。

其次,一个比较时髦的话题是:作家的"不朽"取决于作品自身的"可阐释性",这种说法亦已成为不易之论。塞万提斯如此,福楼拜如此,而普鲁斯特、乔伊斯恐怕更是如此。它们的合理性在于,作品在不断地被重新阐释的过程中,自然而然地使作品与不同时代构成了重要的联系,从而使它们自身的活力一次次被激发出来,从而使作品成为"经典"。问题是从严格的意义上来说,任何作品都是"可阐释的",为什么此厚彼薄,命运不一?另外,对作品的"可阐释性"过分强调实际上已经造成了很大的认识上的误区,似乎作品自身的文体特征越是明显,越古奥怪异,其获得阐释的机会就越大,我最近重读废名的小说时,常有一个疑问:与詹姆斯·乔伊斯相比,废名的作品并不缺乏所谓的"可阐释性",可两人在文学史地位之悬殊却不可以道里计。我想,乔伊斯代表的现代主义文学运动与西方社会的文化政治现实密切相关,文体革新实际上是文化哲学、价值伦理、意识形态变化的一个暗喻。说到底,他们代表的是强势文化的一个部分。而废名的写作与中国社会现实的背离、反差却注定了他的"边缘"地位。如果我们一定要在那个时代选出一位代言人,这个人只能是鲁迅。鲁迅的写作不仅与他所处的时代声气相通,血肉相连,而且由他而引发的种种"话题"已经融入了我们的日常生活,融入历史的生长,在我们的意识与文化记忆中打进了坚硬的楔子。鲁迅之不朽,在我看来不是因为别的,而是我们今天尚无法忽略他的存在,无法将他遗忘,甚至无法绕过他。

从某种意义上说,"纯文学"这样的概念实际上并不存在。"文学品位"的高低只不过是作品能否成为经典的前提,而不是唯一的决定因素。单从品位上说,我并不认为王之涣、李商隐一定比李、杜逊色,或者说荷马一定胜过奥维德;从个人阅读趣味上说,我也不认为张爱玲一定比鲁迅差。但我仍认为他们在文学史上的地位或排序是恰当的。

一个作家如果过分地关心他在未来的"不朽",实在是一种变相的疯狂。在我们今天的这个时代里,尤其如此。作品之"不朽",作家个人的能力自然重要,而更多是由其作品所承载的信息的生命力决定的,作品在流传的过程中,不仅不会消耗自己,反而会在不断的阅读中丰富自身,这并非是具体的个人所能想象的。与时间相比,时代的因素的确带有盲目性,带有那么一点点的"偏执"和"天理",有时候,再强,也强不过"势",说的就是这个道理。

常例与例外

小说的写法有着各式各样的例外。借用马原先生的一句名言:"例外只不过证明了常例的存在"。我想,在马原的心目中,小说的"常例"或者说某种恒定不变的自身规定性始终是存在的。这些年来,我尝试着写了一些小说,也变换过各种不同的写法,但自觉对于小说的质的规定,尚没有多少谈论的权利。小说是什么?怎样的东西才能称之为小说?这个问题的确很难一时说清楚。在初学写作的那些日子里,前辈作家曾一再告诫我们:小说必须着力刻画人物,必须有引人入胜的情节,必须形成某种主题。这三个"必须"我猜测大约就是小说写作中不可或缺的三条法则吧,对此我们自然奉为圭臬,不敢越雷池一步。我记得第一次对这些法则产生质疑是因为在大学三年级读到了契诃夫的《草原》。在这篇小说中,情节似有若无,人物恍兮惚兮,而主题则更是无影无踪,无可捉摸。我们几个爱好创作的同学曾专门为这个问题请教了当时在校园中享有盛名的一位作家。他认真地思考了一下,然后这样告诉我们:"即便是世界上最伟大的作家,也会偶尔有失足的时候,何况契诃夫!"言下之意,契诃夫也许只能算是一个二流作家,我们听了以后将信将疑。后来,随着阅读作品的增多,我们惊奇地发现,可以列入"失足者"名单的作家似乎越来越多,甚至还包括一些鼎鼎大名的大作家,比如说列夫·托尔斯泰。如果说契诃夫只不过是偶然失足,那么罗伯-格里耶简直就是自甘堕落了。

我知道,直到现在,也许还有人拒绝将罗氏的作品称为小说。他们这样看也许不能说毫无道理。不过,只要我们仔细想一想,就会发现,时至今日,小说中的每一个金科玉律均已经不起推敲,或者干脆分崩离析了,革命者的脚步踏遍了它的每一个区域:语言、题材、结构、情节、人物、叙事视角……更有人声称,作为作家,上帝一开始就赋予他不受一切陈规陋习束缚的神圣权利。如果说小说的贞操一度完好无损,那么它现在已被人折磨得不成样子了。

在小说史上,曾出现过无数有唯美倾向的作家,在法国就可以列举出福楼拜、普鲁斯特、安德烈·纪德等一系列大师的名字。同样在法国,也出现过另一类作家,比如说克劳德·西蒙,他公然声称小说不是艺术,从而自愿地将自己降格为匠人。陀思妥耶夫斯基、昆德拉也曾表明过同样的看法。陀氏曾扬言:在他的小说中,他对于思想的关注要远远超出对于艺术的追求。这样一来,很多人对小说形式以及它的各个方面最终可能面临的分裂产生了忧惧。

那么,在小说出现各种流派、各种思潮、各种美学原则的今天，小说的"常例"是否存在？我倾向于它还是存在的，文学史上曾出现过这样一种有趣的现象，对于很多作家的评价一直存有争议，比如乔伊斯，比如卡夫卡，争论似乎就表明了问题的存在。但还有一些作家则受到了世人一致的尊敬，比如塞万提斯、歌德、托尔斯泰，我们即便现在阅读他们的作品，也丝毫不会感到时空上的间离感。罗兰·巴特曾不遗余力地倡导小说叙事方式的革命，而一旦进入文本分析，他选用的个案无一例外，都是经典作家的作品，这是值得玩味的。

我想，小说中的"常例"有些类似于围棋中的"定式"。马原先生的话反过来说其实也表示了同样的意思：常例和定式给自由、创造腾出了空间，同时，随着时间的推移，例外可以变成常例，非定式亦将成为定式，艰难的小说实验终将成为伟大的经典。

1994 年 12 月 7 日于上海

小说的十字路口

一

二十世纪的小说创作呈现出从未有过的纷繁复杂的局面,与此同时,大量的阐释学理论应运而生,小说的许多古老的规则被彻底粉碎的同时,新的创作原则不断地被激进的先锋作家发现或发明。在这样的前提下,人们对于当代小说的走向莫衷一是,而"小说究竟是什么"这样一个最简单的问题被批评家重新加以讨论。我们认为,传统现实主义小说在经历了它空前繁荣的全盛期以后,今天正面临新的蜕变的可能,一方面,由于它古老的美学理想在读者心中积淀的审美情趣的永久魅力,传统现实主义小说在当今的文坛上仍保持相当的活力;另一方面,它的某些创作规则(如流水时序,全知角度的叙述、戏剧化的情节结构等)已被越来越多的作家和读者扬弃。二十世纪初崛起的以新小说为代表的现代主义小说,在某种程度上革新了小说的叙事方式,但时至今日,现代主义小说所暴露的弊端(如晦涩艰深,佶屈聱牙,对小说传统的破坏导致的读者的陌生感等）也已日益明显。我们无意在传统现实主义小说与现代主义小说之间寻找一条折中的道路，但是两者融合的趋势已在当代的一些小说大师如安德烈·纪德、海明威、博尔赫斯等人的笔下初露端倪。这无疑形成了当代小说极为重要的文学现象之一。本文试图对这一现象以及产生的背景作一些概要的分析。

二

起源于二十世纪五十年代的法国新小说曾经在世界文坛上轰动一时，1985年，瑞典皇家学院将诺贝尔文学奖授予法国新小说派作家克劳德·西蒙也无疑是对新小说创作实绩的一种肯定。新小说并不能包容现代主义小说的所有特征，但作为一个重要的文学现象，它却代表——至少是部分代表了现代主义小说的精神，这正是笔者试图以新小说作为剖析现代主义小说之入口的原因所在。正像罗伯-格里耶在抨击巴尔扎克式的传统现实主义小说时所指出的一样，新小说和传统现实主义小说相比最显著的优越之处是它显得更加真实可信，新小说在它开始的时候就注意到了传统现实主义在叙事者、人物、细节上经不起推敲。以罗伯-格里耶、萨洛特、西蒙、布托尔为代表的新小说作家试图使作品中所有不真实的因素得以消除。这个过程的完成产生了一系列全新的小说叙述方式和故事推进方式,我们就从这两个方面来加以分析。

罗伯-格里耶极力推崇的法国作家福楼拜尽管和巴尔扎克几乎是同时代的人,但罗伯-格里耶还是固执地认为,新小说在叙述上的某些特征在福楼拜的《包法利夫人》中已显露出来。《包法利夫人》的开头这样写道:

> 我们正在上自修课,校长带着一个资产阶级装束的新生进到了教室……

不难看出,福楼拜和巴尔扎克的不同点在于,他一开始就让叙述者出现,即告诉我们讲故事的人同时出现在故事之中,而不是像巴尔扎克的叙述者那样躲在幕后俯瞰式地指挥整个作品的情节。这的确是一个预兆,以罗伯-格里耶为代表的新小说作家对传统现实主义小说的反叛也首先是从叙述方式开始的。娜塔丽·萨洛特认为现代小说处于"怀疑的时代",作家虽然对现在的读者那种越来越尖锐的眼光,怀疑警惕的态度感到不安,但是他对读者却也越来越怀有戒心。当作家试图叙述一个故事的时候,读者同时在字里行间辨别它的真实性,因此"谁在讲述这个故事""讲故事的人的可靠程度如何"就变得非常重要了。如上所述,福楼拜的办法是让讲故事的人出现在故事中,随着变幻不定的事件的发展,叙述者也在经历故事发生中的一切。这至少使故事显得像是亲身经历的,真实可靠,对读者也有一定说服力。新小说作家承认"用第一人称叙述故事"确实简捷有效,玛格丽特·杜拉斯在她的著名小说《情人》中就是用第一人称展开叙述的。但是请注意,如果用第一人称去叙述一个典型的故事,或是塑造一个典型人物形象"我"(福楼拜正是这样做的),仍会引起读者的怀疑,因为读者不禁会发出这样的疑问:"我"为什么总是能够经历那些富有戏剧性的、有头有尾的、富有深刻含义的事件。所以作家为了使读者相信它的叙述,至少该清除掉事件的戏剧性发展线索(我们可以看到,罗伯-格里耶《橡皮》中的故事叙述线索被他用"橡皮"擦去了),同时,增加一些看上去毫无意义的细节。明白了这一点,我们也许就能明白,新小说作家在叙述过程中加入一些细碎的或是无意义的细节所花费的苦心。在《情人》中,故事的轮廓依稀可辨,但是杜拉斯在故事的叙述中却加进了很多与主题有关却与故事无关的场景和细节。作家在这里仅仅是玩弄了一个花招:那些作者精心设计的细节既深化了作品的主题(或倾向),又使作品故事显得更为可信。在叙述方式上,新小说的另一位代表布托尔尝试用第二人称"你"进行创作,我以为他这样做的最大目的无非是使读者产生一种陌生感,从而使读者避免获得传统现实主义小说"全知角度"的印象。但是这种技法被证明是极不成功的,因为读者很快又会提出这样一个疑问:"你"的一举一动是谁察觉的?谁在叙述"你"?这正是第二人称很快被淘汰的原因。

在故事的推进方式上,新小说作家的努力同样引人注目。克洛德·西蒙曾经指出:我们无法看到一个事件的全部过程,我们所能看到的只是故事的片段,我们固然可以完全了解一件凶杀案,但是我们却无法翻阅所有的卷宗,也无法跟踪每一位凶杀者或被杀者,更无法确知每一位人物的内心世界,如果我们这样做了,就必然会丧失其可信度。正如我们可以看见一块草地,但是我们却无法看见草是怎样生长出来的。我们知道西蒙的小说《弗兰德公路》和托尔斯泰的《战争与和平》同样是描写战争的。在托尔斯泰的笔下,战争的背景、状况、敌对双方军队的战略部署以及几大家族内部人物的成长史、爱情故事都为作者了如指掌。这对当时的读者和阅读习惯来说是无可厚非的,但今天的读者仍会苛刻地提出这样的问题:故事的每一个侧面情况来源于何处,如果说它只是来源于历史,那么历史又包含了多少可信的成分?在《弗兰德公路》中,西蒙巧妙地描绘出一幅幅画面:"马匹在奔跑……""战车被炮弹击碎……""赛马场马蹄错杂的引子""在火中燃烧的一只汽车轮胎",一个经历了战争的人,完全有理由看见这些画面,这样画面的连接同样衬托出西蒙的战争主题,同时又使得读者感到真实可信。罗伯-格里耶的小说在讲述故事的时候,不断地使用现在时态,反复使用诸如"此刻……""现在……"这样的字眼。因为罗伯-格里耶和他的读者都这样认为:过去是不可靠的,而未来尚未降临,只有现实才是可信的。罗伯-格里耶用现在时态推进故事,使读者获得一种在经历"现在"的感觉,从而增加了小说的可信度。

  在事件组织上,传统现实主义小说总是在借助于一些巧合,或是无意安排的戏剧化的机会来连接,一对陌生男女的相恋要么是一场大雨使他们困在渡口,要么是两人同时错过了最后一次班车而滞留在车站,于是故事便顺理成章地延续下去。这种巧合的可能性在现实生活中确实存在,但如果每一位小说家都热衷于描写这种巧合,那无疑是过低地估计了读者的智力。因而在新小说作家的笔下,故事的连接是依据叙述者对事物的感觉完成的。"我"由晚年时的一次渡河而联想到年轻时代的另一次渡河,从而使消逝的时间上升为平面(《情人》)。"我"从与恋人在交欢时的喘息而联想到战争中在树林中奔跑时的喘息,从而将战争和性连接在一起,等等。当然,这样推进故事,除了使小说显得更为真实可信外,还有更为重要的意义。

三

新小说的作家(包括另一些现代主义小说家)在尝试用新的文体或新的叙事手法进行写作的同时也暴露出现代主义小说的种种局限,这种局限随着时间的推移而表现得越来越明显。

首先,从哲学上说,新小说试图使作品真实的愿望不可能彻底达到,不管新小说在技巧上玩弄怎样的花招,小说总是虚构的。读者几乎在接触作品之前就已经接受了某种先验的暗示:他在读一篇虚构的故事。换句话说,新小说作家只能使作品看上去显得真实,但无法做到真正的真实。罗伯-格里耶曾经认为:"传统的现实主义将人的意志强加于现实而把它搞得面目全非,换言之,在对事物的世界进行描述时,现实主义作家不愿意承认物就是物,而是将人的意义或意思赋予它们,从而造成一种人与事物之间融洽和睦的错觉,这就导致了作品的不真实。"罗伯-格里耶竭力想摆脱这一错觉,恢复"物自体"的独立性,但是他开始似乎忘记了要恢复物的所谓纯洁与独立的客观性是不可能的。从哲学上说,所有的小说都必须依赖语言,而用于表现物的语言都是高度人化的产物,这就注定了使物排除人的因素干扰是不现实的。后来,罗伯-格里耶似乎认识到了这个问题,他逐渐将兴趣转移到电影这门非语词的艺术上去了。越来越多的现当代作家开始了对这个问题的反省:既然我们无法使作品做到绝对的真实可靠,是否将意味着我们必须放弃这一努力,而承认小说的"虚构性"这一事实?

其次,以新小说为代表的现代主义作家在尝试新的叙事手法的同时,由于各种各样新颖的技巧的产生,给作品带来了巨大的阅读障碍,这种障碍使读者对作品产生了"陌生感",读者要适应这种新的文体小说,必须借助专家教授的连篇累牍的评论和大量的注释来进行阅读。在读者眼中,小说家似乎一夜之间成了令人望而生畏的玄学家。很多作品,包括现代主义大师乔伊斯的《尤利西斯》和普鲁斯特的《追忆似水年华》都使读者难以阅读。读者毕竟不是用空想的文学原理喂饱的,如果作家与读者之间得不到应有的交流,那么读者完全有足够的理由抛弃他们。我们知道尽管现代主义小说较之传统现实主义小说有更多合理的地方,就目前的文坛而论,现实主义小说的读者仍远远多于现代主义小说的读者。

同时,以新小说为代表的现代主义小说家对小说叙事技巧的革新是以牺牲小说的伟大传统为代价的。娜塔丽·萨洛特曾坦白地承认:陀思妥耶夫斯基以来的心理小说使读者阅读小说的最初动机发生了变化,读者往往不是在欣赏小说,而是像医生解剖动物般地研究小说,这就背离了小说(古典小说)的抒情传统。我们可以想象,这种研究小说的心态一旦占了上风,小说作为研究对象,对读者而言还有多少乐趣可言?英国著名文学批评家戴维·洛奇曾严肃地告诫说:如果任由那种完全背离小说传统的创作风尚流行,现代小说就面临被解体的危险。萨洛特也敏感地意识到:"对我们大多数人来说——乔伊斯和普鲁斯特的作品已经耸立在远处了,标志着一个时代一去不复返了。"这以后萨洛特发表了著名的自传体小说《童年》,完全回到传统中去了。这似乎又回到了开头我们讨论过的问题上来了:传统现实主义小说尽管有着各种缺陷,但它是否已完全走到了尽头?对传统现实主义小说的缺陷的克服是否一定要以牺牲小说的伟大传统为代价?除此之外,是否还有路可走?

我们认为现代小说正处在一个由巴尔扎克和乔伊斯开创的道路的交叉口。在这个十字路口,很多作家重新考察小说的历史,考察现实主义小说(包括古典主义小说)的传统,重新审视现代主义小说的合理性的局限,重新注意作品的可读性。他们力图在作品中剔除传统现实主义小说种种过时的因素(慢节奏、全知角度、流水时序),又恪守了传统小说的故事规则。这些作家包括纪德、海明威、格林、纳博科夫和博尔赫斯等。我们来看看海明威的例子。

海明威极力推崇美国作家马克·吐温的《哈克贝利·费恩历险记》,他认为马克·吐温通过对个人经验的现实主义再现,神话的意图和主题得到体现,受到控制。他很早就注意到在舍伍德·安德森与斯坦因之间存在着一条适中的道路,他选择了这条路。他认为,可能要再过一万年,才会培养出经过充分准备的一批读者,愿意阅读类似于斯坦因女士那样的新小说。为了避免传统现实主义小说的全知角度,海明威并没有抛弃现实主义本身而另觅他途,他的方法是使无所不知的叙述受到控制,他的冰山理论正是这样一个意图的体现。在他的名著《白象似的群山》中这样写道:

> "给我们再来两杯 Anis del Toro(公牛茴香酒)。"
> "掺水吗?"
> "你要掺水吗?"
> "我不知道,"姑娘说,"掺了水好喝吗?"
> "好喝。"
> "你们要掺水吗?"女人问。
> "好,掺水。"

故事叙述一个男子陪他的女友去医院打胎,这段对话是在去医院途中的一个小站上进行的。我们可以看出这段看上去显得烦琐的对话中隐藏着某种东西,那就是主人公第一次面对打胎这一事实时的烦躁心情。海明威没有这样写:"此刻他们的心里很乱。"他只是描写客观对话,而把大量的心理内容隐藏在对话之中,就像是冰山的三分之二埋于水中一样。海明威尽管出现在乔伊斯之后,但还是自信地恪守传统现实主义小说的故事规则。当然,他的这种做法受到了同行福克纳的嘲弄,福克纳指责他"缺乏尝试新的手法的勇气",海明威立即写出了《老人与海》给予回敬,他似乎在说:我不是不能写那类所谓的现代派小说,而是要考虑那种写法对小说本身是否合适。在这里,我们可以相信,海明威吸取了乔伊斯以来新小说的成就,并巧妙地把它融化到自己的作品中,较好地保留了传统小说的美妙诗意。

和海明威一样,博尔赫斯和纳博科夫等作家仍沿用传统故事规则写作小说,但同时他们也已走入了传统现实主义小说和现代主义小说之间的两难境地。和海明威不同的是,他们将自己感觉的困惑引入叙述之中,在某种程度上,他们把自己使命的难度变成了题材。我们不妨来看看博尔赫斯的小说《南方》。

小说叙述的故事极为简单,达尔曼要去南方接受一笔遗产,在出发前夕他的额角被楼梯擦伤,因此得了败血症,他住进医院后医生告诉他,他已不治,但一个星期后,医生出人意料地通知他：他的病好了，不久可以出院。于是，达尔曼痊愈后去了南方，在途中被人杀死。从表面上看，这是一个典型的传统现实主义小说叙述的故事，但它并非如此简单，这个故事至少有两种读法。第一种读法即上述故事本身；另一种读法是，达尔曼确实死在医院中，在临死之前出现幻觉：他对如此平常的死亡感到难以接受，在病榻上想象出另外的死法——在去南方的途中和人格斗而死。究竟哪一种读法更符合作者的意愿，作者没有交代，他把自己感觉的困惑写进小说。在这个有头有尾、跌宕起伏的小说中包含着很多不确定的因素，任何一个层次的读者都可以根据自己的感觉对作品加以补充。正是这样，博尔赫斯避免了传统现实主义小说那种差强人意，同时，由于作家沿用了传统故事的推进程序，从而避免了现代主义小说晦涩难懂的通病。

通过上述分析，我们有理由相信，现代主义小说在经历了对传统现实主义小说的反叛之后，又开始了某种意义上的回归。必须指出的是，这种回归是建筑在对传统现实主义及现代主义小说全面考察的基础之上的，并非意味着对过去的简单重复。当然，现在仍有很多作家运用古老的传统现实主义手法写作，或进行更为激进的小说实验，但越来越多的作家在传统现实主义和现代主义之间选择了一条谨慎的中间道路。我认为，这条道路至少在目前是可行的。因为他们一方面使传统现实主义小说中的过时成分得以剔除，同时，又避免了小说最终走向分裂。

故事的消亡

有人将小说定义为"讲故事的艺术",且不说这个定义能否涵盖所有的小说,这一概念本身即属误会。在本雅明看来,故事与小说是两种截然不同的艺术形式,讲故事的人与小说家更不能混为一谈:"讲故事的人取材于自己亲历或道听途说的经验,然后把这种经验转化为听故事的经验。小说家则闭门独处,小说诞生于离群索居的个人。写小说意味着在人生的呈现中把不可言诠和交流之事推向极致。"因此,当我们在说"小说是讲故事的艺术"的时候,往往忽略了小说繁荣背后的另一个后果,那就是对"故事"的减损或取消。

在通讯和传媒较为落后的过去,故事的成功与否往往取决于它的独特程度和传奇色彩,同时亦依赖于讲故事的人的基本经历和人生经验,有两种人最适合充当讲故事的角色。其一是商人,其二是水手。他们都是远行者。无论是《荷马史诗》,还是《一千零一夜》,故事本身即意味着经历。故事的丰富与繁多往往与远行者游历的路程成正比。《堂吉诃德》中的故事则一分为二,一方面是堂吉诃德本人的行侠奇遇所构成的层出不穷的故事;另一方面则是他在游历途中所听来的,比如偶尔发现的不知名的手稿,路途中所遇到的陌生人讲述的故事等等。而十七世纪欧洲流浪汉小说本身即是游历见闻的连缀。在中国,志怪和史传类的小说十分发达,民间口口相传的传说和历史故事为后来的这类小说提供了用之不竭的素材。中国早期的小说一度被称为"说话",后来讲述者为了讲故事方便,有了稿本,亦即后来所谓的"话本",而"话本"就是中国长篇历史小说的较早雏形。

因此,无论是在欧洲还是在中国,早期小说通常是故事的记录形式。但是,就现代意义上的小说而言,记述故事并非其首要功能。当"虚构"这一概念进入小说之后,小说与传统故事之间第一次有了明确的区分,从而进一步规定了自身。也就是说,小说中的故事可以不是出于作者的亲历亲闻,而是来之于"虚构"。一名水手也许要历尽千辛万苦,才能把东印度群岛发生的事带回伦敦;一个匠人漂泊一生,积攒下无数的见闻、掌故和趣事,当他晚年坐在火炉边给他的孩子们讲述这一切的时候,他本人就是故事的一个部分。小说家则不同,他可以闲坐在布宜诺斯艾利斯的图书馆中,或者在巴黎一间终年不见阳光的阁楼里杜撰他想象中的历险。

小说家虚构故事当然不是信马由缰式的胡编乱造,他有两个可供利用的资源,其一是他的个人经验(有很多小说家本人即爱好游历冒险,也有一些小说家在从事写作之前曾尝试过许多不同的职业,积累了丰富的人生经验),其二就是所谓的"经典故事模式"。古往今来流传着数不胜数的故事,尽管它们五花八门、千奇百怪,但往往可以归纳为几个主要的模式或程式,这种模式与人在欣赏故事时的心理反应有着结构上的关联,正是这种联系使人对某些故事百听不厌。有学者指出,《大卫·科波菲尔》就是灰姑娘故事的改写。狄更斯笔下的这个故事既可以看成是灰姑娘故事的变体,同时也是作者自身经验的隐喻形式。

在小说取代传统故事形式之际,经验开始大幅度地贬值。在过去,讲故事的人更多地依赖他的自身经验,而小说家则可以通过虚构和想象来弥补经验的不足。他之所以能够这样做,除了他对于故事程式了如指掌外,通讯、出版、摄影科技的发展亦给他提供了巨大的便利。一个人若想去描述他没有经历过的事,在过去被认为是十分困难的。但丁的地狱与陶渊明的乌托邦都是按照人间的地图绘制的,但是摄影和电影则可以复现、模拟人生中可能有的一切经验。而阅读似乎与写作的关系更为密切。阅读可以给小说家提供不少别人的经验,作家将这种经验转化为他自己的经验,然后再通过写作,将它变为读者的经验。与传统讲述故事的方式不同,小说家一般来说并不"转述"故事,他是在从事故事的制作和生产。小说家成了一个匠人,而他的工作室则是不折不扣的手工作坊。据说,巴尔扎克的写作活动与一个工人的生产活动并无太大的区别。

传统的故事讲述者通常没有明确的叙事目的,一个故事是否值得转述,往往取决于故事本身的趣味性和可流传性。而小说中的故事则大都为作者潜在的叙事目的服务。故事有时成了幌子。十九世纪末期以来,小说家对小说故事性的破坏日趋激烈。一个故事的好坏并不看它的"成色"如何,而被认为是取决于讲故事的方式。契诃夫曾经把那些不好好讲故事的小说称为"耍弄蹩脚花招",但这种花招的大量出现亦有其内在的合理性。那就是小说要摆脱陈旧的故事模式,摆脱虚假的因果关系和矫揉造作的戏剧性冲突,甚至摆脱故事本身。现代小说家认为,传统经典故事的模式早已失去了弹性和内在活力,已不能带给我们当初的激动,那些千百年来一直在给我们提供养料的故事模式已经成为制约想象力的障碍之一。

故事在小说家的手中遭到肢解的同时,在大众文化领域则是出现了相反的极端:它正在被过度消耗。这种消耗的结果之一就是使故事成为非故事。电影工业和以追求收视率为目的的电视剧每天都在成批地制造大量的"故事",在这些"故事"中,内容的独特性、故事本身的情感因素、它与历史现实及个人生存象征关系被取消了,剩下的只是一个情节程式。传统故事中的转折、发展、突变、高潮等因素被抽象为一个个行之有效的手段,经过不同的排列组合而变成故事装配流水线上的零部件。

经验贬值的历程并未结束,而经验的可交流性亦每况愈下,讲故事的艺术行将消亡。在报纸和互联网上充斥的光怪陆离的信息构成了我们的日常生活。作为"讲故事的艺术"的小说霸主地位亦将为"消息"和"言论"所代替。《费加罗报》的创始人威尔梅桑就曾说过:"对于我的读者,拉丁区一个顶楼的火灾要比马德里闹革命更重要。"故事似乎比消息更结实耐用,因为它在呈现中并不消耗自身,一千年前的一个故事我们今天读来仍然津津有味。但消息也有一个故事所无法比拟的优势,它不像后者那样暧昧,清晰具体,令人一目了然,不需要经验和情感的投入,因而更适合充当即用即弃的消费品。

小说艺术也许只有在那些经济不发达的国家和地区才能维持一线活力,比如南美洲和非洲,假如我们对九十年代之后的中国社会的巨大变革视而不见,或许还可以加上中国。

发展主义观念与文学

一

发展主义观念并非中国传统文化的自然衍生物,也不完全是西方价值伦理的简单移植。一方面,这种观念与中国传统的自然观、哲学观发生了尖锐的冲突,晚清之后,由于西方资本主义文明的恶性扩张以及中国知识分子对亡国灭种的现实境遇所表现出来的深刻焦虑,冲突明显加剧了,而且迄今没有完全消除。另一方面,在西方,发展、扩张、进步这样一些观念显然构成了某种主流意识形态,但它们依然从属于一个更庞大的价值系统。我们不能说,在这个系统内部,要素之间的关系达到了和谐统一,但至少构成了相互制约。

而中国的发展主义观念显然走到了一个极端:人与自然、人与社会的复杂关系被简化为一个明确的动机,那就是发展至上。在政治模式和发展战略上,它被演绎成一种"赶超"逻辑,而在精神生活之中,它甚至一度取代了信仰本身。我们固然不能通过发展主义这一模式或观念来解释整个中国近现代史,不过,从这一模式的演变过程中又的确可以清晰地看到中国社会发展的大致轮廓。

严复是鼓吹维新变法的近代知识分子中最具代表性的一位,他显然将富国强兵、发展进步放在第一位,并对中国传统的"相安相养、防争泯智"的生民之道提出了强烈的批判。但是,严复本人对于发展主义所导致的结果倒是看得一清二楚:"夫天地之物产有限,而生民之嗜欲无穷,孳乳寝多,镌镵日广,此终不足之势也。"(《论世变之亟》)

只是在他的那个时代,他没有时间,也没有可能对这一命题提出进一步的讨论。从孙中山到毛泽东和邓小平,他们的政治主张、国家模式不尽相同,但无论他们对西方的价值观念是认同还是拒斥,不管他们学习、赶超的对象是苏联还是英美,从本质上来说,他们对于发展主义观念的理解有着相当的一致性。这种一致性并不是偶然的,这是他们面临的共同的文化—现实处境所决定的,这大概也是严复所说的:"运会既成,虽圣人无所为力。"

二

发展主义观念在中国的实践主要是源于对生存境况的焦虑。这里所谈到的生存,指的不是个人生存,而首先是作为一个类而存在的国家—民族生存的可能性。这种发展主义观念在开始时也许是作为一种权宜之计被提出来的,但在演变过程中,它越来越脱离了手段、途径而成为目的本身。发展主义观念并不能独立构成一个价值系统,但在发展至上的旗帜之下,社会良性运转所必需的其他价值范畴很快就销声匿迹了。它就像是一块巨大的橡皮,将个人的情感、自主性、道德行为动机一并擦去了。这就造成了社会和个人生活的双重迷误。前者导致了诸如生态、环境、资源等方面的一系列痼疾,而后者则使个人离他的价值目标越来越远,在这样一个背景下,文学所受到的影响自然是十分明显的。

文学的独立性是一个复杂问题。在中国尤其如此。独立性的丧失固然与极权政治、意识形态关系密切,但这并不是唯一的因果关系。否则我们很难面对以下种种疑问。比如,俄罗斯文学经历了与中国大致相仿的现实处境,但却出现了像帕斯捷尔纳克、阿赫玛托娃、布尔加科夫等文学巨匠。俄罗斯的文学传统虽受到重创,但并未夭折、中断。再比如,九十年代之后,中国的社会政治状况有了明显改善,为什么作家艺术家依然自缚手脚,自动投身于某种权力系统的网络之中,其创作并未显示出理应获得的自由和创造力?

极权政治并非凭空产生的,它需要社会个体的共同参与。也就是说,只有当个人对社会发展模式出现认同、至少是部分认同时,热情或迷误才会产生,而社会模式的改变可以在短时间内完成,但长期以来所形成的个人心理意识却并非一朝一夕能够消除。因此,研究文学独立性丧失的问题,并不能仅仅将目光投向极权政治,而是需要重新审视我们的文化传统、价值资源,重新研究个人的日常生活和心理结构。

发展主义观念与宗教信仰、形形色色的革命理论一样,也提出了自己的未来学说,并依靠它培植住所,激发热情。发展主义观念在许诺了一个未来的强大民族国家的同时,也提出了一个个具体的经济学上的统计数字。相对于宗教的来世和彼岸世界,相对于革命理论的道德乌托邦,发展主义观念所许诺的未来更不可抗拒,更使人具有依附性,当然也更为世俗。我这里并不是说,作家们都会为了经济利益而去写作,但发展主义观念残酷的优胜劣汰远景必然会使个体产生恐惧或担忧。这种担忧正在被放大,并被夸大到了荒谬的程度。人们(包括作家)担心在日后的某一个时刻落入边缘的处境而不得不未雨绸缪。这实际上仍然是"未来"在起作用,在过去,它表现为一种诱惑,而在今天成了一种挥之不去的恐惧。

我们或许还可以看看另一个方面的情况,在发展主义观念中暗含着一个社会进化论的信仰:现在的一般社会状况要比过去好,而未来则比现在好,进步是必然的。在文学上则是列夫·托尔斯泰要比但丁或塞万提斯优异,而卡夫卡则当然是要比列夫·托尔斯泰伟大。这样一来,文学写作实际上已经变成了一个奥林匹克竞技场。在中国新时期的文学中,各种主张、流派纷至沓来,对于"新""后""超越"这一类词语的迷恋几近疯狂,这与经济上的"赶超"战略又有多大的不同呢?

鲁迅先生曾指出:没有个人的强大,强盛的民族国家是不可想象的。在文学上也是一样,没有健全、完整、充满生命力的个体人格,写作所依赖的信念、自由、想象力和创造力亦无从谈起。我们必须认识到,个人永远是传统的一个部分,在作家的工作室里,他唯一需要面对的是人类迄今为止绵绵不绝的理想与智慧,并用它的光芒照亮他们所处的现实,照亮他自己。

第二辑
十年一日

十年一日

一

1986年秋末的一天,马原穿着一件绛红色的风衣走进了我们学校的小礼堂。在华东师大,小礼堂是校长们开会或用来接待外宾的场所。在我的记忆中,除了芝加哥大学的李欧梵先生,在学人和作家们中间,似乎只有马原受到了如此隆重的礼遇。尽管大部分中文系的学生尚不知道马原属于何等人物,但文学社团的活跃分子们早已将他视为真正的大师。

当马原在一批追随者的簇拥下走向讲台时,我看见站在门边的几个学生激动得直打哆嗦。人群中出现的暂时的骚动显然感染了社团联一位副主席,他在给马原倒开水的时候竟然手忙脚乱地将茶杯盖盖到了热水瓶上。

马原的演讲似乎和他的那些西藏小说一样,让许多人摸不着头脑。他的口吃相当严重,甚至很难说出一个完整的句子,而他表达得稍稍清晰的部分又往往是一些模棱两可的比喻。

那天下午重复频率最高的一个词语是"通神"。在马原的辞典里,它既是文学语言的最高境界,又是日常经验通往未知领域的必经之路。当学生们要求他对这一概念本身加以解释时,他随即讲了这样一个故事:

有一次,他在西藏涉水过河时,预先将两只鞋子扔向对岸。当他抵达河流的另一侧,竟然发现两只鞋子整整齐齐地摆在那儿,"就像搁在床边一样……"

马原拒绝以"概率"和"偶然"这样的概念解释这一巧合。倘若这不是出于冥冥中神祇的意志,那也一定包含着我们尚不能完全知晓的时间的奥秘。也许是刚刚从西藏高原下来,整整一个下午他都显得恍恍惚惚。许多人后来回忆说,尽管他们到底也没弄清马原那天下午都说了些什么,但无疑得到了许多重要的启示:仅仅是一种氛围即可打开一扇尘封多年的窗户。即便是那些心高气傲、目空一切的油画专业的艺术家,也并非一无所获,至少,他们认为马原的胡须很适合素描练习。

只有一个学生的提问让马原感到了为难。他希望马原先生能够描述一下,阿根廷作家博尔赫斯在多大程度上对他的创作构成了影响。马原略一思索,便回答说:"我从未听说过这个人的名字,自然也就谈不上什么影响。"

这自然使我联想到马尔克斯在面对《百年孤独》与《大师与玛格丽特》之间关系的诘问时所作的回答。不同的是,马原在几天后即承认自己当时说了谎。在1986年就看出博尔赫斯和马原小说有着重要联系的人并不多,这也许使他有些吃惊。另一个方面,他似乎对当时远未成熟的中国批评界存有很深的戒心:一旦你公开承认自己受到了某位作家的影响(尽管这十分自然),批评者则会醉心于这种联系的比较研究,同时它又会反过来强加给作家某种心理暗示,从而损害作家的创造力。因此,我个人完全能够理解,为什么马原在面临诸如此类的提问时,总是列举出一些让人不明所以的名字加以搪塞:比如说拉格洛夫、斯文·赫定、毛泽东,还有克里斯蒂。

讲座后的第二天,我和诗人宋琳去他的住处看他。马原懒洋洋地靠在一张沙发上,对多少显得有些紧张的宋琳说:"我早已听说你写诗,但却从来没有机会读过,你能不能挑出你认为最好的一首,读来听听……"谦逊、仁厚的宋琳似乎并不认为对方在见面之初即提出这样的要求显得突兀或过分,立即用他那饱满、浑厚的男中音朗诵了自己的一首近作。马原听后未置可否。一段令人尴尬的不安过去之后,马原突然对宋琳说:"这样吧,我也来朗诵一首你听听怎么样……"

我记得那是一首有关布达拉宫墙的短诗,在我听来也并不见得如何出色。但真正使我难以忘怀的是他后来对于诗歌史、语言、小说与诗歌内在特点的比较等重要问题的描述。这也许就是我日后读到昆德拉的相关论述时感到乏味的原因之一。

马原是属于那种真正博览群书而个人风格又十分突出的作家。在他身上,我几乎看到了一位伟大作家所必须具备的所有素质和禀赋，但他却在某一天突然停止了写作。我们只能从朋友们的来信和电话中知道他的行踪。尽管我们并不十分清楚其中的原因，毕竟令人黯然神伤。随着马原在文坛的敛迹，随着这个社会正在发生着的一系列深刻的变化，我似乎感到，一段生机勃勃的岁月已经悄然结束。

在此，我无意于对马原先生的那些风格独特的作品提供全面的评价，我只是想重新反省一下如下的事实：马原的写作方式对于当时矫揉造作之风盛行、缺乏想象力的文学界形成了怎样的冲击。我相信，当余华先生在辽宁文学院的一次讲课中谈到，他之所以决定来沈阳仅仅是为了向马原表达一种敬意，并不是虚妄的奉承之语。

二

契诃夫对年轻一代作家的提醒一直使我记忆犹新。他认为，一个初学写作的人要竭尽全力使自己的作品与众不同，但同时他又告诫说："千万不要耍弄蹩脚花招"（后来，美国当代作家雷蒙德·卡佛干脆将它改成了"别耍花招"，作为"简单主义"的奠基石）。契诃夫的这两个忠告并不像有些人理解的那样自相矛盾。事实上，罗兰·巴特在去世前重复这个意思时说得更加透彻：现代派并不是一个时髦的死字眼，而是社会在进步过程中的一种困难活动。

我想要说明的是，在大部分情况下，当一个诚实的作家写出了标新立异的作品，并不是说他故意要这样做，以便使人大吃一惊。写作从来都是一项充满挑战性的艰辛工作，他除了听从内心的召唤，尽可能准确地表达他自身的处境之外，并无另外的使命。1986年，当我开始写作的时候，有两种东西深深地吸引了我，同时也使我产生了疑虑和痛苦。其一是写作的自由。我所向往的自由并不是指在社会学意义上争取某种权力的空洞口号，而是在写作过程中随心所欲，不受任何陈规陋习局限的可能性。主要的问题是"语言"和"形式"。

我的朋友徐麟在谈到"语言"或"形式"的重要性时曾举出这么一个例子。他认为唐诗的繁荣也许是多重因素促成的，但关键的一个因素总是被人们所忽略，那就是"宫体诗"在诗歌的格律和形式方面打下的深厚基础。他对事实描述的准确性如何我并不在意，重要的是，它恰恰印合我内心的某种潜在愿望。

而在当时的创作界，人们普遍认为"语言"对于作品的创作和欣赏来说，仅仅具有某种参考作用，"形式"只不过是"内容"的外衣，它们的地位和作用有些类似于标点符号。在这样一个前提下，"文体"意识的觉醒自然就更是一句空话了。

在此，我不愿意再次重复"语言"革命，或者"形式革新"对于解放想象力所产生的意义之类的老生常谈，因为"形式"并不是一种可以从写作中分离出来的外在手段，摆在那儿，供我们随时取用，"语言"也不是某种现成的道具，适合千篇一律的舞台布景，它们的活力首先取决于我们内心的情感图像，取决于我们感觉到并打算加以表述的现实场景。

因此,我想略微谈一谈描述和记录的对象。我觉得作家的重要职责之一,在于描述那些尚处于暗中,未被理性的光线所照亮的事物,那些活跃的、易变的,甚至是脆弱的事物。在那个年代,没有什么比"现实主义"这样一个概念更让我感到厌烦的了。种种显而易见的,或稍加变形的权力织成了一个令人窒息的网络,它使想象和创造的园地寸草不长。这种根深蒂固的反感不仅来自枯燥乏味的教科书上的陈词滥调,或者是当时的许多作家所炮制的平庸之作,更为重要的,它出自一种自我憎恨。

我曾经写过一系列所谓的"现实主义"小说。我当时的心态,就好比一个天生对汽油味过敏的人强迫自己在汽车加油站工作。加缪曾经说过,真正的无言不是沉默,而是说话。在我看来,真正的无聊就是逼迫自己加入无聊的游戏。假如我因不堪重负而最终放弃写作,那也是一件十分自然的事情。

1985年的春天,当我在一辆由浙江建德开往上海的列车上开始写作《追忆乌攸先生》时,我决定将自己从无休止的自我折磨中解救出来。

当时,我与一位音乐系的女教师同行。在开始的几个小时里,她一直在试图向我说明,吕其明的《红旗颂》是世界上最好的音乐。遗憾的是,我从未听过吕其明的作品。这使她大为伤感。为了让我主动发现吕其明音乐的美妙之处,她一边打着毛线衣,一边不厌其烦地哼起了《红旗颂》,也许还有《克拉玛依之歌》。

温暖的阳光透过车窗玻璃,使人昏昏欲睡。小河、桥梁、树林和村庄在窗外依次交替闪过,火车轮的轰鸣所掩盖的是一片遥远的寂静。我觉得自己渐渐喜欢上了那个旋律,沉醉于那样一个不断延续的瞬间。从感觉的意义上来说,瞬间所包含的时间长度并不是几秒钟,而是几个小时,它是一个芳香四溢的巨大容器,它向过去回溯,也向未来延展,它无限敞开,一直通往未知的黑暗。我觉得,吕其明的音乐,窗外匆匆而过的一片池塘,过去年月纷至沓来的记忆,以及女教师手中跳动的铝针之间有一种暧昧的联系,正是这种联系晦暗不明和脆弱易逝的性质让人沉醉。我在想,相同的一缕阳光也曾照亮过去的街角,那么,年代久远的一场大雨会不会打湿现在的衣服?

当女教师终于靠在椅背上沉沉睡去之时,我却感到自己刚刚从一场梦中醒来。在接下来的五六个小时里,我始终沉浸在那片无法控制的幽光狂慧之中。现在想想,当时的那种欣喜固然显得有些可笑,但直到今天,假如有人问我如何评价吕其明的《红旗颂》,我也许会毫不迟疑地回答他:它的确是这个世界上最好的音乐。

三

余华,这位来自浙江海盐的牙科医生,在人们的传说中似乎有着一副冷漠、残酷的外表。他的早期小说所提供的一系列人体解剖报告足以让他的读者怀疑自己的牙齿是否坚固。然而,牙医的职业也许并不能赋予他不加掩饰的才华以内在的心理基础,真正使他获益的是他父亲的那座医院。对余华来说,医院从来都不是一种象征,它本身即是这个世界的浓缩或提纯物,一面略有变形、凹凸不平的镜子。这多少会使人想起布鲁克斯笔下的海明威,海明威笔下的涅克①。

余华后来多次谈到了那座医院,用的是漫不经心、轻描淡写的语气。这种语气到了他的作品中,则立即凝结成了具有锋利棱角的冰碴。他是那么热衷于描述恐惧和战栗,死亡和鲜血,冷漠和怀疑。难怪张抗抗女士阅读了他的作品后将他称为"恐怖大师"。

但那都是过去的事了。现在的余华更加偏爱略带感伤的温情,在很多天真的批评家的笔下,这种倾向无疑是余华蓄谋已久的风格转向的明显标志。但至少在我看来,他依然没有偏离其一以贯之的哲学、美学的基本立场。只不过,他稍稍改变了方式——它更加自然,不动声色,所有特征的力度都得到了强化,肉体和心灵所受到的双重惩罚逃离了各类物理器械的切割,转向更为表面,也更为深邃的日常生活的磨难。而温情固有的欺骗性,在过去是利刃的磨刀石,现在则成了命运转折的润滑剂。

我是在1988年的冬天认识余华的,那是在北京作家吴滨

---

① 涅克:海明威《杀人者》中的人物,又译为尼克。

的家中。我们当时所涉及的许多话题都成了过眼云烟，难得一记，只有一件事情给我留下淡淡的印象。他与吴滨谈到在鲁迅文学院读硕士时的一段往事。一天下午，他和莫言坐在鲁院教学楼的台阶上，看着一位位年轻的女作家在阳光下走过，津津乐道地议论着她们裙子下露出的小腿。他的口吻俨然是一个涉世未深的少年，这与他狂放不羁，显然是精力过剩的外表多少有点反差。这也印证我从他作品中随处可以看到的几乎是与生俱来的语言能力。几年后，我读到他的长篇小说《在细雨中呼喊》时一点儿都不感到吃惊。

剩下的也许就是这样一个悬念：除了他习惯性的口语流露的愤世嫉俗之外，我从他身上看不到任何"残酷"的迹象。当我们在去鲁迅文学院的途中，他抢先冲上公共汽车替我争得一个座位时，他的这种过分的善良和热情在我身上却引起了相反的反应。直到几年后，他站在我们学校的讲台上为大学生们上课，我才明白人们所说的那种"残酷"究竟是怎样一个景象。有一位学生问道："你对于文坛新出现的年轻作家有何看法？"余华的回答出乎在场所有人的预料："我恨不得将他们掐死……"他咬牙切齿地说出了这句话，伴以突然而有力的扼掐动作，将坐在前排作仰慕状的几个女生吓得面无人色。

正如他的这句玩笑留给听众的强烈印象一样，无论你喜欢或不喜欢余华的小说，过目难忘应当是读者的共同感受，而这正是一个作家原初的才华所在。即使是现在看来，《河边的错误》《四月三日事件》《现实一种》《十八岁出门远行》均堪称杰作。假如我们略为放宽一下评价的尺度,这列作品名单就要包括他早期的所有小说,甚至《偶然事件》《难逃劫数》这样带有明显缺陷的小说也给人以才华横溢的印象。

"呼喊"和"细雨"这两组中心意象作为余华向童年记忆回溯的两条线脉,构成了他揭示现实处境的经纬。"呼喊"令人联想到医院空空荡荡的走廊,山岗失去皮肤后在手术台上流动的金黄色脂肪,被捆绑的疯子死在街旁的邮筒前,血还没有凝固……而"细雨"则让人回忆起冯玉青在朝阳下流光溢彩的乌黑发辫,摇着拨浪鼓向村庄走来的白癜风货郎,以及少女杨柳使人流泪的面容。

在余华本人所陈述的阅读启示录的名单上,卡夫卡和川端康成占有十分显赫的位置。卡夫卡笔下的"呼喊"大多以沉默和接受的姿态加以呈现;川端的"雪国"肌理细密,婉约沉潜,而余华作品中的相类意象与他笔下的浙江农村一样,粗粝,有力,充满着喧嚣和躁动,有一种不伦不类的活力。他记录了心灵的历险、战栗以及寻求慰藉的全部吁求。

《此文献给少女杨柳》显示了余华在追求形式完美化方面的巨大努力,只是由于《世事如烟》此前所达到的叙事高峰,使读者的惊喜打了一点儿折扣;也许要等到《活着》《许三观卖血记》的问世,他才能与读者一起放心地分享成功的喜悦。

这两部作品依然显示出作者出众的才华,和以前的作品相比,语言更为流畅,结构更为匀称,叙事技巧更为纯熟。枯燥乏味的日常生活在他笔下所焕发的美感几乎使人眼花缭乱。问题在于,相对于余华早期作品的花园,作者在剪去一些多余的枝叶的同时,是否一并舍弃了某些看似怪异、生涩、食之甘美的酸果?而他最近发表的《我没有自己的名字》这篇优美的小说使我的这种疑虑成了一种多余。用一位批评家的话来说,对于余华这种作家的才华,我们似乎只有信赖和期待。

四

《稻草人》一类的小说从某种程度上来说是一匹色泽黯淡的织锦,经历了时间的淘洗,图案有些模糊不清,但热烈、富于幻想气息的纹络让我们不难辨认:正午的阳光下,低矮密集的房子呈现烙铁般微红的颜色,棉花的叶子发出了经久不息的摩擦声;我们看见三个男孩从不同的方向穿过棉花地,走向河边。假如他们停下来张望,那是他们想弄清楚午后的沉寂中所包藏的事物;假如他们迷了路,那是因为除了稻草人和无边无际的棉花地,他们看不到另外的标识,一切都无声无息。没有一只鸟。

《一九三四年的逃亡》中所描述的"枫杨树",其确切的地理位置应当是江苏省扬中市的县城。我和苏童的一部分童年岁月在那儿度过。在炎热的夏天,即便我们偶尔在长途汽车站卖冰棍的老太太那儿相遇,彼此亦不可能相识。与苏州幽深、玲珑的园林相比,这座江中小镇似乎没有什么值得一记的风物，但我还是一下就能从他的作品中嗅到那儿的气味，仿佛新剖的竹篾所散发的清香在枫杨树的阴影中被分离了出来，并被赋予了某种固定的形态。

由于这种"被分离的经验"对我而言是那样的真切，我几乎很难关注苏童小说中其他的内涵。我始终认为，江南的城镇山水为苏童小说提供的滋养仅仅是一种氛围。无论是苏州城北的一角，还是香椿街熙熙攘攘的闹市；无论是陈宅令人困惑的大红灯笼，还是飘满了鸭屎味的罗家小院，它们与作者内心最为熟稔的精髓相比是不足为道的。因为所记之物相对于记忆，正如智力相对于本能。

比如说，苏童小说中的阳光是那样的令人难忘：它能够发出嗡嗡的叫声，是因为蜂飞蝶舞的春天的馈赠；它能散发出甘醇的香气，是因为篮中被晒瘪的青草与新鲜的草香毕竟迥然不同；它像织出的布匹一样倾泻而下，是因为井壁的斑斑驳驳衬出了井水的幽蓝；而太阳犹如破碎的蛋黄悬浮于铜尺山的峰峦之上，那是由于浓重的霜雾给人的视线设置了一道屏障……

苏童的语言简洁，质朴，饶有韵致；他的形式不事雕琢，而又蔚为大气。从他的作品中可以看到安德森、考德威尔、威廉·福克纳叙事风格的影响；假如加上苏童本人一度推崇备至的麦卡勒斯、雷蒙德·卡佛，我们可以看出美国文学，尤其是南方文学在他心目中的位置。在苏童的小说中，我们很难看到明显的智力特征，这并不是说他根本缺乏这种智慧，只是它一直处在暗中，为作品的叙事提供必要的保证。"如果说智力不配享有崇高王冠的话,那么,也只有智力才能颁布这样的命令;如果智力在效能的等级上居于次要地位,那么,也只有智力能够宣告本能处在的首要地位。"①

苏童为人开朗、豁达,和南京这座城市一样,兼有南方的钟灵毓秀和北方的含蓄、粗犷。《钟山》编辑部的傅晓红将苏童和叶兆言一并列入南京硕果仅存的老实人行列,其口吻颇像是在赞扬一对无私奉献的劳动模范。苏童不爱琢磨人,不喜欢议论同时代作家的"是非功过",他认为这是出于对同行的尊重。不管是在生活中,还是在他的作品里,他对"戏剧性",对于那些穿着形形色色外衣的"尘世秘密",一直保持着足够的距离,没有那种追寇入其巢穴的锋芒。他似乎担心那些活跃的、不稳定的思绪一经追问就变成了毫无生气的东西。在他有限的创作谈中,也可以看到他拒绝澄清暧昧不明的事物时所表现出来的本能的节制(他的那些"理论"表述较少铺陈,展开,却充满着真知灼见)。

在马原看来,苏童小说中貌似"混沌"的叙事风格不仅没有妨碍他的洞察力,反而给了那些作品无与伦比的分寸感,其叙事节奏体现出了真正的大家风范。

《妻妾成群》作为一部备受关注而又颇有争议的小说,其文体上的成就并未受到应有的重视。人们在欣赏深宅大院姨太太们之间的钩心斗角的艳情故事时流露的贪婪,使他们忽略了作

---

① 普鲁斯特:《驳圣伯夫》,百花洲文艺出版社出版,第7页。

品本身远为丰富的内涵。对苏童本人来说,他的动机只是为了寻求变化,"考验一下创作的能量与功力"①,可是这部作品所显示的"变化"也掩盖了它与早期小说的内在联系。事实上,一个作家只能通过自己的眼睛去发现世间万物所蕴含的"真实",题材永远不会成为一个问题。苏童小说依次描述过乡村少年的寂寞、青春期的躁动和背景广阔的妇女生活,从时间上来看也包括了二十世纪历史的许多重要段落,这一线索似乎也不像苏童在文集自序中阐述得那样街垒分明。因为写作什么题材,如何去呈现记忆中的事物,不仅取决于扑入我们意识的过去的对象物,也取决于写作的"当时状态"。关键的问题在于,必须找到那些浸没在黑暗之中的事物与心灵联系的基本线脉——苏童曾将它称为"灯绳",并使它豁然亮堂。

　　苏童和叶兆言一样都倾向于写作的"多多益善"。这一写作理想正在丰富着他的作品日益深广的背景,也使那匹织锦上的图案愈加炫目。读者在惊叹之余所生出的淡淡的遗憾也在所难免。我想苏童本人也未必对之没有一点儿察觉。记得几年前,苏童在去美国的途中经过上海时,曾以出人意料的激烈口吻对我说:"我才只有三十二岁……"我已记不清他为何要这样说。但我想,三十二岁正是福克纳酝酿《喧哗与骚动》时的年龄,而对于马尔克斯和普鲁斯特来说,《百年孤独》和《追忆似水年华》还远未动笔。

---

① 苏童:《婚姻即累》自序,见《苏童文集》,江苏文艺出版社出版。

五

今天,在很多人的眼中,"实验小说"似乎已经成了一个危险或可疑的名词。一位曾经为实验小说摇旗呐喊的批评家,在最近一篇文章中开始了自我忏悔式的反省,好像刚刚从一个错误或一场骗局中清醒过来。同样的"反省"也零星地出现在实验小说作家们的随笔和演讲录中。他们在各种场合竭力声称自己作品的"现实主义"特征,这本身也给人以这样的印象:实验小说本来即是创立一种新语言,一种独出心裁的表达形式的幻想或文字游戏。而另一些作家在写作中的"转向",则宣告了实验小说不过是一种写作上的"策略",所谓的"权宜之计",好像他们长达近十年来的作品并非呕心沥血之作,仅仅是为了提高写作能力,为了有朝一日更彻底地扑向"现实主义"怀抱的思维和文字训练。

鉴于变化中的社会形态的纷乱程度超出了很多人的预想,每一个人都在焦虑中重新确定自己在新的社会条件下所处的位置,舆论对于实验小说评价上的差异性和种种误会在所难免。

首先,正如实验小说的几位重要作家在创作风格上的差异十分明显,他们在精神气质、写作趣向上内在的联系也清晰可见——过分看重或干脆否认这种联系都是不必要的。我宁愿将其视为一种松散的集合体：人们只是从各自不同的境遇出发，寻找表达的真实感时偶然撞到了一起。他们之间并不存在着一个共同的宣言或纲领，也从未有人打算这么做，甚至彼此在交往中均持有一种不可思议的谨慎，很少交换创作的不同见解，彼此保持着应有的距离和互相尊重。

其次，实验小说在文体上进行的试验源于表达和交流的"障碍"。社会现实所赋予他的"真实"以及寻求表达这种真实时所面临的困难构成了双重的压力，敏感的作家意识到了这种压力，不得不一吐为快。除了一些极端个别的例子，所谓的"语言革新"大多在现有的语言规范下进行——作家们运用"旧的语言"进行创作，却悄悄地改变了它的内部构造，这是新形式产生的重要基础。

比如说，"形式"在马原的小说中从来都不是一个"圈套"，它就是"内容"本身，只不过西藏的生活让马原看到的东西对于我们来说显得过于遥远。余华和苏童的小说中也从不缺少所谓的现实感，假如他们笔下的现实图景过于虚幻或怪异，那是因为这一图景的存在唤醒了他们的智慧或本能。正如烈日下的向日葵在凡·高的眼中本来就是一团火焰，而不是凡·高没有能力将它画得"更像"。

另外，实验小说与当时的社会意识形态关系也多少反映了特定时代的现实性，对于大部分作家而言，意识形态相对于作家的个人心灵即便不是一种对立面，至少也是一种遮蔽物，一种空洞的、未加辨认和反省的虚假观念。我们似只有两种选择，要么成为它的俘虏和牺牲品，要么挣脱它的网罗。

不可否认，作家在多半是无意识的创作中对这样一种关系的认识并不是一开始就条分缕析的。社会或公众将"实验小说"称为一种文字游戏是一回事，作家本人受制于这种描述又是另一回事。它至少反映了"实验小说"创作中最为重要的问题所在。这也印证了 T. S. 艾略特曾经有过的疑虑，一个仅仅依靠本能和激情写作的作家到底能够走多远。

九十年代中期的社会状况相对于十年前所发生的深刻变化实际上已经超出了"实验小说"内涵的缓慢延展。日益复杂化的社会现实同时也在呼唤一种更加复杂，内涵更丰富，形式更加有力的写作方式。在这样一个背景下作家所采取的某种程度的调整也是十分自然的，当然，代价也必须付出。

不管我们是否愿意承认，实验小说作为一个象征性的存在实际上已经终结。除了我上文提到的马原、余华和苏童，另一些实验作家的趋向也不尽相同。从孙甘露、吕新等人最近的作品来看，他们在延续以前创作风格时表现出来的坚定也许让人尊敬，而被称为"真正先锋派作家"的北村在皈依基督之后，写作方式与过去相比已有了天壤之别。

当我决定写下这篇文章的时候，我为自己不得不提到一些人和事，涉及一些作品的看法而感到不安。只有将它视为我与同行十年来友谊的纪念时，我才会稍感慰藉。

1999： 小说叙事掠影

一

耿占春先生在一次谈话中曾提到,我们对于叙事文学在二十世纪末所面临的普遍困境的描述,一开始就存在着某种错觉。他作出这样的暗示,并不是对于急剧变化中的社会对文学的疏离和冷漠视而不见,或是对于文学在社会生活中所占的份额及其影响力的缩减缺乏了解。问题恰恰在于,我们在发出"小说死亡,文学日暮途穷"一类的哀叹时,必然有着一个潜在的心理背景和比照尺度,在很多人的眼里,这一尺度就是十九世纪文学的黄金时代。

这种比较虽然有着统计学上的、表面的合理性,但危险也同样存在。从时间上来说,欧洲小说除了十九世纪的辉煌之外,尚有十七、十八世纪相对的沉寂,中世纪的漫漫长夜;而从空间上而言,欧洲之外还有非洲、印度、埃及、南美和中国。因此,叙事文学在十九世纪的欧洲所造成的空前繁荣的局面仅仅是一个特例,而且,这种繁荣主要指向文学在公众生活中的地位,文学对于大众的影响力。这种辉煌曾经达到了怎样的程度,它所留下的阴影就会浓重到怎样的程度。两者都被夸大了,以至于我们忽略了这样一个基本事实:文学从根本上来说是个人的事业。假如它是一个奇迹,也是个人用无数痛苦和梦想堆积起来的奇迹,假如文学是一个神祇,只有那些感觉到在世界的胸膛里始终有神秘事物敲击着的人们,才会感到亲切的共鸣。

在我的意识中,时代或地理因素从未成为一个重要问题,国度、种族,甚至是道德观和宗教信仰亦不会成为阅读的取舍准则,只有个人的心灵在面临欢乐的歌唱,面临晦暝的战栗时才会带给我们长久的震撼,只有语言,让我们心怀希望和感激。

当我试着就二十世纪的小说创作写下一些浮光掠影式的感想时,我对于以下一些名字怀有敬意:卡夫卡、普鲁斯特、威廉·福克纳、博尔赫斯、雷蒙德·卡佛。他们所探索的不仅仅是未知世界,而且是未知世界的真理;不是了解、认知和记述,而是领悟和启示。中世纪有了但丁就有了一切,同样,卡夫卡和博尔赫斯的存在为二十世纪的文学挽回了尊严。

二

法国作家埃莱娜·西苏在她的一篇论文中说过,写作就是反抗遗忘,而乔治·卡都依也是这样给《追忆似水年华》下定义的,普鲁斯特为了生活在时间的绝对性中而进行了"狂热与不懈"的努力。在普鲁斯特的笔下,时间第一次具有了空间上的意义,也就是说,它不再是钟表上的刻度与指针,不再是依次翻过的一叠日历,甚至不是春秋寒暑,过去未来,而是一只芳香四溢的花瓶,它同时容纳了瞬间与永恒。

正是那些在回忆的返光中呈现出来的事物——它们开始是晦暗不明的,沉睡的,难以确定的,构成了普鲁斯特诗学的基本意象。钟楼,雨伞,沙龙聚会,供热装置的哼哼声,女佣,歌剧演员,街角的马车,奥黛特的爱情……所有这些意象都包含着一个秘密,作者的意图不在于向人们揭示这一秘密,而在于赞美生命中包罗万象的人间气息。

普鲁斯特的叙事风格既沉郁,又活跃,既富丽堂皇,又清新自然,"任何另一种风格,和普鲁斯特的风格相比,都显得黯然失色。"与詹姆斯·乔伊斯一样,普鲁斯特在世纪之初就已预感到了电影在讲述故事方面不容忽略的优势地位,他对小说叙事方式的改造同时也意味着寻找小说叙事的新空间,他认为,小说应当从传统的讲述故事的羁绊中解放出来,去关注普通的事物,让感觉与一切事物的神秘规律线路接通,他重申了马拉美的信条,必须从普通的事物中发现并表达美感,必须尽一切可能捕捉能够激活想象力的词汇和语言,使每一句话都闪耀着自然的光泽,散发出生命自身的气息。

他将议论引入了叙事,迫使情节退居次要地位,他的结构遵从于直觉和写作的"现时状态",给无限敞开的心灵注入了"即兴创造"的活力。他改变了小说叙事的"再现"传统,将"感觉的真实"视为至高无上的唯一"真实"。他深信,世间万物转瞬即逝,不再重现,只有通过艺术、通过写作才能被真正领悟而得以保存,因此,他从不人为地安排结构的严整性,或者通过某个主题控制千丝万缕的叙事线索,而是让写作时的感觉与所描述的事物彼此寻找、召唤和通联。

在普鲁斯特的作品中,细节的出现,重复各个主题之间的对位和呼应,有时会给人以精心安排的印象,它使卷帙浩繁的巨著有着内在的统一性,但读完整部小说,我们自然会听到天籁的声音,它是即兴的,跳跃而悸动的,随意得仿佛是一个病人间断式的低声倾叙,从容而优雅。

普鲁斯特创造了一个全新的叙事风格,并使它自己达到完美的境地,这不能不说是一个奇迹。没有人敢于模仿《追忆似水年华》这部浑然天成的皇皇巨著,但这并不妨碍他身后众多的追随者将它视为文学上的《圣经》。

三

卡夫卡的写作起源于个人感受到的难以逾越的障碍,起源于个人和他面对的世界所构成的紧张关系。他始终关注的一个问题,是个人封闭状况的黑暗背景,它的局限和可能性。

卡夫卡的叙事结构正是个人面对世界时产生的迷惘,挣脱形形色色的罗网,试图抵达真实的焦虑的转喻或仿制。

假如我们将卡夫卡的小说视为一个个巨大的暗房,那么依据主人公的视线与行动轨迹而冲洗出来的底片则具有以下性质:行为线索本身的清晰程度使背景的映象更加模糊;反过来,背景的模糊又使得线索本身具有随意性,就像是一只战栗的手画出的不规则纹线。如果我们将《城堡》中的K作为一道照亮暗房的光线,那么,由于它过于微弱,飘忽不定,不免给人以这样的印象:与其说它照亮了城堡的格局,不如说它使黑暗更加显著。在K的行动序列中,"照亮"即便不是变相的遮蔽,也不过是昙花一现。

很多卡夫卡的研究者都注意到了他小说中的寓言性质,但卡夫卡显然不是为了概括存在的本质而去书写寓言,恰恰相反,个人经验以及这种经验的提纯使他的故事带有了寓言特征。而卡夫卡作为一个伟大的文体家的地位,也不是依靠改变叙事的外部形式而获得的,他只在文学的内部进行工作,其巨大的功绩在于,他改造并重建了传统小说的"戏剧性"结构。

无论是《美国》《审判》,还是《城堡》,卡夫卡在细节的处理和整体故事的构架上都沿用了传统的戏剧冲突的形式,但却不受因果律的限制。因此,葛里高利可以一觉醒来发现自己变成了一只甲虫;K可以无辜地被突然逮捕,而忙于寻找被逮捕的原因;弗丽达可以将她的洞房安排在一个教室里;卡尔可以因为一次乡间旅行而被他的舅舅赶出家门。

而时间、人物、地点、中心事件这样一些戏剧的必要因素在卡夫卡的小说中都得以保留,彼此之间的关系有着严整的统一性。近来有人甚至认为,卡夫卡的小说借用了侦探小说的叙事形式,也不能说完全是无稽之谈。

但卡夫卡小说的戏剧性,尤其是他作品中到处弥漫的喜剧色彩则与传统叙事有着天壤之别。巴尔扎克的《人间喜剧》实际上只不过是一幕篇幅冗长的讽刺剧,而莎士比亚的喜剧则带有浓烈的神话或幻想成分,卡夫卡的喜剧第一次有了现实感,它不是欲望的代偿物,也不是变相的夸张喻世,它就是现实生活的真实逻辑。

四

在《一个无可奈何的奇迹》中,博尔赫斯笔下的主人公因为自己的苦恼得不到解脱而走进了瓦齐尔汗清真寺的大门。他祈求上帝或安拉替"他"解脱重负,同时又想到,上帝和安拉不过是一个无法想象的事物的两种不同的名称。最后,一个乞丐来到了他的身边:

> 他向我伸出手,对我说起话来,声音始终很低:
> "给点儿施舍吧,穷人的保护者。"

我摸摸口袋,回答他:

"我一个钱也没有。"

"你有很多。"他答复说。

我右边的口袋里就是那些小石片。我拿出一片,让它落到空空的手掌里。我连一点声音也没听到。

"得把所有的都给我,"他对我说,"给了所有的,就是什么也没有给。"

我明白了,对他说:

"我要你知道,我的施舍也许是可怕的。"

他答复我说:

"说不定这是我唯一能够接受的施舍。我有罪孽。"

我让所有的小石片都落进这只凹陷的手掌里。好像落到海底里一样,连最轻微的声音都没有。

后来,他对我说:

"我不知道你的施舍是什么。可是我的施舍才真是可怕。它留在你的身边,跟白天、黑夜、智慧、习惯、世界,一起留在你的身边。"

我以为,在这段文字里,已经包含了博尔赫斯叙事的大部分信息。通常,在传统的小说中,故事的情节大多以行动的目的、实现目的过程中所遇到的障碍、目的的完成三部分构成。

博尔赫斯在他的大部分小说中都沿用这一叙事模式,但这一模式的三个构成部分都一一被加以彻底的改造。

首先,目的本身缺乏明确的指向性。一本书,一个传说,甚至是一个意念都会引发主人公一连串的行动。在上述引文中,蓝色的小石片为何使主人公陷于濒临疯狂的境地,充其量也只是一个哲学和玄学命题。

其次,在实现目的的过程中,原初的动机往往在事件的发展中为另一个更大的动机所取代。所谓的障碍往往只是对目的的修正。实现目的的过程并不意味着"问题"的解决,恰恰相反,它只是为了使新的问题凸现出来,这样层层递进,循环往复,构成了头尾相接的叙事圆环。在《一个无可奈何的奇迹》中,对老虎的渴望源于布莱克和切斯特顿对老虎的描述,而他在恒河三角洲并没有见到梦想中的老虎,只是得到了一些蓝色的小石片,而小石片的无限繁殖又引发了他新的苦恼。用卡夫卡的话来说,我们确信已经拥有的东西,最终只有丢弃。他最终将这些石片交给了一个乞丐。

再次,目的的完成或问题的解决总是在另一个层次上实现。主人公给了乞丐所有的东西,而乞丐认为他什么也没给。乞丐什么也没有"施舍"给他,却给了他一切,这就是跟白天、黑夜、智慧、习惯、世界一起留在他身边的日常生活。在这里,原始的动机——去旁遮普寻找老虎的冲动已经没有什么意义了。

作家史铁生曾经向我打过这样一个比方:博尔赫斯对于

二十世纪的叙事文学,有些类似于爱因斯坦对于现代物理学所做出的贡献。假如说陀思妥耶夫斯基试图在地狱般的人间重建天国,博尔赫斯则是在语言的领域内创造另一个宇宙。他发现并记述了一个个奇迹,却是无可奈何的奇迹,只有在想象中才有意义。他的喜悦和悲观同样透明、美好,他的"游戏"寂寞而自由,洋溢着启示的力量。

五

继海明威和福克纳之后,在叙事文学的领域之内,美国也许还没有一个作家可以和雷蒙德·卡佛相提并论。作为简单主义流派成就卓著的代表,卡佛力图恢复契诃夫短篇小说的传统。和契诃夫一样,雷蒙德·卡佛蔑视小说的技巧。契诃夫在告诫年轻作者时有一句名言:不要玩弄蹩脚的花招。这句话到了卡佛那里就变成了:不要玩弄花招。

然而,这只是表面现象。谁都不会否认卡佛小说叙事上的简洁与朴实,但这种风格的出现正是以他对短篇小说叙事艺术的深入理解,他的精湛的叙事技巧为基础的。因此,在卡佛身上,简单主义恰恰是深藏不露的叙事技巧的代名词。

卡佛喜欢用短句子,很少运用修饰成分,而且经常使用貌似平庸的词汇。叙事语言所承载的信息量往往不是通过语词的实指意义得以传达,而是通过"语调"来间接体现。卡佛小说的叙事人总是变换身份在他的每一部作品里出现。它一出现，读者立即就能辨认出他身上浓郁的蓝领阶层的情感气息，他的迷惘，落寞，在日常生活中的挣扎、堕落，无时无刻不在散发出这种气息。从叙述视点上来看，卡佛所处的位置略高于他的叙事人。这使他获得了一种便利：在某些场合，他就是叙事人，而在另一些场合，作者又可以从叙事人的角色中分离出来，对叙事者（往往又是主人公）的观点进行反省。

和二十世纪的许多伟大作家一样，卡佛对于"情节"的处理别具匠心。他的独特之处在于，他将"悬念"从"情节"中解放出来，使它具有独立的叙事功能。也就是说，悬念并不是故事或"情节"的一个组成部分，而是一个单独的叙事元素。卡佛的很多小说看不到情节发展的明显线索，但悬念却无处不在。他曾经在一篇文章中谈到，悬念并不需要依靠故事的跌宕起伏来实现，有时只需通过一个简单的词汇，比如"突然"，即可达到自己的目的。

卡佛小说的结尾通常奇峰陡起，意味隽永。但这与欧·亨利小说的结尾迥然不同。欧·亨利小说的意外结局常常使人对事件本身感到惊讶或震慑，从而增强叙事效果和感染力，而卡佛则使读者的视线跳出事件之外，因此，欧·亨利的结尾只是对传统叙事中"戏剧性因素"的一种强调，而卡佛则具有哲学上的意义。卡佛更加注重事件之间的"暗中联络"。

卡佛的叙事对二十世纪短篇小说的贡献，也可以看成是他对叙述的戏剧性的一种改造，他的小说在描述琐碎的日常生活时,既保留了戏剧性的感染力,又避免了造作的痕迹。但美国当代的许多年轻作家在追随卡佛的足迹时,大都遭遇了失败。这足以说明,卡佛的叙事手法并非万灵药。一方面,卡佛的叙事艺术是他个人在痛苦的生活境遇下,在写作的磨炼中一点一点积攒起来的;另一方面,不断变化的社会生活也在呼唤着情绪更加饱满有力,技巧更为深邃、自然的叙事风格的出现。

1997 年 2 月于上海

雷蒙德·卡佛

卡佛只活了四十九岁。他去世前不久,曾在家中的阳台上长时间地注视着花盆里的玫瑰。他想到什么我们不得而知,似乎有点神秘。作为美国二十世纪六七十年代"简单主义"的杰出代表,他的短篇小说却一点也不简单,在我看来,甚至有点奇崛深奥。尽管很多人认为他的叙事自然平实,但我还是觉得他过于用心,有时也不免过犹不及,流于造作。卡佛劝他的学生写作时不要耍花招,而他自己倒是怪招迭出,乐此不疲。不过,卡佛的功夫都是深藏不露的,也就是说,他总是暗中悄悄地设下机关,读者不易觉察,反而会认为他的小说浑然天成;当然也有人说他的作品淡而无味。卡佛的老师,最著名的当然是契诃夫与海明威,也许还有舍伍德·安德森和欧·亨利。契诃夫与安德森写起小说来有板有眼,比较从容,也比较老实。海明威则较为花哨,他的花哨与卡佛一样,都属于绵里藏针的一类。从作品的结构上来说,卡佛的作品与欧·亨利的最为接近,但我认为,就精神气质和修辞手法而言,两人实在没有多少瓜葛。在作品的品位上,他们也不属于同一个档次，尽管卡佛曾经得过三次欧·亨利小说大奖。欧·亨利的花哨太过肤浅，他所追求的所谓"意味隽永"实际上不过是想方设法让读者大吃一惊。把欧·亨利和卡佛放在一起比较一下，我们不难发现，卡佛的野心要比欧·亨利大得多，心计也深得多。一般说来，欧·亨利的每一个故事都有一个明确的中心意念或者说主题，但卡佛的作品基本上是"反主题"的，读者往往将他的作品读上好几篇而了无所得。我在课堂上让学生读他的《大教堂》，能够理解的寥寥无几。我倾向于认为，上述四位短篇小说巨匠，要算海明威与卡佛的缘分最深。打一个也许不太确切的比方，如果把《白象似的群山》挂到卡佛的名下，似乎也没有什么问题。两人中我还是偏爱海明威多一点，理由是海明威的短篇更多天然、自由之境，而卡佛则相对风格化一些。

如今，雷蒙德·卡佛的影响与日俱增，俨然已是一位国际级的叙事大师。美国人更是把他看成是继海明威、福克纳之后最优秀的短篇小说家之一，真正的当代大师，其作品堪称短篇小说经典，甚至有人认为《我打电话的地方》是有史以来最伟大的短篇小说集。在对美国当代文学创作的影响力方面，卡佛的影响一度超过了艾萨克·辛格和索尔·贝娄。还有人替他惋惜说，假如他不是那么早去世的话，本可轻松摘得诺贝尔文学奖的桂冠。据我所知，在美国国内，曾有一批卡佛的追随者，不过迄今为止，似乎没有看到一个像样的"卡佛第二"。我前年在一次会议上遇到一位法国作家，他竟然也对卡佛推崇备至,并认为他是代表美国当代文学的最好的小说家。当然,在中国作家当中,似乎也有不少人喜欢卡佛的小说。有些人在"借用"了卡佛技法的一鳞半爪之后,又随手将他贬入三流作家的行列,这固然显得不太诚实,但若把卡佛吹得天花乱坠,仿佛卡佛成了"短篇小说"的代名词,多少也有点离谱了。

卡佛的小说最让我难忘的是他的语调。不论是叙事者,还是隐藏在文本后面的叙述代言人,其身份和口吻均属于在社会上明显感到不适应的一类人,属于在中下层生活中苦苦挣扎、没有希望,但也不怎么绝望的一个群体。这种口吻与海明威那样的"文化精英"当然不能同日而语了。它显然比海明威更具某种优势,也更亲切、感人。不过,这种语调却不是卡佛装出来的,那是他以一生的辛苦和痛苦积攒起来的。如果一位养尊处优或自命不凡的作家要去模仿卡佛的风格,我想他一定会走火入魔的。事实上,卡佛本人就是一个酒徒,为生计四处奔波,写作就意味着生命的消耗,然后析出一些带着自己体温的文字精灵。

卡佛在得克萨斯大学讲课时曾坦率地说起自己的写作态度:"每天写一点,既不抱希望,但也不绝望,用你最大的努力去写。"卡佛的确忠实地履行了这一信条,他从不随便写小说,有些小说在发表之后仍然一改再改,一删再删。这也可以解释,为什么他留给后人的东西只有那么薄薄的几本。

加西亚·马尔克斯: 回归种子的道路

一

所有的事物都有生命,问题是如何唤起它的灵性。这是加西亚·马尔克斯在《百年孤独》中最令人难忘的句子之一。它使人很容易联想起吉卜赛人的磁铁,奥雷良诺上校的小金鱼,向母亲报告凶信的鲜血以及神父腾空而起的飞毯。它还使我想起了胡安·鲁尔福、富恩特斯、博尔赫斯、科塔萨尔、伊莎贝尔·阿连德等一连串拉美作家的名字。在博尔赫斯的《遭遇》中,进行殊死决斗的并非马内科·乌里亚尔特和邓肯,而是两把匕首。不幸的主人偶然惊醒了在一只玻璃橱内沉睡的凶器从而导致了残杀,人成了匕首的工具。在胡安·鲁尔福的《佩德罗·巴拉莫》中,"人"只不过是幽灵还魂而已,自然界的一切声音似乎都可以看成是神灵的窃窃私语。科塔萨尔的《被占的宅子》是一个人鬼杂居的住所,一半的房间能让人回想起死去的亲人。至于阿连德的《幽灵之家》就更不用说了。

据说,加西亚·马尔克斯童年的院宅也是着了魔的。马尔克斯后来回忆说:"这座宅院每一个角落都死过人,都有难以忘怀的往事。每天下午六点钟后,人就不能在宅院里随意走动了。那真是一个恐怖而又神奇的世界。常常可以听到莫名其妙的喃喃私语。"也许只有迷信能够对童年的马尔克斯加以象征性的保护:阴魂走开以前就应该让小孩睡觉;孩子们躺着的时候如果门前有出殡的行列经过,应该叫他们坐起来,以免跟着门口的死人一块儿死;应该注意别让黑蝴蝶飞入家中,因为飞进来就意味着家里要死人;若是飞来了金龟子家里要来客人;设法不洒落盐就能躲避厄运;如果听见怪声那就是巫婆进了家门,如果嗅到硫黄味就是附近有妖怪。(引自达索·萨尔迪瓦尔《回归本源——加西亚·马尔克斯传》第三章,胡真才、卞双成译)

很少有一个地区的作家像拉美那样,在短时间内如此集中地展现同一个主题,或者说作家与作家、作品与作品之间在题材、风格和创作方法上显示出如此多经验的类通性。阿莱霍·卡彭铁尔似乎不太喜欢"文学爆炸"这个概念,他认为把当代拉丁美洲文学说成 Boom 是对它的诅咒。不过拉美文学在二十世纪五十年代以后的迅速崛起,并在世界范围内产生了巨大的影响毕竟是一个事实。在对这样一个令人惊异的事实进行解释的过程中,"魔幻"一词往往就成了论述的中心,但它在很多场合被作为一种创作方式或风格的代名词加以使用,魔幻现实主义在二十世纪八十年代被大量介绍到中国之后,一些写作者将文本本身的神奇魅力归因于作家卓越的想象力。想象力固然没错,问题是,任何想象都离不开个人经验的支持。想象力的奇特,通常是以经验的与众不同为基础的。那么拉美作家带有普遍性的个人经验,他们眼中的现实究竟是怎样的,它与"虚构现实"的关系如何?这似乎就是达索·萨尔迪瓦尔在《回归本源》一书中着重阐述的首要问题。

巴尔加斯·略萨在他的《加西亚·马尔克斯:弑神者的历史》一书中,将马尔克斯个人经历的资料与他的大部分作品作了细致的对比分析。这本由"实际的现实"与"虚构的现实"两个部分组成的评传给我们勾勒出了加西亚·马尔克斯文学资源宝藏的大致轮廓,这一"对照表式"的写法似乎有点机械、笨拙,得出的结论也简单得惊人:所谓的"魔幻"从表面上看也许神奇、虚幻,实际上它却是哥伦比亚乃至整个拉丁美洲的基本现实。

《回归本源》在这方面走得更远。它的结构与略萨的那本评传不太一样,基本上是按照时间的顺序描述了加西亚·马尔克斯文学活动的经纬,它保留了略萨让"实际的现实"与"虚构的现实"彼此参证的写作方式,但这两个方面的对比却不像略萨那样泾渭分明,它们是紧紧缠绕在一起的。作者似乎从马尔克斯《百年孤独》的笔法中汲取了有益的技巧,在叙事时间上自由驰骋,围绕着马尔克斯个人经历的主要脉络,既有对往事的追溯,亦有对"后事"的提前预告。这就使得这本资料丰富、内容翔实、长达五十万字的巨著枝蔓复杂而不纷乱,线索繁密而不失清晰,颇能洞幽烛微,引人入胜。

在揭示作家的作品与社会现实、个人经历、文化传统的联系这方面,达索·萨尔迪瓦尔的考据癖较略萨有过之而无不及。如果说略萨的那张"对照表"还稍显笼统和简约,那么《回归本源》则几乎是精确到了具体的细节:比如作者的祖父在巴兰卡斯经营的首饰铺与《百年孤独》中制作小金鱼的炼金术的关系;比如实际生活中的拉斐尔·乌里维·乌里维将军与奥雷良诺·布恩迪亚上校形象上的渊源;外祖父尼古拉斯杀死梅达多时所说的"我杀死了罗梅罗。如果他复活,我还杀"这句话稍加改动后出现在何塞·阿卡迪奥·布恩迪亚的口中;比如埃斯佩霍在阿拉卡塔卡所表演的身体腾空而起的悬浮绝技,在《百年孤独》里的尼卡诺尔·雷依纳神父身上重演,只不过后者的手上多了一只巧克力杯而已;《百年孤独》中那个令人难忘的吃土的女孩吕蓓卡,其原型正是作者的妹妹马戈特,她在八岁前一直有着偷吃烂泥的习惯;外祖父拉着他的手去香蕉公司特派员办事处观看冰块的细节几乎原封不动地写进了《百年孤独》的开头,而作者当时是否发出"这是我们时代最伟大的发明"这样令人捧腹的感慨则不得而知;甚至1928年因罢工而导致的大屠杀的细节,科尔斯特·巴尔加斯将军本人及其随后的"四号通令"都原原本本地出现在《百年孤独》之中。

这里所列举的仅仅是《百年孤独》写作的部分情况,至于说直接取材于社会生活、历史事件以及现实人物的作品,如

《一桩事先张扬的凶杀案》《格兰德大妈的葬礼》甚至《没有人给他写信的上校》，萨尔迪瓦尔所开列的"对照表"则要复杂得多。就连马尔克斯本人也曾坦率地承认："没有本人的亲身经历作为基础，我可能连一个故事也写不出来。"

作者给这本传记冠以《回到种子》（中译《回归本源》）这样的书名看来是颇有深意的。因为至少在他看来，马尔克斯对于围绕着他的既琐碎又激动人心、既令人恐惧又充满诗意的现实生活的内在奥秘，并不是一开始就心知肚明，或者说要彻底看清令人眼花缭乱的现实，了解它对于自己写作和生存的意义，他必须获得一个全新的视角。正如他去了波哥大有助于看清他的故乡阿拉卡塔卡，去了墨西哥有助了解他的祖国哥伦比亚一样，欧洲的游历终于使他有机会重新审视整个拉丁美洲。在达索·萨尔迪瓦尔看来，假如我们把马尔克斯念念不忘的阿拉卡塔卡视为一个隐秘的中心，每一次离开或远游实际上也可以看成是不断的"回归"。外祖父那座幽灵出没的宅院，姑姥姥、外祖母所讲述的鬼怪故事成了马尔克斯一生中挥之不去的记忆之核。年轻的马尔克斯早已觉察到它对于自己写作乃至整个生命的意义（实际情形也是如此，这份记忆不仅给他的绝大部分小说提供了取之不竭的素材，同时也培育了他的想象力），他似乎只知道自己的口袋里沉甸甸的，却并不知道其中装的就是黄金。

哲学家牟宗三有一种说法，个人的禀赋虽有厚薄高下的不同，但每个人潜在的才能却是独特的，不可取代的，所谓"天生我材必有用"。关键在于能否找到最大限度发挥个人潜能的门径和入口。每个人都在寻找、碰撞,很多人终其一生,仍然恍恍惚惚,纵有不世之才亦只能寂然泯灭。一旦撞对门路,便能登堂入室,便能擦出火花,其生命必能发出熠熠光华。鲁迅如此,维特根斯坦如此,从某种意义上说,加西亚·马尔克斯亦是如此。有时,正确的道路就在眼前,而行人往往会以一念之差而倏忽错过。其中的神秘本来就属于生存的一部分。

1965年的某一天,当加西亚·马尔克斯开着他那辆欧宝牌小轿车,行驶在从墨西城到阿卡普尔科的路上,"那部遥远的、漫长的、从青年时代就开始撰写的长篇小说突然一下便全部展现在他面前。"奇迹终于降临到他的身上,他简直可以逐字逐句地把第一章背出来。实际上,加西亚·马尔克斯一生的经历仿佛都是在为《百年孤独》做准备,其中既有资料的收集,又有个人经验的积累,当然还包括他在此之前一次次成功和失败的写作训练。我以为,从叙事技巧这方面来看,《没有人给他写信的上校》在多年前就已达到炉火纯青之境(我一直认为这是他写得最好的作品),而早期的《枯枝败叶》无论从题材、主题还是叙事风格上都可以看成是《百年孤独》的雏形。但他注定了要通过《百年孤独》对自己的创作进行一次总结,或者说,他长年积压的恐惧、激情、梦想和野心都必须在这次写作中得到彻底的清算。在神话、鬼魂、孤独以及对往事眷恋之中苟且偷安的阿拉卡塔卡,犹如一头野兽蛰伏在他的心中,它迟早会醒过来,迟早会要求作者赋予它灵性,给予它生命。

文学创作与现实的关系问题是一个陈旧得让人厌烦的话题。正因为是老生常谈,人们很容易对它麻木不仁。二十世纪的现代主义文学运动仿佛使"现实"这一概念急剧贬值,无论如何,这仍然是一个令人炫目的假象。作家的禀赋和想象力、形式的转换固然可以弥补个人经验的贫乏,但对于写作来说,经验或经历毫无疑问依然是最为重要的资源,这可以解释为什么个人生活一旦与真实的现实生活相脱离,其才思便会立刻枯竭。在这方面,美国的塞林格是一个特出的例子。今天的神话往往就是昨天的"真实",而读者眼中的"传奇"通常正是作者心灵的直接现实。历史或现实生活中所包含的传奇性、戏剧性、荒诞不经的内容有时会使我们所谓的想象力和虚构能力相形见绌。加西亚·马尔克斯一直对"魔幻"一词耿耿于怀,他多次重申了同一个意思:他的写作并非魔幻,它就是现实。不过话又说回来,就拉丁美洲的历史而言,现实生活的急剧动荡、历史文化传统的丰厚内涵无疑滋养了一代又一代的作家,但所谓的"文学爆炸"为什么会在一个特定的时间段中发生?它的历史机缘与内在动机又是什么?

二

拉丁美洲的小说在二十世纪中叶前后的崛起,使同时代的西方文学黯然失色。然而,说起拉美文学与西方文学特别是现代主义文学的关系,即便在拉美的文学界,亦有不少的争议。这种争议有些类似于中国一度嚷喧不休,至今余波未定的民族性与世界关系之诘辩。不过,在路易·豪·博尔赫斯看来,争论本身并没有多少价值。他在《阿根廷作家与传统》一文中指出,那种担心向西方学习从而丢掉本民族的"地方特色"的忧虑,其实是荒谬的,因为真正土生土长的东西是不需要任何地方色彩的。他举例说,英国莎士比亚的《哈姆莱特》写的是斯堪的纳维亚题材,而法国的拉辛则往往从希腊、罗马的史诗中汲取灵感。民族主义者貌似尊重民族或地方特色,而结果却只能使创造力陷入自我封闭、窒息以至衰竭。在另一个场合,他不无调侃地检讨自己的"错误":"我一度努力使自己成为一个阿根廷人,却忘了自己本来就是。"作为一个"宇宙主义"者,博尔赫斯的这一观点也许不难理解,他本人的创作与欧洲大陆的文学传统(尤其是英国、法国)有着千丝万缕的联系,而题材则涉及阿拉伯、印度和中国。

阿莱霍·卡彭铁尔在谈到拉美文学的辉煌成就时,曾不无自豪地宣称,当代所有的拉美作家都具有世界眼光。他本人的创作即是从超现实主义开始的,而阿里斯图亚斯、巴尔加斯·略萨、胡安·鲁尔福、富恩特斯、科塔萨尔等作家都不约而同地采用了现代主义的叙事方式。这固然与西方现代主义小说的影响不无关系,但更为重要的,叙事方式的变革、形式的创新也是真实表现拉丁美洲现实的内在要求。也就是说,并非作家人为地制造荒诞与神奇,拉丁美洲的现实本身就是荒诞与神奇的。这块有着不同种族、血统、信仰的新大陆所构建的光怪陆离、荒诞不经的现实,也在呼唤着别具一格的新的表现方式。在《百年孤独》中,当加西亚·马尔克斯将火车描述成一个"行进中的村庄",电影演员主演不同的电影被描述成"死人复活",用"凉得烫手"来形容机器制造的冰块时,他只不过是说出了一种拉丁美洲人司空见惯的真实而已。因为西方现代文明的介入不是渐近的,而是像刀子一样直接切入的,欧洲现代发达的科技文明与印第安部落的古老的认知能力陈杂一处,所谓的荒诞,或者马尔克斯说的那种"拉丁美洲的孤独"就自然产生了。加西亚·马尔克斯曾说:"现实是最伟大的作家。我们的任务,也许可以说是如何努力以谦卑的态度和尽可能完美的方法去贴近现实。"客观地说,拉美作家在借鉴西方的现代主义叙事系统的同时,也极大地丰富甚至是改造了这一系统。无论是魔幻现实主义,还是结构现实主义,实际上与欧洲十九世纪末二十世纪初的现代主义小说叙事相比,已经有了极大的不同。

加西亚·马尔克斯曾说,拉美的现实向文学提出的最为严肃的课题,就是语言的贫乏。马尔克斯对语言问题的关注,在拉丁美洲作家中并非个别现象。实际上,一代又一代的拉美作家一直在致力于寻找并创造一种有效的叙事语言,用来描述拉美的独特现实。大部分拉美作家都用西班牙语(也有人使用法语)写作,但拉美的西班牙语是融合了印第安语、黑人土话并在历史的延续中发生着重要变异的泛美语言。一个墨西哥人能够理解古巴方言,而一个古巴人对于委内瑞拉俚语也能耳熟能详。正是西班牙语自身的灵活性,可以使不同国家和地区的作家随时对它加以改造:拆解并重组它的结构,改变词性和修辞方法,甚至重新创造出新的词汇,而这种"语言的游戏"却不会妨碍交流与理解,这的确是一个饶有趣味的现象。不过,里维拉的《旋涡》却是一个极端的尝试,作者醉心于用方言写作,其结果是读者如不查阅词汇表,小说几乎难以阅读。拉美作家似乎很少去关注语言的纯正性和规范化,他们的迷恋的是语言在表达上的力量、无拘无束的有效性,不管怎么说,拉美的西班牙语与早期的卡斯蒂利亚语、当代的西班牙语已经有了惊人的差异。我一直认为,叙事语言的成熟是拉美文学爆炸得以产生的前提之一。

　　加西亚·马尔克斯所关注的语言问题,除了文字本身以外,更为重要的也许是"形式"。也就是语言与现实之间的复杂关系。他觉得有必要创造一套全新的叙事话语来适应拉美的现实。这一说法与詹姆斯·乔伊斯在倡导形式革命时的宣言如出一辙。不过,马尔克斯所师承的欧美现代主义叙事大师,既不是詹姆斯·乔伊斯,也不是马塞尔·普鲁斯特,而是弗兰兹·卡夫卡、弗吉尼亚·伍尔夫、威廉·福克纳、海明威、胡安·鲁尔福。卡夫卡教会了他如何通过寓言的方式把握现代生活的精髓,并帮助他重新理解了《一千零一夜》的神话模式,打开了一直禁锢他想象力和写作自由的所罗门瓶子。威廉·福克纳则给他提供了写作长篇小说的大部分技巧,福克纳的那些描写美国南方生活的小说中充满阴郁、神秘的哥特式情调,坚定了马尔克斯重返根源的信心;而且福克纳那庞大的"约克纳帕塔法世系"也在刺激着他的野心。在很长一段时间内,他都在追随福克纳,甚至还按照他的教导,尝试在妓院中写作。直到他有一天读了海明威的《老人与海》之后,福克纳的影响才有所抵消。马尔克斯在阅读这部作品时所受到的震撼是显而易见的,他忘记了四十度炎热的气候,"犹如拉响了一根爆破筒",海明威用简单、清晰的结构和语言把握复杂深邃的现实生活的天分使他获益匪浅。《没有人给他写信的上校》从叙事上可以看出海明威风格的直接影响。弗吉尼亚·伍尔夫同样对马尔克斯意义重大。马尔克斯本人在回忆自己阅读《达洛卫夫人》的经验时承认,这部作品开头对于马贡多镇的缔造具有决定性的意义:

> 但是(轿车)里面确实坐着一位大人物;大人物正从这里路过,她隐身遮面,与平民之隔伸手可及,这些百姓或许是第一次也是最后一次与英王陛下,即国家永不磨灭的象征近在咫尺;这个国家将来会被辛勤的考古工作者在时间废墟的挖掘中发现,当伦敦变成一条长满野草的小径的时候,当所有那些在这个星期三的上午匆匆行进于人行道上的人都变成白骨,白骨里剩下的几枚结婚戒指埋没于自身尸体化作的泥土和无数个镶过牙齿的金质外壳之中的

时候,轿车里的那张脸将大白于天下。(转引自《回归本源》第九章)

这段文字彻底改变了马尔克斯的时间感,使他"在一瞬间预见到马贡多镇崩溃的整个过程及其最终的结局"。更为主要的是,马尔克斯理清了历史、传说、家族生活三重时间的关系,并对《百年孤独》《家长的没落》的写作产生了深远的影响。

《回归本源》所记述的加西亚·马尔克斯与其说是一名作者或游历者,还不如说是一个贪婪的读者。无论他走到哪里,阅读从未停止。从《一千零一夜》《安提戈涅》到《白鲸》《变形记》,一切文学经典都成了他学习、借鉴,甚至模仿的对象。如果说,游历使他获得一个重新审视拉丁美洲地理的视角,那么与异域文化(尤其是西方文化)的相遇则帮助他进一步确定了自身的特性。殖民地文化也好,欧洲强势语言也罢,马尔克斯的准则,首先是了解和学习,然后才谈得上击败、摧毁和重建。在文学上,他有着数不清的先驱者和导师,却没有顶礼膜拜的偶像,巴尔加斯·略萨把马尔克斯称为"拉丁美洲的弑神者",所指的不仅仅是他介入现实的政治热情,也许还有蔑视一切权威与规定的勇气。

T.S.艾略特曾说,我们所有的探寻的终结,将来到我们的出发之地。卡彭铁尔在临终前亦留下了"回到种子"的神秘遗言,马尔克斯的文学经历似乎也向我们勾勒出了"向外探寻"和"向种子回归"的过程。然而,僵死的、一成不变的、纯粹的传统只是一个神话,因为现实本身就是传统的变异和延伸,我们既不能复制一个传统,实际也不可能回到它的母腹。回到种子,首先意味着创造,只有在不断的创造中,传统的精髓才能够在发展中得以存留,并被重新赋予生命。这也许就是《回归本源》给我们的最大启示。

列夫·托尔斯泰与《安娜·卡列尼娜》

一

关于列夫·托尔斯泰,马原有一个说法,他认为托尔斯泰是小说史上争议最少的作家。我理解他的意思,这里所说的争议最少,指的是他在文学史上的地位。也就是说,你可以喜欢或不喜欢托尔斯泰的作品,但似乎无人能够否认他作为一位杰出思想家和第一流小说家的地位。一位小说家获得如此殊荣,在文学史上并不多见,列夫·托尔斯泰的名字虽说常常与荷马、莎士比亚、歌德并列,但人们似乎更喜欢把他与巴尔扎克、陀思妥耶夫斯基放在一起比较。在这方面人类的天性中确有一种固执的可笑之处:是塞尚伟大,还是凡·高更了不起,莫扎特与贝多芬孰优孰劣,如果不让他们见个高低,分个胜负,决个雌雄,似乎颇不甘心。

敏感而自尊的普鲁斯特就认为,巴尔扎克的文学成就根本没法与托尔斯泰相提并论(见《驳圣伯夫》)。他说:"巴尔扎克的作品令人不愉快,装模作样,充满可笑之处,人类受到一个想写一部巨著的文学家的裁判,而在托尔斯泰的作品中却是受到一个安详的神道的裁判。巴尔扎克给人伟大的印象,托尔斯泰身上的一切自然而然地更加伟大,就像大象的排泄物比山羊的多得多一样。"与普鲁斯特持相同看法的是海明威。海明威的自负是出了名的,屠格涅夫、莫泊桑之流也许根本不入他的法眼,他自称与巴尔扎克打了个平手,但对于托尔斯泰伯爵,他还没有足够的勇气与之较量。

说到托尔斯泰与陀思妥耶夫斯基的关系,两个人堪称一对冤家。俗话说,一山不容二虎。在同一个地方、同一个时期出现了两位大师,彼此之间由于文人相轻的通病而导致互相鄙薄本属正常,比如前面提到的海明威与威廉·福克纳之间就很不太平。不过,托尔斯泰与陀思妥耶夫斯基却没有太多的猫腻。至少从表面来看,两位巨匠虽不能说和和睦睦,倒也相安无事。托尔斯泰曾对陀氏的妻子大为赞扬,并不无自嘲地感叹说,若是每个作家都能有那样一个贤惠的妻子,真不知道要多写多少部小说。言下之意,陀氏之所以能一部接着一部地写出那些传世之作,其中有一半是妻子的功劳。托尔斯泰对陀思妥耶夫斯基的作品好像很不以为然,他说出"一个病人不可能写出健康的小说"这样的话,显然有失厚道。相比之下,陀思妥耶夫斯基显得较为谦虚一些。他不仅认为《安娜·卡列尼娜》是欧洲文学中无双的精品,而且公开承认托尔斯泰的才华在自己之上。

将托尔斯泰与陀思妥耶夫斯基捆在一起,并最终使他们互相成为对方的镜子,是后代的文学史家和批评家有意无意造成的。十九世纪的俄国文坛,群星闪耀,大师层出不穷。但如果要从中选出一位对后代的文学(小说)产生最重大影响的作家,此人非陀思妥耶夫斯基莫属。相反,列夫·托尔斯泰对后世影响最小。陀思妥耶夫斯基对西方现代主义的影响力举世公认,加缪、卡夫卡、贝尔纳诺斯皆可以看成是陀氏的传人。卡夫卡在日记中承认,阅读陀思妥耶夫斯基的小说对自己日后的写作是一大助益。而在《罪与罚》与《审判》《城堡》之间,似乎也可以很容易找到内在的联系。即使像果戈理、契诃夫一类的作家对俄国、西方乃至美洲的短篇小说都产生了深远的影响,而要在西方找到一位托尔斯泰的真正门徒则绝非易事。

记得在大学读外国文学,有关两人的高下优劣,几乎是换一个教师就会换一种说法。这与教师个人的趣味不无关系。喜欢现实主义传统的人,大都比较推重托尔斯泰;而喜欢现代派和所谓心理小说的先生则更欣赏陀思妥耶夫斯基。而在国际学术界,几乎每隔五六年,风尚即为之一变,两人的排序也随之沉浮。最近来了一位美国哥伦比亚大学的研究生,她问我最喜欢的作家是谁。当我提起托尔斯泰的大名,她立即面露不屑之色,她说,在美国,托尔斯泰已经是一个过时的作家了。我不知道她说的"过时"从何谈起,就立即讨教,不料她也说不清楚,最后一言以蔽之:托尔斯泰的"人道主义"是虚伪的。

在我的学生中间,对托尔斯泰不屑一顾的也大有人在。有一次碰到一位学生,依我看他的导师是一名颇有学问的俄国文学专家,不知何故,该生却对恩师颇为不满,提出是否可以转到我的名下,让我给他指导。我问他为何要更换导师,他便列举了原导师的几个罪状,其中一条是:他竟然让我去读什么《安娜·卡列尼娜》。可见,在这些言必称美国的学生们的头脑中,托尔斯泰显然已经是一个不中用的古董了。我对他说,导师就不必换了。因为如果我当你的导师,第一本推荐的书恐怕还是《安娜·卡列尼娜》。

有人说,杰作犹如大动物,它们通常都有平静的外貌。这个说法用于列夫·托尔斯泰似乎是再恰当不过了。我感到托尔斯泰的作品仿佛一头大象,显得安静而笨拙,沉稳而有力。托尔斯泰从不屑于玩弄叙事上的小花招,也不热衷所谓的"形式感",更不会去追求什么别出心裁的叙述风格。他的形式自然而优美,叙事雍容大度、气派不凡;尽管他很少人为地设置什么叙事圈套、情节的悬念,但他的作品自始至终都充满了紧张感;他的语言不事雕琢、简洁、朴实,但却优雅而不失分寸。所有上述这些特征,都是伟大才华的标志,说它是浑然天成,也不为过。他在后世没有真正的传人,似乎一点也不奇怪。因为他的"风格"或"技巧"不是很容易就能学到家的。一般来说,那些叙事风格、形式感特别强的作家,后人学习起来还不至于无所依傍,如果有人打算从托尔斯泰那里偷一点雕虫小技,学以致用,恐怕多半要失望,所谓刻鹄不成尚类鹜,画虎不像反类狗也。胡适有句名言,叫作"但开风气不为师",这句话用来表明个人的治学态度并无不可,但从文学史上来看,大凡是开了一代风气的作家,身后都有一长串追随者,自古以来,开风气者必为师,似乎也是一条定律。普鲁斯特、博尔赫斯、陀思妥耶夫斯基莫不如此。我这样说,一点也没有贬低这些大师的意思。像荷马、莎士比亚、但丁、歌德、托尔斯泰、曹雪芹一类的作家只不过在他们各自时代留下一座纪念碑,刻下了标高,后来者高山仰止则可,刻意模仿却吃力不讨好,对于这类大师的学习,至多也是"养养气"而已。我们一般会说,《老人与海》《白鲸》有一点荷马的影子,《日瓦戈医生》有一点托尔斯泰的气象,但从来不会有人把海明威、麦尔维尔说成是荷马的学生,更不会把帕斯捷尔纳克看成是托尔斯泰的再传弟子。因此,生活在托尔斯泰同时代或稍后的作家是不幸的(但就这一点看,陀思妥耶夫斯基的确十分了不起,他的身影始终未被托尔斯泰遮住),他的唯一的出路似乎就是另辟蹊径。

拉罗什福科曾说:一个十分杰出的功绩的标志是,那些最嫉妒它的人也不得不赞扬它。在俄国或苏联,不同阶级、不同党派、不同民族的人一致颂扬列夫·托尔斯泰。尤其是在十月革命以后,列宁更是把列夫·托尔斯泰说成是俄国革命的一面镜子,他的这一观点经过匈牙利的卢卡契发扬光大,往往给人造成一种错误的印象,似乎列夫·托尔斯泰不仅始终坚定地站在无产阶级的阵营支持十月革命,而且本身就是无产阶级革命的预言家和马前卒。随着意识形态观念的变化,陀思妥耶夫斯基等一大批杰出的俄罗斯作家或多或少受到冷落和批判,列夫·托尔斯泰却岿然不动。他在文学界的地位犹如一个神,似乎只有音乐界的柴可夫斯基可以与之媲美。托尔斯泰、柴可夫斯基固然优秀,但他们的名字在成为象征之后,欣赏就成了一种带有强迫性的"必须之举"。布尔加科夫在《大师与玛格丽特》中,曾不无讥讽地描写过莫斯科的傍晚:随着黑夜的降临,家家户户的窗户中都亮起了灯,一阵悠扬的乐曲飘出窗外,你不用去听听那是什么曲子,因为它必然就是柴可夫斯基的《天鹅湖》。这真是一场灾难。列夫·托尔斯泰在苏联的情形常让我想起鲁迅。坦率地说,在"五四"那批作家中,我对鲁迅的喜爱,相信无人能出其右,但如今我听到鲁迅这个名字,总会莫名其妙地感到一阵厌烦。它被提到的次数太多了。不管你是否愿意,它成了我们精神生活的一个组成部分。当你翻开初中、高中的语文课本,总有两位作家是不可替换的,一位是鲁迅,一位是毛泽东。

高尔基曾把托尔斯泰称为"小神",我想他这样说的动机是纯真的,不是为了宣传,而是出于匠人之间本能的崇拜。托尔斯泰的身上也的确有那么一点"神启"之光,且不用说好的艺术家总是或多或少地带有一点与神灵相通的性质(譬如诗人在古埃及的文献中,是属于人神之间的那样一个角色,有点类似于信使)。托尔斯泰本人的宗教热忱也让人望而生畏。有人说他本质上不信教,但这并不妨碍我们把他称为一位不折不扣的宗教狂热分子。别的不说,当列夫·托尔斯泰随口说出"天国就在你们心中"这样一类的话时,无意间已多少带有一点耶稣的口吻了。我有一种奇怪的感受,这里也是随便说说,尽管列夫·托尔斯泰一生写了七百万字以上的小说,其中大部分都堪称杰作,但托尔斯泰本人似乎对第一流小说家的荣誉并不那么在乎。也就是说,驱使他写作的动机并不是做一个一流的小说家,而是他那野草般丰富而深邃的思想惯性,再加上他那野牛一般的体力和过人的精力,小说只不过是他发泄过剩精力的一个天然渠道。因此,我觉得他被称为一个思想家也许更合适。在他的名作《战争与和平》《复活》中,列夫·托尔斯泰动不动就让精彩的故事突然中断,毫无顾忌地加入大段大段的议论和评述,尽管他的议论性文字不乏真知灼见,但对故事的流畅性和阅读效果而言,未尝不是一种损害。福楼拜也好,托马斯·曼也好,都对托尔斯泰这一做法感到不解,尤其是在《战争与和平》的第三部分,他为了塞进那些议论性的文字而不惜让整个故事"突然死亡"。其实,以列夫·托尔斯泰的睿智,他并非不知道这一写法会带来何种结果,但他一意孤行,我行我素,说明整个写作活动已部分地脱离了作家的智慧的控制。反过来说,这种写法对作者来说是一种不可更改的习惯,是一种必须。

米兰·昆德拉认为小说有自身的智慧,它比作者本人的智力水平更高、更远。这种说法在列夫·托尔斯泰身上得到了最好的验证。在托尔斯泰晚期的作品中,作家在思想性方面的探索走得更远,说得简单一点,就是钻进了牛角尖。如果换一种说法,那就是列夫·托尔斯泰试图代替上帝进行思考。《克莱采奏鸣曲》《伊凡·伊里奇之死》都是这方面的代表作。安德烈·纪德曾经告诫人们,对于有些问题,以人类的智力,不宜推究得太深。米兰·昆德拉所谓"人类一思考,上帝就发笑"说的其实也是这个意思。但对于列夫·托尔斯泰来说,他的思索、疑问是不分畛域、没有界限的,在这一点上托尔斯泰更近乎歌德。后者曾有一句名言:"凡是赋予整个人类的一切,我都要在内心体味参详。"他又借荷蒙库鲁斯之口说出这样令人费解的话:"一个人连'母亲'都敢探索,就再也不会遇到什么困难。"(参见《浮士德》,董问樵译)托尔斯泰的政治理想、价值伦理和哲学思考固然因为在印度的实践而开出了花朵,结出了果实——甘地所奉行的和平主义运动取得了空前的胜利,并成为某种新的精神资源。但如用"不以暴力抗恶"或所谓的人道主义来概括托尔斯泰的思想,未免过于简单。说托尔斯泰的人道主义是虚伪的,也完全没有错。托尔斯泰一方面固然同情、关心农民,并一直设法让农民获得应有的土地,但他骨子里与农民属于完全不同的一类人,他既不了解他们的思想感情,同时在内心深处对他们也有一种本能的蔑视,而且他不愿意放弃自己的贵族地位和优游的生活。他一生都在思考"得救"这个问题,和陀思妥耶夫斯基一样,幻想在人间建立上帝的天国。他虽然说出了"天国在你们心中"这句有名的箴言,但仍无法克服内心巨大的矛盾与分裂,最后终于离家出走，死在了一个荒凉的小车站上。我认为，从本质上来说，托尔斯泰是一个"虚无主义者"。而他的合理身份也许还不只是一个思想家，倒更像一位没有具体信仰的神学家，关于这一点，托尔斯泰本人在《忏悔录》中说得十分明白：

> 我生活在这个世界已有五十年，除了十四五年童年时代之外，我有三十五年都是个虚无主义者，这是按这个词的本义来说的：既非社会主义者，又非革命者（就人们通常赋予这个词的歪曲含义而言）；虚无主义者，这就是说：毫无信念。

二

《安娜·卡列尼娜》是我最喜爱的长篇小说，这一点，我想一开始就指出来。我一直认为，在文学上，没有"正确"这样一个绝对的概念，也没有任何人可以担保提供给我们一个一劳永逸的最后答案。教师的职责之一，仅在于阐述他个人的观点（如有必要，他也会提及文学史上的相关看法）并说明理由。《安娜·卡列尼娜》不仅是我最喜欢的长篇小说，而且我也认为，在列夫·托尔斯泰的所有作品中，它是写得最好的。《战争与和平》也许更波澜壮阔，更雄伟，更有气势，但它不如《安娜·卡列尼娜》那么纯粹，那么完美。顺便说一句，列夫·托尔斯泰并不是一个出色的文体家,但他的文体的精美与和谐无与伦比,这并非来自作者对小说修辞、技巧、叙述方式的刻意追求,而仅仅源于艺术上的直觉。

尽管《安娜·卡列尼娜》在文体上有着令人难以抗拒的魅力,但我之所以会被这部作品迷住,是因为完全不同的因素。说得简单一点,那就是这部作品在道德上的强烈的冲击力。众所周知,列夫·托尔斯泰在道德训诫方面的主观意图十分强烈,但也并非始终如此。在他早期的作品中,他更信赖不涉及道德说教的自然,强调为艺术而艺术,用他自己的话来说,纯粹艺术的才能要比社会意义的才能高得多。到了晚期作品中,托尔斯泰完全走到了另一个极端,甚至带有明显的反智、反文化、反艺术的色彩,他不仅对莎士比亚那样的纯艺术作品深恶痛绝,而且为自己身上所有的莎士比亚的倾向公开表示悔恨。我们这里要说的《安娜·卡列尼娜》恰好处于这两个极端的中段,是托尔斯泰的思想、观念、艺术倾向发生重大变化的关键时期。俄国的德鲁日宁、安年科夫等人把《安娜·卡列尼娜》视为"纯艺术"的代表作品,对此我颇有疑问。《安娜·卡列尼娜》虽说没有《战争与和平》中那么多的议论和哲学说教,但对于"灵魂得救"这一主题的展开,作品中的思辨色彩和宗教情绪却要浓烈得多,而且,托尔斯泰晚期作品中的许多主题、倾向和叙事特点在《安娜·卡列尼娜》中都有所表露。因此,我认为,《安娜·卡列尼娜》对于列夫·托尔斯泰一生的创作来说都是一个重要的转折点——从艺术表现力方面来说,作者的能力日臻成熟,而且对长篇小说这个体裁的驾驭炉火纯青。这部小说写于他一生中最安宁、最幸福的时期,虽然对于绝对善、正义、真实以及"得救"的探索已为日后的创作埋下伏笔,但这方面的倾向还未来得及对他饱满的热情、宽广的视野构成损害。

最近在重读这部作品时,它的流畅性、内在的严谨与缜密仍然让我感到震惊。而实际上,这部作品的写作过程时断时续。作者一面写作,一面却对这部作品的意义产生了深刻的怀疑,他甚至几次中断了写作。如果不是他的责任心的驱使——仅仅为了使《俄国导报》的连载得以完成,很可能会中途夭折。当托尔斯泰写完这部作品后,他像是摆脱了一件沉重的负担似的感叹说:"我终于被迫把我的小说写成了,它简直叫我腻烦死了。"托马斯·曼认为,作者之所以写得如此困难,主要是艺术上的永不满足造成的无休止的琢磨修改:"这位惊世骇俗的圣者越是不相信艺术,对艺术越是一丝不苟。"这一说法固然有道理,但我认为,这部作品难产的另一个或许更为重要的原因,是作者在"生命的意义""价值观念""社会变革的理想"等重大问题上产生了普遍而深刻的危机与幻灭感。作者将那些犹疑、彷徨,甚至有些绝望的思考一起写入了小说。

在以前的课上,我每次都要向学生提出这样的一个问题,托尔斯泰的绝大部分作品都不喜欢在章节之间用小标题,这是作者的写作习惯所致。《安娜·卡列尼娜》似乎也不例外,但有趣的是作者在这部作品中却出人意料地使用了一个标题,那么这个小标题是什么呢?没有学生能回答这样一个简单的问题。这说明,同学们在阅读作品时还不够细致,因为,在我看来,这个在文体的形式上的反常之举是不应该被忽略的。好吧,我现在告诉诸位,这个小标题就是"死"。也许列夫·托尔斯泰在写下"死"这个标题时,完全是无意识的,却泄露了一个重要的秘密,这部作品的主题并不像很多人指出的那样单纯,至少不是"婚外恋""反叛""家庭伦理"一类的主题所能涵盖的。"死"这个标题在全书中那样醒目,似乎暗示了"死亡"是作者的思考中无法逾越的障碍,正如托尔斯泰在作品中说的那样,既然人人都要一死,那么他在生前的荣辱得失、衰盛毁誉、挣扎和希望又有什么意义呢?问题既出,无人能够回答,在这里托尔斯泰似乎又钻进了牛角尖,又在代替上帝进行追问了。这种思考注定没有答案,是因为它本身是非理性的。因此,我觉得,尽管有人认为这部作品是有史以来最伟大的社会问题小说,但它从本质上来说是反理性反社会的。也就是说,在列夫·托尔斯泰有关"获救"的辞典中,社会进步、革命理想、知识与文化、理性与科学统统不在其中。在托尔斯泰看来,艺术不是别的,其存在的理由正是对上述一切价值系统困难而神圣的超越的象征。

在《安娜·卡列尼娜》这部小说中,列夫·托尔斯泰塑造了许多在文学史上光芒四射的人物:安娜、渥伦斯基、吉提、列文、卡列宁、奥布朗斯基公爵……在这些人物中,唯一一个在生活中左右逢源,带点喜剧色彩的就是奥布朗斯基公爵,其他的人物无不与死亡主题有关。如果我们简单地归纳一下,这部作品主要写了两个故事:其一是安娜与渥伦斯基从相识、热恋到毁灭的过程,以及围绕这一进程的所有社会关系的纠葛,其二是列文的故事以及他在宗教意义上展开的个人思考。正如那句著名的开场白所显示的一样,作者对现实的思考是以家庭婚姻为基本单位而展开的,至少涉及了四种婚姻或爱情答案:卡列宁夫妇,安娜与渥伦斯基,奥布朗斯基夫妇,列文与吉提。每一个答案都意味着罪恶和灾难。安娜是唯一经历了两种不同婚姻(爱情)形式的人物。在作者赋予安娜的性格中,我以为激情和活力是其基本的内涵,正是这种压抑不住的活力使美貌纯洁的吉提相形见绌;正是这种被唤醒的激情使她与卡列宁的婚姻,甚至彼得堡习以为常的社交生活,甚至包括孩子谢廖莎都黯然失色。与这种激情与活力相伴而来的是不顾一切的勇气。当小说中写到渥伦斯基在赛马会上摔下马来,安娜因失声大叫而暴露了"奸情"之时,对丈夫说出下面这段话是需要一点疯狂勇气的,"我爱他,我是他的情妇……随你高兴怎么样把我处置吧。"托尔斯泰对这种激情真是太熟悉了,我们不妨想一想《战争与和平》中的娜塔莎、《复活》中的喀秋莎,还有蛰伏于作者心中的那头强壮的熊——它的咆哮声一直困扰着列夫·托尔斯泰。

如果说列文这个形象对托尔斯泰来说意味着个人经验的改写,那么安娜恰好预示着一种可能:她对家庭的背弃,她的自杀,都是作者想做而未做的。因此,作者对安娜的深爱、赞赏与恐惧是不难理解的。有相当多的学者认为,安娜的悲剧是由于客观的社会环境造成的,比如说脱培西之流蚁聚一处的上流社会生活圈子的压力,或者说,安娜和渥伦斯基的爱情悲剧是由于他们两人都无力也不愿与这个生活圈子一刀两断而导致的。正是在这个意义上,英国作者高尔斯华绥认为安娜之死是作者的败笔,是不公允的。从小说本身所展现的事实来看,这一见解是说不通的。安娜与渥伦斯基结合固然会导致社会的压力,但这种压力并未大到足以毁灭他们的程度,其次,假如这种爱情意味着"获救"和"幸福",那么承受这种压力就是应有之义。至少,对于女主人公安娜来说,她在与渥伦斯基结合的过程中,她所面临的最大恐惧并不是上流社会的摒弃,也不是遗弃谢廖莎所带来的后果,而是她不知道爱情的对象何时会停止这种爱,从而让她的全部牺牲彻底贬值。由此,安娜进入了嫉妒——怀疑——安慰——怀疑——嫉妒的怪圈,并最终导致了厌倦。由此可见,安娜的死是由于厌倦,她的自杀是有着充分的理由的。厌倦压迫着她,使她在任何时候都会采取自杀这一步骤,尽管安娜本人并非完全了解这一点。这同样可以解释,为什么安娜的自杀带有那么一点灵机一动的神秘色彩——她去车站并不是为了自杀,而是去等候渥伦斯基。火车进站的鸣叫使她突然想到了死,于是她就走下了站台。她当时表现得异常"清醒",她甚至感到自己的手提包被什么东西挂了一下,又从容地解开了它,但这种清醒何尝不是一种深刻的迷惘。在这里,只有一点是清楚的,那就是安娜想惩罚她的情人,想让自己的死使对方感到悔恨。她动用了属于她的最后一点资源。

从另外一层意义上说,安娜的死是"注定"的,也就是说,作者托尔斯泰早就将她列入了牺牲者的名单,因为托尔斯泰对激情导致的后果已作了预先的设定,他不相信安娜与渥伦斯基的爱情/婚姻形式有多大的前途。事实上,作者安排安娜与渥伦斯基在车站月台上第一次见面时,宿命的阴影已经将两人笼罩于其中了。

我们再来看看列文与吉提。这对恋人虽然历经波折与坎坷,最后终于成了眷属。较之安娜和渥伦斯基,他们之间的爱情更符合托尔斯泰的理想。在这里,《战争与和平》中的安德烈/彼埃尔/娜塔莎的三角关系被一分为二:安德烈/娜塔莎之间的充满激情的爱情在安娜——渥伦斯基身上得到了更为充分的展现,而彼埃尔——娜塔莎那种宗教气息很浓的婚姻则在列文——吉提身上再一次被重写。列文与吉提的重归于好被托尔斯泰赋予了天堂般的温馨。像彼埃尔一样,列文也是一个神秘主义者,他的"猜字游戏"式的求爱过程更像是一次赌博,不过他成了赢家。列文的求婚被接受之后,困扰着他的所有障碍仿佛在顷刻之间被瓦解了。托尔斯泰写道:"他(列文)必要的时候可以飞上天,或是举起房子的一角来。"由于有了梦寐以求的爱情,一度让他深恶痛绝的沙龙聚会不再令人感到无聊,他甚至感到自己承受不住幸福的晕眩,迫不及待地与茶房彻夜长谈,婚姻的枷锁在列文那里也成了逃避自由的绝妙借口,尽管他不得不放弃自己打猎的爱好,但他为自己失去了自由而欣喜若狂:幸福就是妻子不让列文去猎熊,列文感到高兴,爱,不仅是征服了他,而且是整个地将他吞没了。"我心里丝毫找不出惋惜我的自由的心情。""我高兴的正是失去我的自由。"

然而,现实正如托尔斯泰所指出的那样,与不幸的背景相比,幸福是脆弱的,来得快,去无踪。列文与现实的和解是暂时的,忧郁与痛苦很快又回来了。爱情并未使他"获救"。为了阻断自己的自杀企图,列文像一个强迫症患者一样,把家里的绳索全部藏起来(因为他看到绳索就想上吊),而且不敢携带枪支(开枪自杀就更容易了)。列夫·托尔斯泰仿佛被死亡这样一个巨大的诱惑迷住了,在《安娜·卡列尼娜》中,他写到了形形色色的死:列文的哥哥的死,安娜的自杀,列文克制不住的自杀冲动,渥伦斯基为自杀所寻找的漂亮借口(上前线并尽快地被土耳其人的子弹打死)。小说中的人物似乎没一个有好的结局,就连密哈罗夫这样的人也成天幻想着离开世界:"要是能够逃到什么地方去就好了。"而卡列宁无疑是小说中最为悲惨的一个人物。他自始至终都在深渊中挣扎,他生活中的一切都是虚假的。糟糕的是卡列宁本人能够意识到这种虚假却根本无力改变它。在他的心目中世上的一切都是邪恶的,唯一可以支持他生命的是一种病态的责任感:他用这种责任感强迫自己办公务,用这种责任感来谈情说爱,来面对背叛他的妻子，与他的情敌和解。具有讽刺意味的是，卡列宁自己把这种责任感解释为"侍奉上帝"的道德需要。

毫无疑问，列文是小说中的第一主人公。托尔斯泰为了改造这个人物，动用了自己的大部分经验积累。从某种意义上说，列文就是托尔斯泰本人。那么，托尔斯泰借助于这个人物的苦难历程要向读者传达一个怎样的信息呢？或者说，列文这个富足的地主、患有强迫症的沉思者、具有非理性倾向的"神学家"所关心的最重要的问题是什么呢？我以为就是上帝与个人的关系。或者说，人在何种意义上需要一个上帝以及人在没有上帝的情况之下何以得救。与其说他给我提供了一个真实的答案，还不如说他留给了我们一个自相矛盾的谜团。列夫·托尔斯泰的思考留下的是一个原样的世界，但他也在某种程度上给出了答案，那就是列文式的坚韧与忍耐，或者以蒂利亚口吻所说出的："上帝给予了十字架，也就给予了我们忍受它的力量。"它与里尔克、卡夫卡所给出的答案大致相仿。

马丁·杜伽尔曾认为，托尔斯泰是最具洞察力的作家，他的目光十分锐利，能够穿透生活的壁垒而发现隐含其中的"真实"。但我倾向于认为，从根本上来说，托尔斯泰是一个图解自我观念的作家，不管是早期还是晚期作品，主题上的联系十分清晰，尤其是《战争与和平》《安娜·卡列尼娜》两部巨著，其中的人物、情节、主题多有雷同之处，他的观念的疆域并不宽广，他的素材也不丰富，但这并不妨碍托尔斯泰的伟大，正如塞万提斯的狭隘主题并不妨碍《堂吉诃德》的伟大一样。小说的真实来自他智慧、敏感而浩瀚的心灵,而更为重要的,是他的诚实。维特根斯坦在读完《哈泽·穆拉特》以后曾感慨地说:"他(托尔斯泰)是一个真正的人,他有权写作。"

陀思妥耶夫斯基与复调

在中国或西方的早期叙事作品中,作者不惮于直接阐明自己的观点和立场(这种阐述通常以议论为基本表现形式),而且这种观点,作者自以为是正确的。同时作品中的人物议论亦在说出某些观点和主张(通常通过人物话语来呈现),但这些观点相对于作者的直接陈述,居于次要或从属的地位。作者的观点(或隐或显)无疑提供了一个标尺。通过这个无形标尺的衡量,"正面人物"通常被设计成支持作者观点的人物,而反面人物(包括那些具有某种瑕疵的人物)则相反。我们这样来描述作者观点与人物议论在早期小说中的具体展现,当然并不严谨。因为在实际阅读过程中,读者的反应要复杂得多。

比如,读者在读《三国演义》的时候,并不总是认为罗贯中的观点是正确且能够被全盘接受的,从而像作者明确或暗中所期望的那样去"抑曹扬刘"。在"正面人物"诸葛亮与"有瑕疵的人物"之一魏延之间的争执中,一部分读者也许顽强地抵抗罗贯中的说教,认为魏延是正确的,而将诸葛亮斥为迂腐。而在对曹操和刘备评价方面,读者对作者的反抗和背叛更为常见。

在传统小说中,作者观点、叙事代言人的观点和单纯人物观点之间的关系,在作者的意图中,通常是清晰的。尽管读者往往会不予理睬。但是,这一情形到了陀思妥耶夫斯基那里,一切都被人为地反转、颠倒,甚至混淆了。

我特别提到"人为"一词,其实无非是想说明:陀思妥耶夫斯基这么做,完全是一种有意识的修辞行为。陀思妥耶夫斯基作品中充满了各种声音。既有作者观点,也包含各种形形色色人物的议论,而且这些声音和议论,不仅在作者、叙事代言人、主要人物、次要人物之间形成了种种矛盾和纠缠,甚至在某一个人物的观点内部,也充满了矛盾和悖论。

另一方面,各种人物的议论和观点,一个人物不同时间段的观点,到了陀思妥耶夫斯基的笔下,都居于同等地位。正是通过这样一种修辞安排,早期小说中常见的那种专断而统一的声音遭到了滤除和屏蔽。很多学者通常将陀思妥耶夫斯基的这种叙事策略,称之为复调。而巴赫金于1929年出版的《陀思妥耶夫斯基诗学问题》一书,则被认为是复调小说理论的奠基之作。

与列夫·托尔斯泰一样,陀思妥耶夫斯基不仅仅是一个小说家,同时也是一个思想家。而通过小说来表达像野草一般茂密的思想,成为两个作家共同的追求,这也许是俄罗斯文学的传统之一。就列夫·托尔斯泰而言,他独白式的、既坦率无隐又自信专断的声音在小说中随处渗透,无所不在。在他固执的信念中,将小说中的各种声音纳入到一个统一的系统中,一直是作者所孜孜以求的。作者的观点,特别是大段议论的直接呈现,在《战争与和平》中表现得最为明显。正是这一点,使他在后世广受诟病。以至于以赛亚·伯林以《战争与和平》为例,通过"狐狸"与"刺猬"的那个著名的比喻,来暗示托尔斯泰作为一个伟大的作家,也并非无所不能。他只能做好"狐狸"的事,但托尔斯泰的巨大野心,常驱使他去承担他实际上无力承担的刺猬的职责——一旦托尔斯泰在作品中直接表述自己的思想,他几乎立刻就会给作品带来某种始料未及的损害。

顺便说一下,我基本上不能同意伯林的观点。其中的理由之一,是我对托尔斯泰的直觉与他的观察恰好相反:托尔斯泰身上的"狐狸性"并非出于托尔斯泰的天性,而是当时俄罗斯社会和思想界"复调"话语的直接体现。若无此俄罗斯社会、思想的"多声部性"的直接影响,为伯林所称道的托尔斯泰作为"狐狸"的一面,也许根本就不会出现。综观托尔斯泰的大部分作品,他本来就是一个"刺猬型"的人物。因为他的思想虽然复杂,但从未掩盖他对所谓"根本问题"的持续关注,尽管托尔斯泰过于直白的陈述往往是在损害他的作品。

与列夫·托尔斯泰相比,陀思妥耶夫斯基的思想无论其广度和深度,还是呈现方面的复杂性,都远非前者所能比拟。但陀思妥耶夫斯基无处不在的观念不仅没有损害他的作品,反而成了他作品中最为重要的内核和特性,而受到普遍的赞誉。陀思妥耶夫斯基的叙事方法,极大地影响了后世的小说创作,这不得不归功于他独特的文体形式,归功于他处理不同阶级、不同集团、人物的声音时所采取的艺术方法。M·巴赫金在论述陀思妥耶夫斯基复调的成因时,曾这样指出:

> 陀思妥耶夫斯基正因为具有立刻听出并理解所有声音这一特殊才能(堪与他这才能媲美的,只有但丁),才能够创作出复调型小说,陀思妥耶夫斯基所处时代客观上的复杂性、矛盾性和多声部性,平民知识分子和社会游民的处境,个人经历和内心感受同客观的多元化生活的深刻联系,最后还有在相互作用和同时共存中观察世界的天赋——所有这一切构成了陀思妥耶夫斯基复调小说得以成长的土壤。

正因为如此,巴赫金特别强调陀思妥耶夫斯基小说中多种声音的相互作用,而非构成某种统一体的不同层次和相互联系。在他看来,陀思妥耶夫斯基总是小心翼翼地维护和保存各种声音的独立性,而将自己(作者和叙事者)退到了一个近似旁观者的地位。巴赫金引用卢那察尔斯基的话进一步描述道:

> (陀思妥耶夫斯基)打算把人生的种种课题,交给这些各具特色、为欲念所苦恼,燃烧着狂热之火的

许多"声音"去讨论,自己却好像只是出席旁听这类牵动神经的论争,怀着好奇心看着一切如何收场,事情往何处发展。在很大程度上,事实确乎如此。

我们只要细读陀氏的任何一部重要作品,如《白痴》《地下室手记》《群魔》《罪与罚》《卡拉马佐夫兄弟》等,我们就会立刻发现,陀思妥耶夫斯基小说中的每个人物,不论他们的学养、身份和地位如何,几乎全都是"思想家",或者说具有典型的思想家气质。作者本人的思想呈现,固然与他自己所创造的人物的思想之间,有着极其重要的关联,同时,也与作者所创造的这种特殊的小说文体和结构形式密不可分。

法国作家安德烈·纪德在考察了陀思妥耶夫斯基的部分日记和信件之后,认为作者一旦离开了小说,正面直接陈述自己的思想时,往往会显得笨拙,而那些直接被陈述的思想本身,也似乎平淡无奇,没有什么让人惊叹的地方。这也许的确是事实。正如巴赫金所强调的那样:

> 陀思妥耶夫斯基从来不给自己留下内容上重要的东西,他留给自己的只是少量必需交代的情节、连缀叙述的一些东西。因为如果作者留给自己许多重要的内容,小说的大型对话就会变为完成了的客体性对话,或是变为故意为之的花哨对话。

从表面上来看,陀思妥耶夫斯基确实将作者和叙事者的某种权力都交给了自己笔下的人物,作者似乎退到了一个情节组织者和结构者的地位。但如果我们就此切断作者与人物、思想之间更为深刻的联系,而简单地用巴特式的"作者退出"理论来解释陀氏的小说,将作者降格为一个不偏不倚的客观叙事者,则会误入歧途。小说这一形式,在表现陀思妥耶夫斯基思想的复杂性时所展现的种种优点,是显而易见的,但据此将昆德拉所谓"小说自身的智慧"提高到一个令人咋舌的地位,而将它绝对化,则是另一个错误。

很多学者在谈论陀思妥耶夫斯基作品时,都不约而同地提到他令人震惊的谦卑。安德烈·纪德曾将陀思妥耶夫斯基思想及其呈现方式,与尼采进行了重要的比较。他认为,尼采与陀思妥耶夫斯基思考问题的出发点是完全相同的,但结论却完全相反。尼采笔下的超人的格言是"变得无情",力图超越人性,"肯定自我";而陀思妥耶夫斯基则提出"放弃自我"。"尼采预感到了一个顶点,陀思妥耶夫斯基只在那里看到失败。"

我们或许已经部分理解了作者的谦卑、放弃和退出的姿态,与作品的复调文体、结构之间的某种关系。任何一种叙事方式的确立,都不单纯是修辞学的变化——尽管修辞学的种种特征往往更容易加以辨认,它总是与作者的观念、经验、精神困境、特殊的社会意识形态紧密联系在一起。也就是说,陀思妥耶夫斯基在选择复调来解构这一小说,并呈现他的意识状况，绝非是偶然的技巧上的选择，其背后隐含着极为复杂的宗教、社会、和个人生活方面的诸多因素。巴赫金已经敏锐地观察到作家的才能和当时俄罗斯社会思想多声部性之间的关系，我觉得需要特别加以补充的还有以下几个方面。

首先，纵观陀思妥耶夫斯基的大部分小说（特别是他晚年的《卡拉马佐夫兄弟》），贯穿始终的主题似乎只有一个：那就是我们在多大程度、何种意义上，需要一个上帝。或者说，上帝存在的意义究竟是什么。当然，这个问题也不是作者凭空想出来的，而是当时精神生活的普遍困境之一。他与尼采有着完全相同的初衷和动力。巴赫金曾正确地指出："如果一定要寻找一个为整个陀思妥耶夫斯基世界所向往又能体现陀思妥耶夫斯基本人世界观的形象，那就是教堂。"教堂是一个隐喻，它不仅仅是形形色色的、遭遇危机的灵魂对话的场所，同时也暗示了对话的根本指向——上帝。上帝存在观念的分崩离析所造成的信仰危机和价值混乱，我们也许可以通过佐西马长老去世前后，小镇上居民的精神恐惧和混乱状况窥见一斑（《卡拉马佐夫兄弟》）。这是长期以来困扰作者的首要问题。

在纪德看来，不仅是法国文学，甚至包括了整个西方大部分小说，关注的只是人与人之间的关系，激情与理智的关系，家庭社会阶级之间的关系，但从来不关注自己与上帝的关系，而在陀思妥耶夫斯基的作品中，人与上帝的关系要超过其他一切关系。纪德对整个西方小说史的描述或许有点偏激和绝对,但他对陀思妥耶夫斯基作品的概括十分准确。歌德曾说,人世间的一切挣扎和努力,在上帝的眼中,不过是永恒的宁静而已。这里明显可以看出歌德俯瞰人类的"超级视角"的存在,在陀思妥耶夫斯基那里,这种类似的超级视角也一直存在。尼采也许走得更远,他在写《查拉图斯特拉如是说》或《看,这个人》时,刻意模仿圣经的形式,似乎要与上帝决一高下。可《福音书》在陀思妥耶夫斯基所带来的反应,则是让他把自己的头压得更低,显示出一种谦卑的顺从。"从第一次接触起,他就感到《福音书》中有一种高级的东西不仅高于他,而且高于整个人类。"

我的意思不是说,因为这个"超级视角"的存在,陀思妥耶夫斯基就取消了普通人物身上的复杂性。相反,正因为自我放弃式的谦卑,他笔下人物所有的复杂性得以完好地保存。实际上,在我看来,陀思妥耶夫斯基对上帝的思考,已经在相当程度上越出了《福音书》的框架。因为他要全力论争的,已经不是上帝是否存在这一问题,而是我们对一个更高存在的神秘体验,这种体验根植于日常生活。用陀思妥耶夫斯基本人的话来说,即便上帝被证明已经死了(他曾在西伯利亚的囚牢中多次呼唤这个上帝,而他缄默不语),那也不能说明任何问题,因为凭借这个更高存在的神启之光,人类完全可以重新建立一个新的上帝。陀思妥耶夫斯基认为,我们每一个人都有一个更为高级、神秘的生存理由,它与我们为自己所设定的世俗目标大相径庭。他从心底里认为,人与人之间的差别其实很小，无论是道德上，还是在对神和存在的理解上。一个人很难说高于另一个人，而作者亦没有任何理由让自己凌驾于他的人物之上，作者更应该比人物更低，哪怕这个人物是一个罪犯。

在《卡拉马佐夫兄弟》的三个主要人物中，德米特里·费多罗维奇这样一个常人眼中的恶棍和杀人犯，却是一个具有真正高尚心灵的人；他木讷而凶残，却有着极高的道德理解力；他外表凶悍，却对佐西马长老极其谦卑；他一刻不停地追逐女人，却被证明他对女性有着天使般的纯洁和发自内心的敬重。相反，阿廖沙作为一个浊世中的"圣徒"，这个一心要跟着佐西马长老去侍奉上帝的人物，被小镇上所有的居民认为无懈可击的道德楷模，却并非十全十美。他不缺乏对淫荡和邪恶的理解力，甚至他在与哥哥伊凡讨论有关上帝存在的问题时，竟然公然主张以血还血，以牙还牙。如果一个读者想在隐含在小说中的人物身上寻找一个价值认同的对象，这个对象既不是德米特里，也不是伊凡或阿廖沙，而是他们的总和。而在《罪与罚》中，拉斯科尔尼科夫作为背负两条人命的杀人者，最终却成了小说中真正意义上的获救者，不论是作者还是读者，都会受到巨大的感染，而将这种获救内化为每一个读者的获救。这种巨大的转换力量的产生，不仅源于修辞学的成功，也得益于作者"把头垂得更低"的谦卑。因为这种谦卑，陀思妥耶夫斯基完全保留了这个世界和他笔下人物的复杂性；因为这种谦卑，他的这种复杂性不会导向任何外在的确定价值目标——比如说无政府主义、社会主义、民粹主义等等。因此，陀思妥耶夫斯基对上帝的思考和认识，对苦难和超越的思考，与"复调结构"之间确实具有极为重要的关联。

从另一方面来说，我认为，陀思妥耶夫斯基复调形式的确立，与作者本人在特殊时代的自我意识的巨大分裂是不可分割的。作者曾历尽磨难，并多次濒临死亡。特别是他在西伯利亚的流放经历，更是人所共知的事实。生活中哪怕是片刻的安宁和平衡，对陀思妥耶夫斯基来说，都很难维持。同时，我认为他不定期发作的癫痫也是一个重要的驱动力。我们或许已经注意到，他小说中的人物，也大多经受着同样疾病的困扰。我们甚至可以这样说，陀思妥耶夫斯基几乎每一部重要作品中，都存在着癫痫病发作的案例：如斯梅尔加科夫、基里洛夫、梅什金公爵等等。安德烈·纪德据此推测，癫痫对陀思妥耶夫斯基伦理道德观的形成过程起到了某种不容忽视的作用，而在我看来，这种生理上周而复始的不平衡状况，与他个人精神的焦虑状况，是遥相呼应的。陀思妥耶夫斯基本人也曾论述过这种不平衡和欲望与一切巨大的精神改革之间的关系，并断言："任何的改革者首先是一个精神不平衡的人。"

除此之外，陀思妥耶夫斯基的精神危机，也是当时社会信仰和精神生活危机的集中反映。巴赫金所谓"多声部性"的社会与精神生活危机，在陀思妥耶夫斯基的笔下，不仅囊括了宗教界人士或知识阶层，甚至波及到一般的社会公众。在《卡拉马佐夫兄弟》中，佐西马长老去世后，寺庙里观者如云的状况，从一个侧面反映出它的深度与广度。陀思妥耶夫斯基的重要贡献在于,他并不是人为地去统一这种多声部性争论和复杂性,或者将它加以简单概括,统一在自己的创作中(我们知道,在当时特殊的社会条件下,陀思妥耶夫斯基也不可能做到这一点),他的方法是相反,放弃这种统一性和概括,而让自己的这种意识分裂状况分散到作品的每一个人身上。从这个意义上来说,陀氏作品中并不存在真正意义上的叙事代言人,也不存在主要人物与次要人物在表达思想方面的"层级"高低之分——甚至越是次要的人物,他的议论和言论往往越是不容忽视。

在表达自己思想的深度和复杂性方面,正如巴赫金所阐述的,陀思妥耶夫斯基与其说在构建自己作品中的人物,还不如说是在构建和分配这些人物的议论。

最后,我们也许可以这样说,陀思妥耶夫斯基开创了对现代小说产生深远影响的典型范例,即将作家本人的自我矛盾、不连贯乃至于迷失,完整地储存于不同声音的容器中,而不是归纳、调节不同声音与自我,最后完成自我意识的勉强统一。陀思妥耶夫斯基这样做,也非推卸一个作家的责任,或者将自己的困惑和烦恼一股脑地推给读者,让作家从他的作品中退出。我倾向于认为,他这样做的深刻动机之一,恰恰是为了重新寻找自己。也就是说,他既没有将处于困境中的自我意识简化,也没有滑向我们所常见的价值相对主义和虚无主义。更为重要的是,作者并未消失,他存在于任何地方。他像一个

幽灵,附着于任何一个人物的身上。正如纪德所指出的:

> 真正的艺术家在创作时,总是处于对自己的半无意识中。他实际上并不知道自己是谁。他只有透过自己的作品,在自己的作品之后,才能真的认识自己……(陀思妥耶夫斯基)迷失在他小说中的每一个人物身上,因为,在他们每个人的身上,我们都能找到他……一旦他要以自己的名义来说话,他就该有多么笨拙;而相反,当他本人的思想通过人物的口来表达时,他又是多么雄辩啊。他正是通过赋予人物以生命,才找到了他自己。他就活在他们每一个人身上,他就这样把自己交托给了人物的多样化,其最初的效果,就是保护自身的前后不连贯。

陀思妥耶夫斯基可以是他作品中所有人物的总和,也可以是作品中的每一个人——他既是令人尊敬的佐西马长老,纯洁的阿廖沙,同时也是德米特里和伊凡,甚至在一定程度上,他也是癫痫病患者斯梅尔加科夫和老卡拉马佐夫,因为每一个人都是另一个人,其性情、欲望、修养、美德乃至罪恶,在世俗的眼光来看因人而异,可在上帝的眼中,都具有完全相似的性质。

既然对于上帝的信仰分崩离析,既然一切都被预先许可,那么上帝的终极审判必然要让位于世俗法律。而法律在陀思妥耶夫斯基那里,不过是一种特殊的官方意识形态而已。我们从《卡拉马佐夫兄弟》的"审判"一章可以清晰地观察到作者对现代法律制度荒诞性的深深担忧。顺便说一句,除了弗兰兹·卡夫卡之外,我还没有见过任何一位小说家对现代法律制度本身进行过如此深入的思考,而卡夫卡思想的先驱者之一,正是陀思妥耶夫斯基。

卡夫卡没有沿用陀思妥耶夫斯基的"复调",但他却继承了前者真正的思维方式和圣徒般的谦卑,他也继承了陀思妥耶夫斯基所发现的处理自我矛盾的重要方法,并对前者的所有主题都进行了抽象,使自己脱离了"多声部性",而成为形式单纯却内涵复杂的寓言。

如果我们有必要对陀思妥耶夫斯基的复调及来源进行概括,我觉得以下三个方面是显而易见的:

第一,它源于作家本人的经验和经历。他的内在矛盾、他的敏感、疾病、他持续不断的厄运所导致的自我分裂(卡夫卡也一样。如果卡夫卡有一个仁慈的父亲,他的母亲并未早亡,卡夫卡能否从家庭一般伦理中洞见全部现行制度的荒谬性,当属疑问)。

其次,复调是当时特殊社会状况的反映。这不仅有巴赫金所说的社会各阶层,各团体的多声部性,同时也是宗教信仰危机在整个欧洲文化思想上严重迷失的反映。

最后我们可以说,复调是陀思妥耶夫斯基创造的一种新的修辞和结构方式。我觉得前面两点尤其重要。原因之一是我们往往因为修辞的成功而忽略掉它的前提和背景——如果我们仅仅将复调视为一种结构方式,那么我们就会犯下很大的错误,其结果是丢掉了陀思妥耶夫斯基作品中最好的东西。

卡夫卡没有采用复调,但他却是陀思妥耶夫斯基最好的继承者,而米兰·昆德拉仅仅将陀思妥耶夫斯基的"复调"修辞与欧洲的巴洛克以来的音乐的复调形式加以融合,组装出一套"结构装置",来丰富小说的叙事手段。他在自己的作品中也进行了诸多的尝试,可在我看来,这样的努力没有什么特别重要的意义,因为充其量不过是陀思妥耶夫斯基复调的外衣而已,只能造成对陀思妥耶夫斯基的简单化,甚至是误解。

现代主义小说早已发明了太多的多声部性的复调形式,其复杂的对话关系和形式的考究程度已远非陀思妥耶夫斯基所能想象。二十世纪以来,小说家也已经发明了太多的修辞方式,以至于有人颇为夸张地惊叹说,小说这一门类所有的形式和可能性都已经被彻底穷尽了。从最严格的意义上来说,任何一位伟大的作家,必然会以一种新的形式去开始他的每一部作品,而这种新形式必然会留下已有形式的痕迹。同时,作者选取、改造和创造新的形式来写作,从根本上是表达的有效性所决定的,而这种有效性则在相当程度上与作者所处的时代的社会状况构成复杂的关系。一代有一代的文学,虽不免老生常谈,却包含了朴素的真知灼见。

《包法利夫人》与福楼拜

一、爱 玛

如果我们把安娜·卡列尼娜与爱玛这两个人物形象作一个简单的比较,我们便会立即发现这两个人物之间有许多共同点。她们都具有摆脱或改变自身处境的强烈愿望,与社会现实发生了剧烈的冲突,她们最终都死于自杀(卧轨和服毒);这两个人物的性格之中都有一点浪漫的色彩,这种浪漫与社会生活的严酷性构成了反讽;导致她们毁灭的外在因素都是所谓的"婚外恋"或自我放纵。然而,两个人物表面上的共同特征并不能掩盖她们之间的巨大差异。我们今天来分析爱玛这个人物的意义,不妨就从这些差异入手。首先,安娜的死具有浓烈的哲学意味,正如我们在上一课中所讲的,安娜的自杀多少带有那么一点"灵机一动"的味道。至少,从社会现实对个人的逼迫和挤压来说,安娜所遭遇的压力远较爱玛轻。也就是说,安娜的死主要是源于内心慢慢培植、累积起来的厌倦,是激情消失之后难以驱除的空虚和绝望。而爱玛的死则带有更多的社会学因素(从这一点上来说,福楼拜将《包法利夫人》的副标题称为外省风俗不是没有道理的)。

有的同学提出,假如公证人、罗多尔夫或随便什么人能够借给爱玛三千法郎,她的死是不是可以避免呢?我认为提出这样的问题非常合理,从小说中看,爱玛虽然到了山穷水尽的地步,但也并不是非死不可。至少,与安娜不同的是,爱玛临死之前仍然有着强烈的求生愿望。她最终选择服毒,无力偿还高利贷是一个因素,对破产这一灾难性后果的夸张想象亦在背后推波助澜,但我认为,她的死与"浪漫的梦幻"突然破灭有关。罗多尔夫也好,莱昂也好(包括勒乐、公证人),这一张张道貌岸然、彬彬有礼的面孔突然露出来的狰狞、恶俗和残忍使爱玛猝不及防,一时处于惊慌失措、手忙脚乱的境地。所以我觉得,爱玛的死并非仅仅由于"高利贷危机"的残酷,主要是由于对社会生活突然向她展露出的"真相"缺乏足够的心理准备。

从另外一个方面来说,爱玛是一个外省农家姑娘,缺乏安娜那样显赫的贵族地位、丰富的社交阅历和老练的处世手段。"现实"对她来说,无论从哪个方面看,都不是一个可供演出的舞台,而是一个陌生的、尚未充分认知的险恶之地。安娜与爱玛都怀着对爱情的浪漫憧憬,不同的是安娜是从一开始即明确地知道自己追求的是什么,她只有一个目的,那就是她与渥伦斯基的爱情。而爱玛的爱恋对象则带有虚幻的、朦胧的性质。我们知道,罗多尔夫与莱昂尽管在事实上都与爱玛发展了充分的"私情",但他们两个人实际上都不是爱玛理想中的爱欲对象。如果一定要在小说的人物中挑选一位的话,那么这个人就是在作品中只出现过两次的子爵。他们第一次认识是在一次舞会上,子爵请她跳舞。第二次是在小说的结尾,失魂落魄的爱玛在绝境中差一点撞上他的马车。奇怪的是,子爵这个人物在小说中并无正面的描述,他像一个影子一样出场,又像影子一样倏然而灭,在爱玛的心中留下了难以磨灭的记忆。子爵的形象犹如爱玛那些虚无缥缈的想象(加上爱情小说的催化)在现实中的一个投影。充其量,他只是某种氛围、某种音乐的曲调,一种混有"美女樱与烟草"的味道,一个她渴望厕身其间而又不得其门而入的舞厅。一句话,子爵的形象实际上是爱玛渴慕已久的上流社会生活的象征。因此,在爱玛对爱情的憧憬中,暗含着强烈的改变自己社会地位的吁求,而她原先渴求的具体的爱情对象反而变得模糊不清了(她从未记住子爵的脸)。如果说,子爵仅仅是这种生活的一个影子,那么罗多尔夫和莱昂就是影子的影子。正如与渥伦斯基的恋情使卡列宁、谢廖莎以及富足安宁的生活在安娜的眼中一下子失去了分量一样,子爵这个具体可感的"投影"一旦出现,爱玛的婚姻生活就突然变得索然无味了。

在我们讨论爱玛这个人物形象时,有一个不容回避的问题,就是她身上的浪漫主义色彩。这个问题涉及作者塑造这个人物的动机以及人物在作品中的意义所指,我想着重谈一谈。爱玛的确是读浪漫主义爱情小说长大的,这种浪漫主义与她天性中的纯真、淳朴、喜爱幻想等因素结合在一起,很容易在她的记忆之中扎下根来,并渐渐影响到她的思维和认知习惯。她用这种浪漫的眼光打量这个世界,编织自己的爱情梦想。假如她的一生都在偏远的外省农场度过,这种浪漫也许说不上有什么不合适,当然也算不上一种心智或性格的缺陷。问题是,当这株娇柔的植物离开温室,置身于狂风寒霜之中,枯萎也许就是它不能逃脱的命运。有人说,福楼拜塑造这个人物的意图就是为了批判爱玛身上的浪漫主义,批判她的不合时宜,她的任性和堕落。在以前同学们的作业中,的确有很多人抱有这样的观点,他们甚至得出结论,一个人要想在社会中立于不败之地,就应该彻底抛弃浪漫和幻想,脚踏实地地生活。在一些外国文学的教科书中,持有类似观点的人亦不在少数。他们甚至搬出一系列名词来论证福楼拜的哲学观念,并以此来解释福楼拜创作这个人物和《包法利夫人》的初衷。这些名词包括:"客观性""实证主义""生活的科学形式",等等。在他们的眼中,作者福楼拜俨然成了一个市侩式的实用主义者。这样一来,对《包法利夫人》这部作品的理解完全被导向一个错误的方向。这的确是一个不幸的错误,因为这种观点与作者本人的哲学观念、生活信条以及《包法利夫人》所呈现的意义完全相反。

实际上,所谓的"客观性""实证主义"至多不过是作者在艺术表现手法上的尝试(关于这一点,我们在后面还要详细分析)。从现有的资料来看,福楼拜本人即有很浓重的浪漫的气质。他长年隐居乡野,对于已经羽毛丰满的资产阶级社会的生活理念深恶痛绝,他一直到死都未能克服身上的"出世""遁世"的倾向。他不屑于与资产阶级的凡庸生活融为一体,他的生活观念既不切实际,也不合时宜。他有一句名言:"我所欣赏的观念,就是绝对的虚无。"他的生活态度十分消极,几乎带有一点病态。在我看来,他是一个多少有点病态的完美主义者、幻想家、遁世者。比如他每天要洗好几次澡,生活中没有什么享乐(包括爱情),完全自觉地与当时的世俗社会保持距离。

如果我们能够通过以上分析勾画出作者形象的大致轮廓,再把这个形象与爱玛作一个比较,我们也许就会大吃一惊。正是从这个意义上,我们也许不难理解作者发出这样的感慨:"包法利夫人,就是我。"福楼拜一生创作的作品并不算多,与他同时代的前辈巴尔扎克更是不能相比,但他的所有作品自始至终都延续了同一个主题,作者通过这个主题的一再表述,来表达自己在当时的社会现实中强烈的不适感。这种不适在爱玛的身上表现得比较外露一些,而在《情感教育》《一颗简单的心》《布法与白居谢》中则多少改变了形式。顺便说一句,越来越多的人认为《布法与白居谢》是作者最伟大的作品,它的价值似乎被埋没了。从这部描写两名异想天开的遁世者最终被迫回到现实中苟延残喘的小说来看,《包法利夫人》的主题依然清晰可见。话说回来,爱玛的"堕落"与"浪漫"本身也许不重要,重要的是:她何以"堕落","浪漫"何以导致毁灭。如果说作者对爱玛有一点点指责或哀叹,那也仅仅在于,在作者看来,爱玛对于1848年以后资产阶级社会的现实完全缺乏了解,当她在外省农场的阁楼上贪婪地阅读爱情小说的时候,她身处的法国社会已经发生了极其深刻的变化,"浪漫"产生的土壤和气候都已消失殆尽。

爱玛身上的"浪漫"对于作者来说,犹如一根探测器。作者试图用它来衡量一下社会的庸俗、残酷程度。我觉得,福楼拜在这方面的确十分残酷。爱玛惨死的过程,作者写得如此详细,以至于有一些论者将福楼拜与左拉的自然主义混为一谈(这当然是胡说八道)。但我认为,作者这样处理是有充分的理由的。爱玛这个人物在读者的眼中越是天真、柔弱、悲惨,在她对立面的那个无声而残酷的社会现实的面貌就越清晰。关于"浪漫"在资产阶级现实社会中的处境这一主题,福楼拜以后的作家亦曾多次书写,但福楼拜是最早的先驱者之一。到了二十世纪中期,在阿尔贝·加缪的剧本《误会》中,这个主题被再次触及。不过,加缪对现实的批判比福楼拜要尖锐、激烈得多,多少带有一点极端化。他通过作品人物之口发出了这样的感叹:这个社会已经容不下哪怕一丁点的浪漫,即便是一个小小的浪漫念头亦会招致杀身之祸(《误会》中的儿子最终死于母亲和妹妹之手)。

二、查理·包法利

通过上面的分析,我们已经大致知道了福楼拜创作《包法利夫人》这部小说的初衷,以及这部小说在主题上的重心所在。然而在我看来,从作者所勘探、表现的现实生活的深度与广度来说,爱玛并非是唯一的一根探测器。我当然不是说,被人戴了绿帽子的查理·包法利在作品中比爱玛还重要,但这个人物对作品主题的深化起到了不容忽视的作用,历来的研究者和教科书似乎都忽略了这个人物的存在。他似乎只是一个陪衬或道具,可有可无。我们好像忘记了,查理·包法利在小说中也是一个有血有肉的人物,也属于福楼拜塑造出来的特殊"典型"。而且,整部小说是以包法利上学作为开端,他的死亡作为全篇的终结——爱玛死后,他又硬撑了一段时间,才在这个残酷的世界上消失。如果我们把这部作品作为某一个人物的传记来读,传主只能是查理·包法利,而不是爱玛。也许有人会说,当爱玛与罗多尔夫、莱昂打得火热的时候,作者似乎把查理给忘记了,这话自然没错。在作品中的某些章节,查理的活动、思想的确描述得比较简略,但这并不意味着这个人物不重要。事实上,当爱玛死后,查理读到妻子的情书时,那些被作者省略掉的部分便重新被照亮了,我们仿佛把小说又重读了一遍。在小说的结尾,包法利获悉妻子背叛后的心理活动过程,作者也没有作详细的交代,然而我们即便把包法利本人的"弱智""迟钝"和"憨愚"等特征考虑进去,亦不能得出结论说,查理对妻子的偷情与背叛全然无动于衷。(他最后轻易地原谅了他的情敌罗多尔夫的时候,他想了些什么呢?)

爱玛与查理具有完全不同的性格心理特点,我们不应在这一点上把两个人物混为一谈。然而,我认为,从一个更大的范围来说,在作者的某些特殊的暗示之下,这两个人物不仅属于同一个社会阶层,而且属于同一个文化类型。相对于那个日益成熟、严酷的资产阶级社会来说,他们两个人都有着某种先天的缺陷。一个充满热情与幻想、浪漫与天真,一个缺乏生活情趣、智力平庸、感觉迟钝,然而都属于不合时宜的弱者。作者对爱玛这个人物的任性、轻浮、不合时宜的幻想作了充分的展示,而对她的天真、淳朴甚至是纯洁却没有正面表述,只是做了一点暗示。比如,当公证人将与她发生肉体关系作为给予她生路的交换条件时,作者先是描述爱玛"立刻就红了脸",然后写她因吃惊而怪叫,似乎完全不相信世上竟会有这样"无耻""下流""混账""丧尽天良"的事情发生。最后,爱玛感觉到了骄傲:"她从来没有这样高看自己,也从来没有这样小看别人。"作者在这里仿佛极其郑重地提醒我们:应该重新认识爱玛与罗多尔夫、莱昂的关系。作者正是通过爱玛的"堕落"写出了她的"纯洁"。查理·包法利亦是如此,他的迟钝、平庸、古板、懦弱的背后是宽厚、淳朴与善良,这样一个人物如果出现在《十日谈》或《堂吉诃德》里,也许还会带上一点喜剧色彩,然而他是生活在十九世纪中叶的法国,他会有怎样的遭遇呢?

爱玛看清这个社会的真实状况时已为时太晚,她在面临破产的威胁百计无施之时,作者没有容她多活一天,立即就让她喝砒霜死掉了。因此,爱玛是一个真相的目击者,但她却没有时间去咀嚼苦难。而查理·包法利却是一个苦难的承受者。他对苦难的承受完全是被迫的。如果没有爱玛,他可能终其一生都觉得满足(因为他智力迟钝,感受力比较麻木),然而他不仅目睹了妻子的惨死,而且通过她留下的情书获悉了所有的隐情与秘密,进而认识了这个社会的基本真相。他不善表达,天性愚钝,他在获悉真相之后选择了沉默。作者没有过多地渲染他的悲伤、绝望和痛苦,而是让他静静地一声不吭地靠在墙上死去了。作者没有写出来的部分,读者却看得很真切。让一个迟钝、麻木的人去承受全部的灾难,作者的确是残酷了一点。所以,这部作品的主题在很大程度上都与爱玛的悲剧有关,但却是通过查理·包法利而最终完成的。

查理·包法利这个人物的遭遇,常使我想起美国作家辛格的短篇小说《傻瓜吉姆佩尔》。福楼拜似乎不愿意将查理直接写成一个傻子。包法利(Bovary)这个姓氏是作者生造出来的,含有牛的意思。《布法与白居谢》中布法(Bouvard)亦与此类似。"包法利"显然不是傻子,只不过像牛一样笨拙、迟钝而已。我不能肯定辛格在写作《傻瓜吉姆佩尔》这个脍炙人口的名作时是否受到《包法利夫人》的启发与影响,但这两部作品的主题十分相似,人物的遭际和命运亦有类同之处。像包法利一样,吉姆佩尔也有着智力上的先天缺陷,全镇的人都在欺骗他并以此为乐,他的妻子亦在公开地背叛他。让吉姆佩尔这样一个傻瓜去获悉事件的真相似乎更为困难,因此辛格没有采取"私信公开"这样一个形式,而是让妻子在临死之前直接告诉他真相,吉姆佩尔不得不去承受苦难的重负。他在知道全镇的人(包括他妻子)都在欺骗他之后,曾经有过片刻的犹豫,打算报复他们(在面粉里撒尿,以便让全镇的人都吃上掺尿的面包),但他最终放弃这个想法,像宽恕妻子那样宽恕了所有的人。在这里,辛格使用了明显的反讽技巧,仿佛在提醒他的读者:如果在全镇的居民中,还有一个诚实、有德行的人存在,那么这个人就是傻瓜。

在《包法利夫人》中,查理·包法利宽恕他的情敌罗多尔夫这一节,是整部作品中最充满温情的篇章,当然也存在着许多疑问。查理为何要主动宽恕情敌呢?(罗多尔夫并未请求对方宽恕。)是因为他天性的质朴、善良,还是他觉得这个无耻之徒的身上黏附着爱玛的灵魂?或是他有着将所有苦难承受下来,将"无限的痛苦倒咽下去"的行为惯性?作者尽管没有明说,但从"错的是命"这句"伟大"的话来看,上述情形恐怕兼而有之。在这里,反讽的意味也显而易见,包法利忍受着内心巨大的痛苦而给予情敌的宽恕,在对方看来只能是愚蠢、忠厚和下贱。传统的价值准则,诸如诚实、忠恕和仁慈在现实社会中正在急剧贬值,就像爱玛的"浪漫"一样,已经没有适当的位置。尽管作者声称他是一个虚无主义者,尽管他在作品中将自己隐藏得很深,但我们从查理·包法利这个人物身上亦能隐约看到作者的价值取向。

在欧洲文学史上,智力上的弱者形象可谓屡见不鲜。我们随手即可开列出一个名单,比如全福(福楼拜《一颗简单的心》)、伊凡(列夫·托尔斯泰《伊凡·伊里奇之死》)、辟果提(狄更斯《大卫·科波菲尔》)、迪尔西(威廉·福克纳《喧哗与骚动》)、安娜(英玛·伯格曼《呼喊与细语》)等等。奇怪的是,除了查理·包法利、吉姆佩尔之外,这些人物大多是保姆、仆人一类的角色(某种意义上查理·包法利也可以被视为一个"保姆"),他们既是苦难的目击者,同时也是承受者。列夫·托尔斯泰笔下的男仆伊凡,"身上散发出青草和泥土的香味",简直就是俄罗斯大地的化身。他们对命运逆来顺受,对苦难有着巨大的消化力;他们的存在似乎是为了守住人类某种古老理想、价值的底线。他们既是模糊希望的托迹之所,亦是想象中的避风港,更是长久的慰藉。

三、文　体

米兰·昆德拉有一句流传很广的名言,大意是,直到福楼拜的出现,小说才终于赶上了诗歌。众所周知,欧洲的小说最早是从叙事长诗中分化出来的。也就是说,叙事诗中描述事件进程的部分被剥离出来,渐渐成为一种专门的说故事的体裁。小说的诞生使诗歌失去了"叙事"的天然权利,而较多地从事抒情。然而,与诗歌这种古老的艺术相比,小说的幼稚是毋庸置疑的。它长期以来遭受冷落与歧视也就不足为怪了。在我看来,小说的不成熟,除了它作为一门专门的艺术尚未得到充分的发育之外,更重要的是,它与诗歌的关系十分暧昧,没有摆脱对于诗歌母体的依赖。它自身特殊而严格的文体上的规定性在相当长的时间内未能形成。早期小说的故事性倒是大大增强了,然而诗歌也可以讲故事,而且一度讲得很好,那么小说与叙事诗的差别究竟在哪儿?甚至就连小说艺术的评价尺度,也是从诗歌那里借用过来的。一个最明显的例子是,直到今天,我们在评价一部伟大小说时最常用的语汇仍然是"这是一部伟大的史诗"。"史诗"的风范依旧是小说的最高评判标准。这就好比说,在小说的园地里获得成就,却要到诗歌的国度去领受奖赏。

福楼拜的出现是具有划时代意义的,而《包法利夫人》更被认为是"新艺术的法典",一部"最完美的小说","在文坛产生了革命性的后果"。波德莱尔、圣伯夫、左拉等人纷纷给予这部作品极高的评价。由于这部作品的问世,福楼拜在一夜之间成为足可与巴尔扎克、司汤达比肩的小说大师,举世公认的杰出的文体家。福楼拜的巨大声誉在相当程度上是因为《包法利夫人》无懈可击的文体成就。到了二十世纪初,福楼拜的影响与日俱增,现代主义的小说家也把他奉为始祖与楷模,尤其是二十世纪五十年代后的法国"新小说",对福楼拜更是推崇备至,他们认为正是福楼拜使小说获得了与诗歌并驾齐驱的地位。新小说的重要代表阿兰·罗伯-格里耶为了进行所谓的文学变革,将福楼拜看成叙事艺术上真正的导师和启蒙者,甚至把福楼拜视为巴尔扎克的对立面,对巴尔扎克式的"过时的"写作方式展开彻底的批判和清算。那么,《包法利夫人》在文体和叙事上究竟取得了怎样不同凡响的成就,对于小说的发展又起到了怎样的作用呢?

大家知道,《包法利夫人》上卷的第一小节是采用第一人称来叙述故事的。从第二小节开始直至作品结束用的是第三人称。这部作品的第一行出现了这样一个句子:

> 我们正上自习,校长进来了,后面跟着一个没有穿制服的新生和一个端着一张大书桌的校工。

在这里,"我们"这个词可不是随便写写的,它的意义非同一般。诸位不妨回忆一下巴尔扎克的小说通常是如何开头的。比如说:"路易·朗贝尔1797年生于旺代省的一个小镇蒙特瓦尔,他的父亲在那里经营着一所不起眼的制革厂。"(巴尔扎克《路易·朗贝尔》)有人曾针对这个开头提出了这样一个问题:谁在讲述这个故事呢?是作者吗?作者的语调为什么那么不容置疑?他为什么会无所不知?当然,并不是每一位小说读者都会提出这样的问题,但是这种坚定、明确、无所不知的语调显示出作者凌驾于故事、读者之上,是毫无疑问的。而且这种口吻尚未完全摆脱口头故事的讲述形式。如果有人针对《包法利夫人》提出同样的问题:谁在讲述《包法利夫人》的故事?答案是"我们"。讲述者是如何知道的?答案是"我们看到了";而且叙事者在"看到"的同时,读者也看到了。故事展开的时间与读者阅读的时间是同步的(在巴尔扎克那里,故事早就发生过了),这样一来,作者一下子把读者带入到事件的现场,相对于巴尔扎克,这里的故事显然更具有逼真的效果。用今天的眼光来看,类似的第一人称叙事并不是什么了不起的玩意儿,可在当时,福楼拜所跨出的这一小步,其意义却不同寻常。而且我认为福楼拜在文体上的贡献当然不只是人称的变化。在这种变化的背后,一种完全不同于雨果、司汤达、巴尔扎克的叙事方式真正确立了起来。在福楼拜的笔下,以往全知的叙事视角受到了严格的限制:作者不再站在无所不知的立场,模仿上帝的口吻说话;不会随时从叙事中"现身",对作品的人物、主题展开评述,提供意义;不再拥有将自己的思想和倾向强加给读者的特权。

福楼拜是欧洲文学史上最早要求作者退出小说,并开始在实践中成功实现这一信条的作家之一。他要求叙事排除一切的主观抒情,排除作者的声音,让事实展现它自己。他认为作者的意图和倾向,即使被读者模模糊糊地感觉和猜测到,都是不被允许的,文学作品的每一个段落、每一个字句都不应有一点点作者观念的痕迹。正如他的学生莫泊桑所说的那样,福楼拜总是在作品中"深深地隐藏自己,像木偶戏演员那样小心翼翼地遮掩着自己手中的提线,尽可能不让观众觉察出他的声音"。福楼拜在给乔治·桑的信中也曾这样写道:"说到我对于艺术的理想,我认为就不该暴露自己,艺术家不该在他的作品里露面,就像上帝不该在大自然里露面。"法国学者布吕纳曾敏锐地指出:"在法国小说史里,《包法利夫人》具有划时代的意义,它说明某些东西的结束和某些东西的开始。"我们从后来的罗兰·巴特、德里达等人的叙事理论中都可以清晰地听到福楼拜的声音。如果说欧洲小说文体变革的历史,可以像布思所描述的那样,被看成是作者的声音不断从作品中消退的历史,那么福楼拜无疑是一个不可忽略的关键性人物。

也许会有同学提出这样的观点:在作者与读者之间早就达成了一种默契——小说都是虚构的。也就是说,读者在阅读小说之前早就预先接受了小说的虚构性这样一个事实,那么作者如何讲述这个故事(是客观化还是主观化的叙事)并不重要,重要的是作品能否打动读者,更何况,作者故意在作品中隐藏自己,也并未完全放弃对读者的"引导",只不过这种"引导"更为隐蔽、更为机巧;对一种修辞的放弃就必然意味着另一种修辞的确立,说到底,"客观化"也只能是一种修辞手段而已。我认为这种观点是很有意思的,也很合理。坦率地说,我也是从修辞学的角度来理解福楼拜文体变革的意义的。实际上,福楼拜将自己从叙事中隐藏起来,其目的只是为了更好地"显露";对叙事视角进行限制,其目的正是为了让叙事获取更大的自由。

在全知视角的叙事中,作者与读者之间的交流是公开进行的(在古老的说书的场合,听众甚至还可以直接向讲述者提问,或者进行讨论):作者讲述,读者阅读。但福楼拜不满足于这种公开的交流,因为交流的效果受到限制。他更喜欢一种暗中交流,也就是说,作者并不告诉读者自己的见解和倾向,而让读者通过阅读得出自己的结论,这样一来,读者与作者之间交流的疆域一下子就扩大了。

我不认为福楼拜的客观化叙事完全放弃了自己"引导"读者的权利。因为从《包法利夫人》这个作品来看,作者本人的倾向、立场和意图仍然可以在阅读中被我们感觉到。另外我也不同意"纯客观"这样的说法。因为这个概念把一些本来很清楚的事实弄得一团糟。况且,《包法利夫人》并不是一个"纯客观"的作品,它与后来"新小说"的罗伯-格里耶等人所谓的"物化小说""纯客观叙事"有着本质的不同(我也不是说罗伯-格里耶的作品就一无是处,至少他的《嫉妒》相当不错)。罗伯-格里耶把福楼拜在修辞上的一些趣向极端化之后,紧接着就出现了一个他本人也始料不及的问题:"非人格化叙事"也好,纯客观、物化叙事也好,作者又如何能做到这种"纯客观"呢?一个明显的事实是,作家写作当然不能离开语言文字这一工具,语言文字本来就是"文化"的产物,它既不"纯",也非"物","纯客观"如何实现呢?它不是神话又是什么?后来罗伯-格里耶干脆不写小说（据说最近他又重操旧业），去搞电影了，因为他觉得摄影机更接近他的"物化"要求。在我看来，这仍然不能自圆其说。摄影机固然是物，但操纵摄影机的人当然也是"文化"的产物，他（她）有着自己的特殊的价值观和感情上的喜、憎、哀、乐，如何能够"纯客观"呢？就《包法利夫人》而言，福楼拜的变革并未抛弃传统的叙事资源，也没有损害作品文体的和谐与完美，以及最为重要的，叙事分寸感。我们以前曾说过像列夫·托尔斯泰这样的作家是不太可能轻易模仿的，他巨大的才华本身就是一个奇迹（茨威格说他比伟大还伟大），而福楼拜的身上更具有匠人的特点。毫无疑问，他是一个卓越的巧匠。《包法利夫人》是一部精心制作出来的杰作，自从问世以来，即成为"完美"的象征。福楼拜对语言和文体十分敏感，创作态度更是兢兢业业、一丝不苟。在《包法利夫人》这部作品中，作者并未随意处理任何一个细节和线索，力图做到尽善尽美。叙事的节奏，语言的分寸，速度和强度的安排都恰到好处；作品中的每一个人物的出场次序，在故事中占的比重，主要人物与次要人物的关系都符合特定的比例。比如说，爱玛首先与莱昂相遇，但在爱玛与莱昂的关系急剧升温的时候，作者却让他去了巴黎，莱昂离开后留下的巨大情感空缺使她飞蛾扑火般地投入罗多尔夫的怀抱，而当爱玛与罗多尔夫的情感冷却之后，莱昂又从巴黎回来了。这样的安排不仅使情节的发展合情合理，而且叙事亦出现跌宕和变化，避免了平铺直叙的通病。再比如，子爵与瞎子在作品中都是象征性的人物,虽然着笔不多,但他们每次出现都会有特定的意味,似乎都预示着故事进程的某种微妙变化。爱玛的"失足"(她与罗多尔夫坠入欲望的河流)在小说的故事中十分重要,但作者所挑选的地点既非罗多尔夫的木屋,也非他们散步的树林和花园,而是别出心裁地安排在一次农业展览会的会议厅里。其间,罗多尔夫对爱玛发动的语言攻势常常被大会主席的讲话所打断。虚伪的爱情誓言和表白与公牛、种子、奖章、粪池一类的话语完全并列在一起,作者未加任何说明,整个调情过程看上去既滑稽,又荒谬,而字里行间却到处弥漫着被压抑的、急不可待的欲火。不同类型话语的陈列所形成的张力使这个场景令人十分难忘。事实上,这也是我所读过的有关"调情"的最美妙的篇章。

关于语言,福楼拜在小说中有过这样一段描述:我们敲打语言的破铁锅,试图用它来感动天上的星星,其结果只能使狗熊跳舞。看来,福楼拜对语言有着特殊的敏感,对于语言在表述意义方面的巨大困难有着十分清醒的认识。由此我们可以了解,为什么福楼拜把语言的准确性看成是作者表述上的唯一使命,也可以理解作者对语词的甄别和取舍为什么到了走火入魔的地步。有人将《包法利夫人》视为学习写作者的最好的教科书,我认为这样的评价并不过分。

《城堡》的叙事分析

一、K 的迷失

要想确定 K 的身份,他试图进入城堡的目的和意图,以及他的一系列雄心勃勃的计划以及他的结局都不是一件困难的事。按照弗拉基米尔·普洛普和 A.J. 格雷马斯的叙事理论,有关 K 的一切活动似乎可以压缩成一个简单的序列或句式。事实上,正是这种被夸张了的简单性让人感到震惊。

假如我们将《城堡》视为一个巨大的暗房,那么依据 K 的行为而冲洗出来的底片则具有以下性质:行为线索本身的清晰程度使背景的映象更加模糊,反过来,背景的模糊又使得线索具有随意性,就像是一只战栗的手画出的不规则的纹线。假如我们将 K 的活动看作一道照亮暗房的光线,那么,由于它过于微弱,飘忽不定,不免给人以这样的印象:与其说它照亮了暗房的格局,不如说它使黑暗更加显著。在 K 的行动序列中,"照亮"假如不是变相的遮蔽,也不过是昙花一现。

在《审判》和《美国》中,主人公 K 和卡尔视觉上的局限性也是显而易见的。这不是叙事上的视角限制,也不是人为的修辞学和方法论,而是一种被决定的命运逻辑,也就是说,无论是 K,还是卡尔,他们所看到的只能是局部,局部的局部,仿佛是一个自我幽闭症患者的内分泌腺所起的作用,"可能"只有首先成为"只能",才能最终成为它自己。《城堡》中所蕴含的巨大的不确定性,并不是对日常生活经验的抵消,而是它的提纯物。这种不确定性以 K 内心的迷惘感以及在完成某种使命时遇到的难以逾越的障碍为前提,同时又构成了超越这种障碍的全部基础。这种自相矛盾的排斥性力量形成了卡夫卡喜剧的中心情节。

我们之所以将《城堡》看成一幕喜剧,不仅因为卡夫卡沿用并改造了传统喜剧故事中的戏剧性因素,还由于他的幽默感为叙事提供的反讽效果。

毫无疑问,K 的身份只不过是一名土地测量员,作为一种职业,它一开始就显示出了可有可无的性质,K 固然可以凭借这一身份来城堡工作(事实上,他一接到通知就匆匆赶来了),但这一身份并不是自明的。它的重要性取决于城堡的态度。也就是说,K 身份的合法性具有相当大的依赖成分。一旦它所依赖的对象出了问题,合法性就会立即消失(土地测量员这一身份作为卡夫卡眼中个人在资本主义市场上所占据的位置的转喻,本身就是焦虑的反映)。因此,当 K 踏着积雪,从一个遥远的地方来到城堡的一个客栈时,城守的儿子希伐若对他的态度是值得玩味的。首先,希伐若是否应当接待 K,如何接待

K，都取决于城堡是否曾经需要土地测量员这一事实；其次，即便他获悉了K的身份，了解到K的到来是出于城堡的邀请，冷淡的态度却并未好转，反而进一步加深了。希伐若自有他的直觉。（作为一个城堡官员的儿子，他对城堡的熟悉程度与K相比是不成比例的。在他与K的冲突中，希伐若地位的优越感是不言自明的。）假使城堡当局曾经下令招募一个土地测量员，那也不能说明任何问题。

和客栈老板、庄稼汉、希伐若对他职业和工作的冷漠相对的是，K对自己优秀土地测量员的职业充满了虚妄的自豪感。由于K对城堡当局对他的邀请确信不疑，对他在城堡工作期间理应受到的重视和礼遇存有不切实际的幻想，他对困难的估计、对自身状况的审视具有讽刺性的偏差。当K面对希伐若的粗暴无礼表现出了真正的冷静、蛮有把握的自信时，喜剧的帷幕已经悄悄地拉开了。

在《美国》这部小说中的第二章，卡尔受到一位商人的邀请去乡间别墅做客。他的舅舅，也是他在美国唯一的保护人一开始出于某种隐秘的动机不同意他前往，但最终还是被他说服了，卡尔在赶赴乡间别墅的途中完全沉浸在乡间甘甜芬芳的气息中，沉醉在对商人女儿的不着边际的想象里，并未意识到自己已经被判决的命运——在他去乡间的途中，舅舅已决定将他抛弃。他的舅舅派出了一位信使（它使我们多少联想起《城堡》里的巴纳巴斯），同时追赶着卡尔的马车，去宣读让卡尔滚蛋的亲笔信。判决已经作出，只是不可思议地被悬搁着。真正的喜剧就出现在这样一种悬搁的缝隙中——卡尔因为明显地意识到了商人对他的冷遇（这种冷遇可以解释为商人预先从信使的口中获悉了卡尔被抛弃的真相，他没有必要再对卡尔伪装好客以博取他舅舅的好感）而对主人发出威胁，赌气似的要求回家。卡尔的威胁可以看成是一个孩子的撒娇举动，其目的是为了索取更多的热诚和重视，其内在基础则依赖于舅舅显赫的地位。问题在于，卡尔发出威胁的基础已经不存在了，甚至他也回不去了。

对这一情节似乎也可以作这样的解释，当商人提出邀请，让卡尔去乡间做客本身就是一个预先设定的阴谋，舅舅表面上的拒绝只不过让阴谋更像阴谋而已，不管情形如何，卡尔的命运在开始时就已经被决定。

在卡夫卡看来，个人的自由实际上就是命运在判决前夕挣扎的自由——他可以选择的只是迷失（毁灭）的方式，就像一只老鼠，要么被捕鼠器夹住，要么扑入一只猫的怀抱。从某种意义上说，《城堡》是《美国》第二章的重写，反之亦然。随着情节的展开，我们（还有K）不久就会看到，他受命前来城堡工作的所谓指令只不过是当局庞大机器在运转过程中出现的一个故障。他来到城堡的理由被突然抽空，他成了一个多余而又碍手碍脚的人，他首先应当做的工作不是丈量土地，而是确立自己地位的合法性。

K来到城堡的使命既然可以被界定为测量土地，那么，他要顺利地完成这项工作，必须获得开展这项工作的外部条件，而首要条件是当局的需要,这样一来,得到包括村长在内的城堡当局的工作许可,并与最高当局的代言人克拉姆见面就成了一个关键。K 的迷失,首先是从使命的核心(测量土地)向边缘地带(获取工作的许可)溃败开始的。尽管他始终没有忘记自己的真正使命,但他在边缘地带逗留得越久,目标也就离他越远。他挣扎得越剧烈,返回中心的道路越遥不可及。K 最终得出的结论只能是虚幻。正如村长所告诫的那样,什么都无法确定:"你听到的唯一真实可靠的东西,就是我们的电话机传送的这种低声哼唱的声音,此外什么都是虚幻的。"

作为一个异乡人,K 的行为举止,他的热情和执着,他的既天真烂漫又英勇无畏的性格都与城堡的整个氛围格格不入,而对于 K 在来到城堡之前的所有经历作者却未做详细的交代。在小说的第二节,当阿瑟和杰里米亚两位助手向他行礼致敬的时候,K"不禁想起了他过去服役的日子"(他原先是一名军人吗?),随后,他想起自己的故乡:

> ……迷了路,或者进入了一个奇异的国度,比人类曾经到过的任何国度都远,这个国度是那么的奇异,甚至连空气都跟他的故乡大不相同,在这儿,一个人可能会因为受不了这种奇异而死去,可是这种奇异又是这么富于魅力,使你只能继续向前走,让自己越迷越深……

在这里,故乡并不是一个地理概念,它仅仅指向精神记忆的家园,指向一种传说。K在城堡中遭受的挫折使他多次回忆起自己的故乡,但却从未产生返回故乡的冲动,这也是意味深长的。

也许会有人说,既然K在城堡进行土地测量的合法性始终得不到证实,那么他何不离开这个村庄,返回故乡呢?K的解释也许是出于城堡奇异魅力的蛊惑。另一个原因是,我们对于这座由废墟堆积成的迷宫的性质缺乏足够的了解,因为得不到合法的证实未必就可以判为非法。城堡是否需要一个土地测量员这个问题虽然被无限悬搁,但当局毕竟给他派出了两名助手,克拉姆毕竟给他写了一封封洋溢着鼓励、劝慰之辞的信函。"这儿没有谁留下你,但是也绝不是说要把你撵走。"而且,城堡当局在无关紧要的事情上立即满足了K的愿望,从而夺去了K获胜的可能性,同时也夺去了他任何反抗的念头。可以自由进出的迷宫绝不是一个真正的迷宫,而废墟的"魅力"是不可抗拒的,它几乎剥夺了人的任何自主性,甚至包括"退出游戏"的愿望。

因此,我们完全有理由这样相信:不管K心目中的故乡具有怎样超凡脱俗的性质,无论K在来到城堡之前具有怎样的生活经验,毫无疑问在K的血液中,自有一种韵律应和着城堡的节拍。关于这一点,我们在后面还要谈到。

K显然意识到了迷失的危险性,正如一个在沙漠中迷路的人急不可待地寻找路标一样,K在城堡下的村庄里首先发现的标识物就是弗丽达和自己的两位助手,他无力辨别标识物的真伪,进而陷入了更大的迷乱。他异想天开地将当局派来的两名助手视为与他一样的外乡人,应当并且可以"互相支持";而弗丽达的爱情,似乎为他提供了某种天然的许诺,甚至使他获得了共同对付黑暗、完成自己使命的信心。

K为了达成目标而表现出来的不顾一切的决绝姿态使我们想到了保罗·蒂里希对生存勇气的一系列描述。在蒂里希看来,这种勇气正是不顾一切,不顾存在的威胁的决绝姿态。只不过,保罗·蒂里希是正面的阐述,而卡夫卡则是反讽中的暗示。勇气在蒂里希那里是"必须",而在卡夫卡那里则是"只能"。

K的勇气的确令人惊奇,为了完成虚无的使命,道德的概念被K偷换成了道德掩盖下的不择手段。这多少反映了K的性格中工于心计的一面。这在小说一开始,K对渥斯华尔德谎称自己是K的助手时就表现了出来,随后,他因为有可能接触克拉姆的情妇(弗丽达),立即将奥尔珈抛在了一边;伪装出孩子般的口吻与汉斯交谈,借此博取他的帮助,并通过他争取汉斯母亲的支持;他试图勾引佩披以便打听克拉姆的下落,最后,他牺牲了弗丽达的爱情。

不惜一切手段达成没有可能实现的目标,这是卡夫卡为他的喜剧所设置的前所未有的形式维度。

二、弗丽达:另一种迷失

按照弗丽达自己的供述,她的唯一梦想就是能够和 K 在一起,"只有这一个梦想,再也没有别的了。"导致她最终离开 K,不情愿而又无可奈何地扑入 K 的助手之一——杰里米亚怀抱的关键因素,除了 K 对她的冷漠之外,还有 K 没有带她一同离开城堡,逃到一个遥远的地方去。与任何一个陷入爱情泥淖的女性一样,她所关注的只是一些简单的感情枝节。弗丽达对 K 的使命的不理解贯穿始终,这种隔阂具有两个方面的含义:首先是对 K 工作的必要性的冷漠和怀疑,其次是对 K 被判定的命运缺乏深刻的理解,这就导致了弗丽达与 K 在反抗命运的方式上的差异。

K 在企图摆脱自己厄运方面所付出的巨大努力,在弗丽达看来也存在两个方面的疑问。弗丽达看不出(或者感受不到)K 的这种努力与她的爱情有着怎样的联系,这就使得双方的目标发生了偏离;另外,即便是反抗命运本身,K 的做法也是没有意义的,可笑的。弗丽达认为,有一个更加有效的方法被 K 忽略了,那就是逃离——K 所面临的威胁将不复存在,她也可以完全占有 K 的爱情。

弗丽达的反抗方式的幼稚性甚至比 K 更甚,但这恰恰构成了弗丽达对城堡体制、话语和规则彻底颠覆的趋向,尽管这仅仅是一种乌托邦。这显示了女性特有的敏感性和直觉以及不顾现实威胁的勇气。

如果说，弗丽达开始时对 K 的容忍、支持是出于爱情本能，那么随着时间的推移，这种支持已渐渐变成了怀疑和抱怨。"你总是虐待我，啊，K，你为什么老是折磨我？我决不，决不会回到你那儿去，我一想起我还有可能回到你那儿去，我就会发抖。"这不是普通的抱怨，简直就是仇恨。这当然是根植于她对 K 的全部的爱，而且即便在她公然背叛 K 的时候，它也一直在她体内燃烧。

米兰·昆德拉在谈到《城堡》中 K 与弗丽达感情纠葛的时候，将这种纠葛描述成一种简单的肉欲，"没有任何爱情的介入"，我以为显得有些轻率，在昆德拉看来，这种带有肉欲成分的情感对 K 而言，仅仅意味着在放逐的途中被剥夺了一切所获得的一丝慰藉，这没有什么问题，但假如我们将观察、判断的聚焦投射在弗丽达身上，情况立即就会发生根本的变化。爱情，不仅仅构成了弗丽达生存的全部幻想（这种幻想在 K 看来固然是一种假象，他眼中的弗丽达就好像一个"在粪堆里看见自己失去的一块宝石"的人一样。实际上粪堆里即使有宝石，她也没法找到），而且是她一切行为的出发点。

当 K 和奥尔珈一同来到酒吧，第一次见到弗丽达的时候，"K 和她的眼睛一接触，就觉得她这一看，好像决定了一件关系到本人的什么事情，一件他还不知道是否存在，而弗丽达明确地告诉他是存在的事情。"那么，这是一件什么样的事情呢？

如果说它是爱情的发端，K只是感觉到它与自己有关，并不知道它是否存在。而弗丽达却明确、大胆地暗示了他。K的内心另有牵挂，它过于沉重，以至于他的心智尚处在恍惚状态。事实上，他在与弗丽达见面、调情甚至于交合的过程中，一直显得心不在焉，他内心真正关注的只有一点，弗丽达是否认识城堡官员克拉姆，自己能否通过她与克拉姆见面。在这里，弗丽达奉献的爱情对K来说不仅是一种慰藉，而且已经具有了祭品的性质。在K的被放逐（或自我放逐）的旅程中，爱情尚未进入他的视线，即便他感觉到了它也会视而不见，这同样是他的命运决定的。

与K的这种恍惚状态不同的是，弗丽达表现出来的是不顾一切、令人震惊的大胆，当克拉姆在屋里传出哼哼声，呼叫弗丽达的时候，弗丽达应答道："我正在陪着土地测量员哩！"这又是一次颠覆。克拉姆似乎没有预料到弗丽达会这样回答他，这个似乎拥有无限权力的人陷入了沉默，而K却被吓得跳了起来，随后是一阵痛苦的自省，由于弗丽达泄露了一切，他深思熟虑、步步为营地从弗丽达身上获取克拉姆帮助的希望几乎就要破灭。因此，尽管他意识到弗丽达的爱情弥足珍贵，超出一切，但也立即开始了对她的指责，"你这是干吗？咱们俩全毁了……"而弗丽达却冷静地答道："毁掉的只是我，可这样我就真正得到了你。"我们可以清楚地看到，弗丽达与K刚一见面，他们的话语就是错位的，看起来他们说的是同一件事，但话语指向完全不同。K的语言指向克拉姆以及摆脱自身窘境的希望,而弗丽达关注的只是爱情的可能性。

当然,弗丽达的情感并非没有盲目的成分。实际上,她之所以不假思索地投入 K 的怀抱,女人天性中的忌妒心起了相当大的作用,当 K 和奥尔珈手拉手、并肩走进酒吧的一刹那,这种忌妒即成了她内心情感之火的助燃剂。从某种意义上说,弗丽达的迷失是女人命运中的情感形式决定的,对于女性来说,最大的悲哀莫过于被排斥在爱情之外。

弗丽达的迷失,显然开始于她认识 K 之前,但却因为 K 的介入而变本加厉了。虽然从结构上看,她的迷失与 K 的迷惘十分相似。K 试图找到存在的依据,而弗丽达的着眼点却在于情感的真实性。在通往爱情的道路上,弗丽达所受到的重重阻挠既是城堡压力的直接现实,又是 K 迷惘状态的衍生物和牺牲品,她的情感变得脆弱、多疑、乖戾是必然的。

克拉姆原先的情妇、弗丽达的前任对她的一番苦苦忠告似乎只能看作个人经验,但是,既然克拉姆或者格拉特能够派遣一位弗丽达少年时代的伙伴伪装成 K 的助手来引诱她(借此阻碍并监视 K 的工作,粉碎 K 的信心),那么客栈老板娘的劝告也未尝不可看作是来自城堡的声音。

这种劝告既是诱导,又是威胁,这种威胁加之于奥尔珈一家所产生的后果,卡夫卡在第十五节作了详尽的描述,现在客栈的老板娘几乎已向弗丽达和盘托出了。它立即就对弗丽达产生了作用。尽管她没有接受老板娘的劝告,可也终于在沉思之后,向老板娘承认自己对于K的爱情只是一时冲动,"自从我失去克拉姆之后,一切都大不相同了……"她伤心地说着这样的话,伤心地低下了头,两只手抱在胸前。

如果说,来自城堡的压力还不足以摧毁弗丽达的信念,那么,她对K的绝望则给了她致命的一击。因为,她在对抗外界压力时唯一可以利用的财富就是K的爱情,不过弗丽达的绝望并不是突然出现的,而是通过她一系列周密细致的聆听、观察、判断所得出的结论。

当她与K公开同居并搬入一所小学之后,她对于自己与K的爱情的实质看得更加清楚一些了,尤其是当她发现K为了达到他个人的某种意图,引诱鞋匠的儿子汉斯·勃伦斯威克时,汉斯就像一面镜子在刹那间照亮了她所处的地位。引诱的目的是相同的,都是为了接近城堡当局,引诱的手段也是相同的,都是伪装出来的孩子气。甚至,汉斯在面对引诱时的反应与弗丽达亦大致相仿。在弗丽达的眼中,汉斯之所以会冒着被严厉惩罚的危险,像一个反叛的士兵投入敌阵,决定支持K,是基于K故作亲昵的语调,基于同情的一时冲动(同情显然不是爱的代名词,但足以构成爱意的基础)。这一幕是酒吧的那个夜晚的再现。让弗丽达不能容忍的是,K为了达到私人的目的全然不去考虑这个十多岁的孩子可能遭遇的惩罚(对弗丽达来说,K从来没把自己的牺牲当成一回事)。

弗丽达向K反问道:"现在这个可怜的孩子在这儿被你利用,跟我那时在酒吧间里被你利用,这两者之间又有多大的区别呢?"接下来,她按照这个逻辑将自己与 K 的关系实质作了进一步的放大,发现自己只不过是 K 手中的一张牌、一副道具、一个人质而已。这是一种夸张了的猜测。高倍显微镜下的图像失去了原物的直观性,但未必不是原物本身。弗丽达的推理过程大致如下:

K 在与克拉姆打交道的进程中,为了使自己在心理和交换条件上处于有利地位,将克拉姆心爱的情妇(弗丽达)挟持,然后等待着对方付出高昂的索取代价。

这个细节,米兰·昆德拉在《玩笑》一书中作了改写,正如玩笑到底不过是一个玩笑一样,克拉姆也不过将弗丽达换成了另一个姑娘佩披而已。这也可以看成克拉姆在暗中对 K 发出的嘲笑。但是,玩笑在《城堡》中却具有双重意味。弗丽达不顾一切地离开赫伦霍夫旅馆,失去克拉姆的护佑,失去了"令人艳羡"的情妇名号所获得的只是一个变相的人质身份而已。甚至,弗丽达惊异地发现,当 K 的两位助手与自己朝夕相处,公然向她调情的时候,K 连起码的忌妒心都没有。

正如他们在赫伦霍夫旅馆见面时的情景一样——他们的拥抱,他们手脚的摇摆都不能使他们意识到身外的一切,只是提醒他们要寻找的是什么"冲动"。计谋或者爱情最终并未让他们认清各自的命运,只是看到了命运促使他们抵达的那个结局。

在小说的结尾,弗丽达离开 K,投向杰里米亚怀抱的情景,与当初她背叛克拉姆,将自己托付给 K 的盲目恰好构成了反讽。这两者没有本质上的区别。一轮迷失暂时的澄清仅仅意味着下一轮迷失的开始。弗丽达在照顾病中的杰里米亚时,K的来访也使她萌发了回心转意的念头,但这与她当初离开克拉姆时流下的悔恨的泪水如出一辙。

K与弗丽达都陷入了难以自拔的迷乱中,它们有着共同的社会现实背景,又彼此影响,互相渗透,构成了这个时代触目惊心的生存景观。

三、影子的影子——谁是克拉姆?

在《城堡》中,克拉姆始终是作为一个象征性的人物出现的。他是城堡夜晚中最黑暗的部分,也是通往城堡的布满蛛丝小径的地图上模糊不清的标志。他就像某种气味,人们只能意识到它的存在,而无法予以任何直观的现实。被描述的次数多少对我们看清他的真正面目并无帮助;相反,这些自相矛盾的描述只不过是在他的身上覆盖上一层层的遮蔽物而已。无论是K、弗丽达,还是奥尔珈和巴纳巴斯,克拉姆都是一个意念的中心,他们从各个不同的方位趋近他,议论他,交换着有关他的一切信息。

当K通过酒吧的某个小洞眼打量着这个对手时,卡夫卡的描述是十分精细的:"克拉姆先生就坐在书桌旁的一只舒适的沙发里,他的脸给一盏盏低挂在他前面的白热灯照得容光焕发,一个中等身材、臃肿颟顸的人。他的脸蛋还是光溜溜的,但是他的两颊由于年龄的关系,多少有点松弛。浓黑的胡须又长又尖,眼睛藏在一副斜搁在鼻子上的闪闪发光的夹鼻镜后面……"

这段文字与后来巴纳巴斯在城堡见到克拉姆时的描述大致相仿,当时,克拉姆正在擦他的眼镜,但他的眼睛差不多总是闭着,看起来好像已经睡着了,只是在梦里擦着他的眼镜罢了。他似乎在看书,有时也会低声对录事们说几句含混不清的话。

然而问题在于,K和巴纳巴斯看到的克拉姆是否是同一个人?

对于所有城堡治下的居民们来说,克拉姆给人的印象总是一些鸡毛蒜皮的小事,一种特殊的点头姿势,一件没有扣上的背心,擦眼镜时的动作手势,在昏暗的灯光下凝视着书本的脸……在这些与克拉姆打交道的人中,假如我们依照他们与克拉姆关系的远近排出一个顺序表的话,应该依次为K、巴纳巴斯、弗丽达、老板娘。K只能通过书信与克拉姆进行联络;而巴纳巴斯则可以时常出入城堡,在克拉姆和K之间传递信件;弗丽达和老板娘则同为克拉姆的情妇。

在K的意识里,克拉姆的亲笔信无疑是他与城堡官方关系密切的首要证据。这既是一种对信心的支撑和鼓励,又是希望所在。而村长则对这种关系不屑一顾,因为在他看来,那只不过是克拉姆的私人信函,既不代表官方,也没有任何实质性的内容。村长的嘲讽明确地暗示了以下情节:克拉姆是不是城堡的最高当局?即使他是无可争议的权威人物,他是否具备发号施令的权力?(城堡的日常事务并不依赖于某一个人,而是决定于这部庞大机器的工作程序,这一点,村长在此之前已向 K 做了详细的说明)还有,他从巴纳巴斯手中接过的那些信件是不是出自克拉姆的手笔?

从克拉姆信件的内容来看,也颇有蹊跷的成分,当 K 在进行土地测量这项工作还远看不到任何眉目,纠缠于一些毫无意义的外部事务的泥淖中不能自拔的时候,克拉姆却在信中向他发出了这样的指令:

"不要松弛懈怠,希望继续工作。"

这与其说是一种鼓励,还不如说是讽刺,或者是一幕恶作剧。

K 唯一有可能与克拉姆正面接触并与他直接讨论自己的工作的机会是在赫伦霍夫旅馆,当时,他从佩披(弗丽达的继任)口中得知,克拉姆就在这座旅馆中,而且不久之后将坐雪橇离开,K 终于看到了希望,他找到了那驾雪橇,并打算在那儿守候直到见到克拉姆为止。一直到天快黑下来,克拉姆还迟迟没有露面,在这时,K 与马车夫进行了一次短暂的、饶有趣味的谈话:

K:克拉姆什么时候出来?

车夫:等到你从这儿离开之后。

马车夫在尚未弄清 K 的真实身份的前提下说出这样的话,实际上已经阻断了 K 追踪克拉姆的道路。随后出现的那个长得漂亮、脸庞白里透红的年轻人——克拉姆的私人秘书摩麦斯再次向 K 重复了这个意思。摩麦斯判断出 K 不等克拉姆露面不会离开,就命令马车夫将马匹卸下来,从而彻底粉碎了 K 的非分之想,道路依然在黑暗中,他幽闭的焦虑症状没有得到消除。

从表面上看,作为一个信使,巴纳巴斯在与克拉姆打交道的过程中处在了比 K 有利得多的地位。然而他在城堡里见到的每一位官员都有着相似的外貌和举止,连说话的语气都十分相近。他可以称得上是一个有关克拉姆资料的专家,一部百科全书,有关克拉姆模样的描绘,他早已谙熟于心,他收集了许多说法,反复进行比较。不过,正因为他收集的资料太多,真相反而越出了他的视线,"他甚至有一次在村子里从车窗外看见了克拉姆,或者是他相信看到的就是他。因此他做了充分的准备,打算好好认识一下克拉姆,可是——你怎么解释这一点?——当他在城堡走进办公室,他们给他指出那就是叫克拉姆的那个官员时,他又不认识他了……"

那么,对于时常要与克拉姆同床共枕的弗丽达或老板娘来说,她们对于克拉姆是否有准确的把握呢?这一点同样是值得怀疑的。通常她们被克拉姆召见的时间是在晚上,灯光又晦暗昏沉,况且既然被召意味着一种虚幻的荣耀,肌肤相亲也不会有太多的真实性。

克拉姆这个符号中最有人性的地方,就是残存不灭的欲念的残渣。当他(他们)办完公事,不知如何打发时光的时候,欲念便蠢蠢欲动,驱使着肉体的主人心烦意乱地去炮制一封封下流的书信。欲念本身既是一种权威的变体,同时也是一个发泄口。"克拉姆是以粗野出名的,他能够一连几个钟头像哑巴似的坐着一声不响,然后猛地冒出那么粗野的话来吓得你禁不住发抖。"从欲望不受主人控制这种状况,我们才能看到克拉姆身上作为人的某种气息,但克拉姆或者索尔蒂尼平息自己欲念的方式却更深地反映出城堡机制的一般社会特点。

我们固然无法知道克拉姆用怎样的姿态与那些女性相处,但他猎获女人的途径往往是通过情书。情书在《城堡》中是一个十分暧昧的概念。作为一种古老的、代代沿袭的求爱方式,情书的原初特性和功能被彻底置换。在奥尔珈的眼中,它只能说是一纸行政命令,或公文,问题在于克拉姆或索尔蒂尼仍然沿用了情书的形式。他们在写"情书"时无法控制住自己,使它实质上成了下流诲淫的侮辱性文本。这一方面暗示了欲念的强大和迫不及待,同时又是变态性欲的一个有机的组成部分,只有当克拉姆意识到收信人在阅读这些信件时一边羞愧难当,一边瑟瑟发抖时,他才会得到心理上的满足。这里,卡夫卡准确地揭示了性欲社会化的种种特点。

从另一个意义上来说,原始情书所包含的尊重、平等或者夸大对象的有利地位,显示出写信人的软弱等特点对城堡的体制构成了重大威胁,城堡官员之所以沿用情书的形式,实际上是在玩弄文化欺骗,城堡当局从来没有公开宣布过剥夺个人的自主性和自由（一个女人在收到情书后可以有拒绝或同意的选择自由），甚至他们在一切可能的领域宣扬这种自由，但它正是通过形式、幌子，在无关紧要的事情上满足居民自由，但实际上却剥夺了个人的自主性。尽管克拉姆的情书只不过是一封普通的求爱信，但"却从来没有被拒绝过"，这当中有老板娘，有弗丽达、佩披，还有一些我们尚不知道名字的女人，似乎只有一个人敢于拒绝城堡官员的情书，这就是奥尔珈的妹妹阿玛丽亚，而城堡则立即用它严酷的、令人发指的方式对她进行了惩罚。

正是通过比较克拉姆和另一位官员索尔蒂尼的情书，奥尔珈成了一个城堡巨大秘密的发现者，"你看不出这两个人的不同在什么地方"，他们两人的情书同样粗暴，同样下流，甚至连字迹也有几分相像，奥尔珈与众不同的视点无疑给了我们一个重大的信息，索尔蒂尼就是克拉姆。

这一充满智慧的猜测简直可以无限推演下去。奥尔珈进而怀疑，克拉姆这个人是否存在？

像克拉姆这样的人是大家都想见的，可他又难得露面，这就很容易在大家的想象中产生不同的形状。比如，克拉姆在这个村子里有一个名字叫摩麦斯的秘书，你认识他吗？是吗？他也是躲在幕后不见人的，可我看见过他好几次了。一个长得挺结实的年轻小伙子，你说他不是这样吗？所以，显然他一点儿也不像克拉姆。可是你在村子里会发现有人发誓赌咒地说摩麦斯就是克拉姆。他就是克拉姆，此外不再有别的克拉姆了。人们就是这样把自己弄得迷迷糊糊的。

如果说摩麦斯就是克拉姆,那么可疑的克拉姆的名单几乎可以扩大到格拉特、索尔蒂尼、希伐若、村长、小学教师、K的两名助手,以及一切与城堡有关的官方人物。甚至,连那位给克拉姆赶车的马车夫也未必不是经过伪装的克拉姆本人。

因此,我们在说克拉姆这个人物并不存在的时候,实质上是在说,克拉姆在城堡里无处不在。

在城堡阴影下生活的居民早已失去了反省自己存在的能力,更谈不上对城堡体制的洞察力和判断力。因此,他们对于克拉姆的存在只有一丝好奇心而已,他们用不着去关心谁是真正的克拉姆。他们不仅是城堡的牺牲品,而且在不知不觉中成了城堡体制的组成部分(一旦奥尔珈家庭与城堡处在了对立面,他们便会立即出来助纣为虐)。

这一点,奥尔珈看得十分清楚。阿玛丽亚并不是一个有意识的反抗者,她甚至还爱上了侮辱她的官员索尔蒂尼,假如索尔蒂尼的情书写得稍为文雅一些,假如她不是出于一时的孩子气的冲动,她完全可能成为另一个弗丽达或老板娘。也就是说,奥尔珈一家是被迫成为城堡的反抗者或对立面的——命运将他们强拉进了反省者的行列。

所以,我们不难看出,奥尔珈一家的命运和K的出现是城堡庞大而齐整的乐队中的两个不和谐音,也是城堡故事的中心情节。他们陷入了同样的命运的怪圈:奥尔珈一家为了洗刷自己的罪名,K为了找到自己存在的合法依据,这迫使他们踏上了对克拉姆的苦苦寻访的艰难道路。

而克拉姆雄踞在遥不可测的城堡的某处,它既是城堡本身,又是它在令人迷乱的积雪中投下的影子,影子的影子。

四、宽恕的前提——奥尔珈一家的命运

当K第一次与奥尔珈见面时,就对她产生了好感,那是奥尔珈身上温柔、质朴、自然的气质给他带来的舒适感。在K挽着奥尔珈的手臂去赫伦霍夫旅馆的路上,K把全身的重量都压在她身上,尽管竭力地抗拒着奥尔珈体内源源不断传达给他的愉快和甜蜜,这种感觉却滞留不去。

从后来弗丽达的嫉妒来看,K对奥尔珈所抱有的朦胧的情感并非缺乏心理上的基础,只不过在当时,他几乎没有余力去体味、感受这一切,K之所以将奥尔珈一家视为"村里心眼最好的人",除了巴纳巴斯或奥尔珈那张亲切的脸庞所起的作用之外,更为重要的原因在于,奥尔珈一家正在遭受的厄运与K自己的尴尬处境达成了某种亲和。

奥尔珈的父亲在城堡中也算得上一个小官员,他是救火会的第三把手,而且还救过他上司格拉特的命。因此,他们一家与城堡当局的关系要比村里的普通人亲近得多。这也就可以解释,为什么城堡当局决定在村子里举行一个救火仪式的庆典,奥尔珈一家欣喜若狂,既然他们将自己视为城堡的"远

亲",那么,城堡的节日也是他们自己的节目,赠送救火车的庆典是卡夫卡在《城堡》中描述的唯一的娱乐活动(不管从什么方面来看,娱乐或庆典实际上就是政治的延续)。阿玛丽亚和奥尔珈穿上节日的漂亮衣服,沉浸在庆典的喜庆气氛中,仿佛一点也没有意识到正在她们头上降临的悲惨命运。

命运的无常,或突然性在卡夫卡的小说中曾一再出现。它是一头随心所欲的怪兽,随时准备从暗处跃出,给它的猎物致命的一击。在《审判》中,警察的出现带有强烈的非理性色彩,而在《城堡》中,作者多少赋予这种命运以合理的逻辑。

当城堡大官员索尔蒂尼那看似威严,实则邪淫的目光落到了阿玛丽亚,这个穿着花边裙子,稚气未脱的少女身上时,奥尔珈、阿玛丽亚,她们的父亲的反应是令人震惊的。索尔蒂尼贪婪的目光一旦投射到阿玛丽亚身上,就怔住了,然后"跳过车来挨近她",而阿玛丽亚居然一下子就"爱"上了这个与她父亲的年龄一样大的老人。奥尔珈感受到的似乎只有嫉妒。而她们的父亲显得更为荒唐,竟然立即猜出了索尔蒂尼的意图,并领着他的两个女儿迎上前去,供索尔蒂尼挑选(他的疑问在于:他不知道索尔蒂尼看上的是哪一个女儿)。在这里,卡夫卡的反讽带有令人不寒而栗的残酷性,它突然给我们腾开了另一个空间,使人足以看清城堡统辖下居民生存状况的本相。也就是说,居民的荣耀(假如他们还有荣耀的话)只能是城堡的意志。

奥尔珈的父亲将两个女儿带到索尔蒂尼的面前,后者只是恼怒地挥手将他们赶开。这并不是说索尔蒂尼突然收敛了自己的淫欲,而是因为奥尔珈的父亲"没有很好地领会他的意图",并违反了城堡在对待这类事情时应有的程序——城堡从不巧取豪夺。第二天清晨,索尔蒂尼派人给阿玛丽亚送来了一封"情书"。

关于这封"情书"的内容,小说未作正面描述。而阿玛丽亚出人意料地将它撕得粉碎,只是出于一时的孩子气。又是孩子气!在城堡疏而不漏的权力网络的淫威之下,人们的自由意志、情感,甚至记忆本身都被滤除殆尽,而唯有"孩子气"成了城堡在行使权力时遇到的最大障碍(弗丽达和K的孩子气曾一度使城堡方面伤透了脑筋)。

因为这封信写得十分下流,阿玛丽亚甚至没有勇气再读第二遍。在这封信的末尾,索尔蒂尼这样写道:

> 你得马上来,要不然,我就……

假如不是"孩子气"发挥的作用,阿玛丽亚很可能像弗丽达或老板娘一样就范。在城堡非存在的废墟上,唯有这种一时冲动的孩子气或不成熟、任性具有隐隐的活力,反过来说,它也足以使我们了解城堡废墟的深度、广度及其基本性质,甚至是奥尔珈也这样向K表白:"至于我,我坦白地承认,要是我得到了那么一封信,我准要去了。"

惩罚开始了。惩罚的方式显然是《审判》的进一步深化。

假如说惩罚的前提条件是罪行的指控,那么,罪愆是空缺的。与《审判》不同的是,城堡并没有将奥尔珈一家送上法庭的意思,也没有公布他们的任何罪状,"就像这件事被忘了一样"。律师们提出的意见也仅仅局限于蔑视索尔蒂尼的信,侮辱他的信使,一切都作了轻描淡写的处理。正如罪行不能由城堡当局明文宣布,而应由当事人自己去寻找一样,惩罚也不是由权力机构直接执行,除掉一株毒草的方法通常有两种:将它连根拔去,或令其自行枯萎。

奥尔珈一家并未遭到任何形式的流放、关押或杀戮(这往往是古老的庄园主对待犯了过失的奴隶所采取的方式),甚至,恐惧因为缺乏对象而变得空洞。那么,事实上的惩罚是通过什么方式降临的呢?

奥尔珈的父亲,一个有名的修鞋匠,在"阿玛丽亚事件"之后,开始为失去亲友、邻居而惶惶不安。最亲密的朋友也已远离了他们,连平时走路慢条斯理的雷斯曼也是匆匆而来、匆匆而去,就像是一个逃犯似的,以至于奥尔珈的父亲推开身边的人徒劳地去追赶他——这一细节中的滑稽成分使我们立刻想起了《审判》中的 K 在通往法院的道路上飞奔时的情景。父亲的修鞋店荒芜了。顾客们争着上门注销了合同,偿付了欠款,总之,村子里所有的人尽一切可能与这个摇摇欲坠的家庭划清了界限,甚至连救火会也要求奥尔珈的父亲辞职,并收回了他过去获得的所有荣誉和证书,"谁也没有办法拯救这个家庭的急骤坠落,谁也没有办法改变局面。"在这里,我们将不无悲伤地看到,中国的"文化大革命"似乎可以看成是卡夫卡小说的一次社会实践。

至少在奥尔珈的父亲看来,上述情形还远远算不上是一种惩罚,只不过是惩罚的前奏和序幕,他并未失去最后的信心。他的希望和等待的根由,在于一个"决定性的通知"。在此,卡夫卡揭示了这样一个心理学上的逻辑,一个自以为深陷罪愆之中的人为了得到宽恕,必须首先证明自己有罪。寻求宽恕的过程实际上就是寻求并证明罪过的过程,在这个过程的背后,所有的动机都指向一个中心,重返体制化。

正如上文所谈到的,一个在体制化的氛围中成长起来的人本身即是体制的一个部分。一旦他(她)被排斥在体制之外,恐惧与焦虑是显而易见的。我们可以想象,一个犯了过失的儿童在面临皮肉之苦和逐出家庭之外两种选择时,他是不会犹豫的。放逐的命运对一个儿童来说毫无疑问是不堪承受的,从某种意义上来说,奥尔珈一家的罪过有些类似于"原罪"。由于一个偶然的过失,人类遭受了巨大的、超越他们承受力的惩罚,被逐出了伊甸园。从宗教伦理的角度来看,人类从此之后的一切挣扎既是一种赎罪行为,又是重返伊甸园所必然要付出的代价。末日审判既未来临,人类也就回不去。对于奥尔珈一家来说,"决定性的通知"被送达之前,重返体制,最后的宽恕也就遥不可及。

因此,奥尔珈的父亲对于实际降临的惩罚视而不见,其背后的心理动因是寻求一个更轻的惩罚。也就是说,城堡方面悬搁惩罚和审判的后果——整个家庭在无形的压力下自行瓦解,灵魂自行除灭、枯萎,实际上已远远超过了他们所应承受的范围。换句话说,城堡的不惩罚实际上就是最为严厉的惩罚。

在这样一个背景下,奥尔珈一家所承受的压力以及在这种压力下所出现的心理和行为变形就相对比较容易解释了。既然"寻求罪过"这一进程取消了生存的一切其他内容,它也必然会占据家庭每一个成员的意识核心,从这个家庭的坠落的过程来看,在城堡的国度里,除了政治生活没有其他生活,除了政治意识没有其他意识,就连"洗刷罪名,寻求宽恕"本身也彻底沦为政治牺牲品的最可靠的途径。

奥尔珈是这个家庭中相对比较清醒的成员。"阿玛丽亚事件"之后,她逐渐看清了自己在城堡中存在的基本定位和未来的命运:"我是一个侍从们肆意蹂躏的玩物。"她既是一个观望者,又是一个见证人,同时还是一个清醒的苦难的承受者。在她的眼中,父亲为洗刷自己的罪过而付出的心血以及巴纳巴斯为了找到克拉姆以便挽救这个家庭而付出的努力都是可笑的,没有意义的。她不抱什么希望,也无所谓绝望。她在苦熬,而苦熬或忍受恰恰是在城堡的黑暗中唯一合乎理性的道路。

> 不要失望,甚至对你并不感到失望这一点也不要失望,恰恰在似乎一切都完了的时候,新的力量来

临,给你以支助,而这正表明你是活着的。

在奥尔珈身上,我们至少部分地看到了卡夫卡本人的信念,而她的冷静、坚韧在城堡的阴影中尤其显得光彩照人。

阿玛丽亚所受到的磨难是多方面的。首先是她自己的"罪过",她撕毁了索尔蒂尼的信,侮辱了他的信使;其次,因为她的原因,整个家庭陷入了无法解脱的命运的深渊;再次,因为她的孩子气和轻率,她葬送了自己的"爱情"。因此,阿玛丽亚的罪孽感既指向城堡当局,又指向她的家庭,甚至还有她本人。这位柔弱、活泼的少女性格变得乖戾、心如死灰也就顺理成章了。

奥尔珈的弟弟巴纳巴斯主动承担了拯救这个家庭的全部使命,但他的挣扎和抗争只不过是使自己变得更像一个"祭品"而已。和土地测量员 K 一样,他的努力一开始就偏离了轨道,获得宽恕这样一个使命很快演变成了"谁是克拉姆?"的难题。

而且,由于 K 的介入,《城堡》的喜剧色彩再次被推向令人战栗的极致:巴纳巴斯将所有的希望寄托在 K 的身上,因为 K 的到来,他获得了在 K 和克拉姆之间传送信件的差使,通过送信和 K 的帮助,他希望与克拉姆建立联系从而拯救自己的家庭。反过来,K 同样希望依赖巴纳巴斯与城堡方面的"特殊关系",而见到真正的克拉姆。

K 和巴纳巴斯彼此都是各自的希望所在,他们互相纠缠,互相折磨,而城堡却始终在他们视线上方远远矗立,岿然不动。

五、卡夫卡,被照亮的道路

卡夫卡的写作起源于个人感受到的难以逾越的障碍,起源于个人和他面对的世界所构成的紧张关系。在K的身上,这种紧张感始终没有得到缓解。当K第一次来到村里的时候,时间是晚上(后半夜),城堡在黑暗中即显示出了"一片空洞虚无的幻景",而在小说的最后,K的身影依然浸没在暗处:"台阶下有一扇小门……里面似乎又亮又暖和,接着房门就关上了。"

如果我们将K作为一个"黑暗的巡游者",那么《城堡》似乎也可以被看成是卡夫卡对异化现实的一次检视。尽管他的敏锐的洞察力照亮了暗房的一个个局部,但通往获救的道路却恍惚未明。

由于卡夫卡小说强烈的荒诞色彩,他的写作不仅仅是对现实和历史一般文化状况的总结,它开向未来,是对一个远为深刻、复杂,正在分崩离析的世界的直觉性寓言。这个世界,无论是时间,还是空间,我们一时还难以看到它的边际。

《城堡》和《美国》《审判》一样,都没有结尾,这绝不是偶然的。这一方面取决于卡夫卡文体的无限开放性——它使通常意义上的结尾显得没有必要;另一方面,它也显示出卡夫卡对于个人与存在关系的和解抱有深刻的疑虑。

马克斯·布洛德曾经在《城堡》第一版的附注中谈到了卡夫卡最终没有采用的结尾:"那个名义上的土地测量员将得到部分的满足。他将不懈地进行斗争,斗争至精疲力竭而死。村民们将围集在死者的床边,这时城堡当局传谕:虽然K提出在村中居住的要求缺乏合法的根据,但是考虑到其他某些情况,准许他在村中居住和工作。"虽然这个结尾与《城堡》的讽喻特征相一致,但卡夫卡没有采用它也有着充足的理由。既然这个世界的崩溃是从外部和内部同时开始的,任何形式的外部和解都是没有意义的。

受卡夫卡影响至深的法国小说家加缪,在其名著《西西弗斯神话》中所提出的个人与异化现实的和解之道,似乎在《城堡》中也呼之欲出,不过,在卡夫卡看来,K,或者西西弗斯并非完全是异化现实的对立面,同时也是异化了的现实的一个部分。也就是说,西西弗斯的胜利也只有在神话学中才能成立。

在这里,写作的意义被卡夫卡严格地限定在了记录的范围之内:用一只手挡住耀眼的光线,用另一只手草草记下在废墟中看到的一切。用卡尔维诺的话来说,检测黑暗的深度和广度,同时意味着检测光明和欢乐短缺到了什么程度,在普遍异化了的现实境况之中,个人只有通过充满警觉的洞察,复活心中被遮蔽的人的理想,获救才会成为可能。

实际上,正确的道路已经被指明。既然挣扎和获得宽恕的冲动仅仅是对异化现实的一次更彻底的臣服姿态,那么,终结意义上的"忍耐"就绝不是一种权宜之计;既然语言作为文明的精华已经受到了"异化"的污染,希望的秘密也不能由语言所直接阐述。因此,对于卡夫卡来说,希望不在于K,不在于卡尔和弗丽达,而存在于他们的身后,不在黑暗的虚拟的对立面,而存在于黑暗之中的某处。

鲁迅和卡夫卡

一

博尔赫斯在论及卡夫卡及其先驱者之时,曾提到中国唐代文人韩愈的《获麟解》。尽管没有任何证据可以表明,卡夫卡曾经读到过这篇文章并从中获益,但博尔赫斯还是从《获麟解》中辨出了卡夫卡的声音(或者说是习惯)①。在他看来,作家与他的先驱者之间的关系并非通常意义上的借鉴或经验、方法上的传承,而是一种更为神秘、隐晦的相类性。换句话说,一部文学发展史,也可以视为作家不断创造其先驱者的历史。

当我试着将鲁迅与卡夫卡的创作作一番比较探讨时,我很自然地想到了上述论点。有了这一论点象征性的庇护,我可以将两位作家较为外在的相似性或联系一并忽略不提。假如我们细细比较的话,我要说,这种相似性也是存在的。比如

---

① 博尔赫斯:《卡夫卡及其先驱者》,《博尔赫斯文集》(文论自述卷),第77页。

说他们各自的身心疾病、爱情或婚姻经历,哲学观以及他们对于克尔恺郭尔、陀思妥耶夫斯基的共同兴趣。

在这篇短文中,我首先要谈论的是徐麟的《鲁迅:在言说与生存的边缘》①。我以为,与曾经出现过的鲁迅研究论著相比,这本书至少包含以下三大优点,或者说,三个卓越的贡献:鲁迅的言说及其言说方式的存在论根据;"并不彻底的绝望"与其"虚妄哲学"的关系;鲁迅的写作在何种意义上构成了对虚无的承担。

当然我们还不应忽略该书的另一个(也许是最重要)的特色,即对存在者鲁迅的还原。它不仅是本文写作的契机之一,而且构成了它的全部基础。

二

卡夫卡的写作固然可以被看成是荒诞制度的阴森寓言,但他所发现并揭示出来的荒诞性首先指向了他个人的存在。《城堡》和《审判》中各有一个 K,在 K 的面前各有一扇被关闭的大门。这两个 K 也许可以视为同一个人。他想进入法院的大门,只是为了洗刷自己并不确凿存在的罪名;而接近城堡当局,也许是为自己的合法身份——即城堡需要一个土地测量

---

① 徐麟:《鲁迅:在言说与生存的边缘》。

员找到确凿的根据。对于 K 来说,活着就是未死;或者说活着,但并不存在。这种尴尬而绝望的处境明显地反映出作者对自身存在的全部怀疑。

城堡的大门是何时以及如何被关上的,虚无和绝望的壁垒是如何矗立在个人与他所面对的生活世界之中的?卡夫卡并未作出详尽的说明。而我们在相隔近一百年后重新看待卡夫卡生存及其言说的社会、历史背景,这一点并不难以理解。个人存在遭到幽闭的状况,在卡夫卡笔下一开始就是以一个前提被展开的,卡夫卡更为关注的是这一既定存在所导致的文化后果,个人在面临这一后果时存在的可能性。

写作《乡间婚礼筹备》《观察》的卡夫卡与写作《饥饿艺术家》和《城堡》的卡夫卡也许并不存在着文体或修辞上的必然性,况且,他的三部长篇小说(《城堡》《美国》《审判》)均未写完,这不仅是主体与对象之间的交流途径遭到堵塞,言说遇到难以克服的障碍的明显征兆,同时也预示着,作为一个外在于生活世界的个人试图重新回到存在的真实地带所进行的全部挣扎和努力。

我们在卡夫卡的作品中可以听到两种不同的声音,或者说,他所涉及的两个主题。其一,卡夫卡作为一个文化批判者而存在,从而揭示出了社会文化制度的荒诞性;其二,卡夫卡作为一个具有强烈宗教热情的圣徒,他的言说指向了更为隐秘而浩瀚的存在的未明领域,与但丁一样,原罪、赦免,成了他思考的中心概念。在这里,"历史"这一名词并不是作为过去的一系列事实而呈现的,在卡夫卡的作品中,它被高度抽象后仿佛变成了另一个名词:命运。

卡夫卡在他的《饥饿艺术家》一文中这样写道:

> 我只能挨饿,我没有别的办法。……因为我找不到适合自己口味的食物。假如我找到这样的食物,请相信,我不会这样惊动视听,并像您和大家一样,吃得饱饱的。

尽管卡夫卡曾不无自嘲地将他所遭遇到的苦难描述为一种"自我折磨",但我们从上述引文中还是能够清晰地感受到社会、文化历史的"非存在力量"在他心灵中留下的痕迹。

我们已经知道,卡夫卡的两个主题都是以寓言的方式陈述,但在日常生活的具体境遇中,这两个主题所描述的绝望感立刻合二为一,变成了某种带有强制性的权力系统网络。这一权力系统无所不在,无时无刻不在对个人的存在施加强大的压力和威胁。

我以为,卡夫卡一生的全部努力都在企图挣脱并逃离这一系统的网罗。显然,这种几乎耗尽他生命全部能量的挣扎将他引入了一个完全的悬空地带。在重建生存的意义和个人的信心之前,还有一个巨大的障碍有待克服,那就是,恢复存在的真实感。

罗蒂在《后哲学文化》一书中曾经指出卡夫卡对于语言的

不信任,其中暗含着这样一个简单的逻辑悖论:权力系统带给个人的不真实感或者说荒谬感逼使他发出自己的声音,以摧毁并重组他个人的感知、经验材料;而作为声音或言说媒介的语言恰恰又是系统本身坚固的中心环节,甚至是它高度凝练的形式,这就造成了卡夫卡的言说与他个人的直接经验之间的分离。因此,卡夫卡的题材为什么那么多地涉及古典神话、动物学、梦魇般的幻想,不仅不难理解,而且应当视为理所当然。言说的困难,对于言说可靠性和有效性的深深怀疑与担忧,一直没有离开过他。他在日记中写道:

> 我和别人谈话是困难的。因为我的思想,或者毋宁说我意识里的内涵,简直是一片雾蒙蒙的状态。就涉及我本人而言,我并不感到担忧;我有时甚至对自己很满意……

这种怀疑是双重的,它既指向交流的对象,同时也指向自身的"雾蒙蒙"状态。发生在他整个写作过程中的许多意味深长的"事件"——题材的寓言特点,作品的无法结束乃至他最终要毁掉自己的全部手稿,清楚地表明了他在寻找自己言说方式的进展中的犹疑和失败情绪。然而,写作本身毕竟为卡夫卡构筑起了一个全新的世界,他以圣徒般的忍耐和牺牲精神、以超凡的想象力和勇气独自挑起了这个世界。

卡夫卡的言说所遇到的障碍带有强烈的西方哲学文化的背景，这一背景是清晰、单一的。无论是他的作品的主题还是文体本身，我们都可以从西方哲学、文学史中听到它的回声。只不过，卡夫卡的语言反叛采取了更为诡谲、极端的形式。而在鲁迅那里，情况则要复杂得多。西方文化的外在刺激无疑是激活了鲁迅心中对于"个人存在"这一命题的自我意识，反观中国的文化历史，"个人"作为"人"的观念始终是一个空缺。其次，中国文化之"存在"的双重荒谬性，是西方存在哲学所不可能遭遇到也不可想象的问题①。换句话说，真正意义上存在的荒谬性陈述在中国同样意味着一个空缺。由于道德认同的巨大惯性力量，个体对荒谬性的感知在日常生活中很快消解为不荒谬的习惯感受。具有讽刺意味的是，"不荒谬"无论是作为一种哲学命题，还是一种存在的理想，都是与"荒谬"相对立，暗含着语言、行动意向性的"彼岸"可能性，而在鲁迅的笔下，它却成了言说的首要障碍。正如徐麟先生所指出的那样：

> 语言批判的唯一可能性，就是把民族生存中已经被习惯化为"所是"的现实存在，还原为荒谬。②

与卡夫卡一样，鲁迅深切地感受到了存在的不真实感，也

---

① 徐麟：《鲁迅：在言说与生存的边缘》，第124页。
② 同上。

就是荒谬感,两者都遇到了言说的巨大困难,言说、写作所面临的文化前提也不尽相同,但它们各自的言说方式对于既定语言系统的否定、瓦解的意向却颇为一致。

鲁迅开始写作的时候,白话文尚未成熟。与鲁迅同时代的诸多作家,如俞平伯、梁实秋、林语堂,甚至是胡适、周作人等人的散文创作,尽管在外在语言形式、修辞手段、语词的组合关系上与古文有了明显的区别,但还不同程度地存在叙述节奏的僵滞不畅、语言的文白相杂现象。问题显然还不在这里。假如说,整个中国现代文学史以白话文写作作为其历史发端的话,那么"语言革命"就绝不仅仅是一个言语重组问题,"语言革命"的后果也绝不仅仅带来了日常交流的所谓"便利",它必须以写作者全部的创造力与想象力,以个人独异的存在感受的真实性,以修辞、文体的准确性构成它的基础。因此,从这个意义上来说,从表现形式上看,俞平伯、梁实秋、周作人等人的创作基本上是晚清小品的继续,或者说是改写。

在鲁迅创作的几个不同时期,《狂人日记》《阿Q正传》《野草》等作品的相继问世,不仅意味着鲁迅试图找到表达存在真实性方式的艰巨努力,同时也标志着整个中国的民族语言的言说史从此进入了一个全新的历史阶段。我们仅仅关注一下《野草》的文体,就可知道鲁迅在语言形式的创造方面走了多远,即便是今天重新阅读《狂人日记》,其结构的原创性与独异性、其表层叙述与深层意蕴之间的巨大张力依然使我们感到震惊,尽管鲁迅写作的最初动机,也许只是借助文学的力量来改造社会,但他以生命体验为基础,以承担绝望与虚无的勇气,以其罕见的想象力和才华所构建的语言世界却大大地超越了他原先设定的意义边界。

> 鲁迅的语言,沟通了我们这个民族的当代生活和久远的历史记忆,涵盖了几千年来的民族生存经验,并以它巨大的意向性的穿透性和原创性的生命力,远远跨出了他的时代……导致了汉语言说史上的一个历史性裂变,和一个新的自我描述与自我观照系统的出现。①

可以说,卡夫卡与鲁迅的言说方式都是在既定的话语对意义和真实性遮蔽的前提下出现的,因此,他们的写作首先意味着对习惯性的日常话语模式的颠覆,意味着在日常话语说"不可能"的地方开辟出一个新的"可能",从而诞生出了人类言说史上两个新的"原型"。前者回答了在上帝死了以后,写作如何成为可能这一重大的历史命题,而鲁迅则为现代中国的言说与写作史开辟了新的空间并奠定了它的基石。

---

① 徐麟:《鲁迅:在言说与生存的边缘》,第205页。

三

在卡夫卡的《城堡》中，土地测量员 K 在进入城堡那黑暗的领地之初，似乎还是一个踌躇满志的青年。他的抱负显得十分谦卑而可怜，只是为了顺利地展开土地测量工作与当局进行合作，一开始，K 并不是一个城堡的反叛者，甚至可以说他自始至终都不愿意成为这样一名反叛者。他之所以成了城堡当局的对立面，从而审视并洞察到城堡的黑暗性质，完全是出于被迫。在卡夫卡的笔下，个人是在一个"偶然"的状况下与乖张的命运相遇的，因此，当 K 所面临的困境由"土地测量工作"演变为"城堡是否需要一名土地测量员"这一命题的时候，前提就成为了结果。也就是说，K 必须首先证明自己身份的合法性，才能展开工作。要证明自己身份的合理性，就必须得到城堡当局具有法定效应的许可文件，而得到这一许可文件的前提是，他必须至少有机会见到一位城堡的官员。而这个在小说中被称为"克拉姆"的官员则始终没有真正露面。假如我们愿意的话，这一充满悖论的过程可以无休止地推演下去(《城堡》实际上是一部没有可能结尾的小说)。在这里，K 的每一次努力和挣扎都使他越来越远离他最初的目标。或者说，"土地测量"这样一个目的，随着事件本身的进程，已经变成了另外一个目的：见到克拉姆，也许还是：克拉姆是否存在？

卡夫卡在《城堡》这部寓言体的小说中,集中地展示了个人存在如何远离他的目的和意义的马拉松式悲剧历程。当然,就个人生存的境遇而言,问题还不止于此。在这里,我们必须提到卡夫卡所洞见的两大生存困境,或者说,两个哲学范畴:"绝望"和"不绝望","不绝望"并非是对于"绝望"的否定与消解,而是"绝望"更为荒谬、暧昧、深刻的表现形式。作为个人所无法忍受的压力而言,"绝望"也许可以是真实的,但"不绝望"则是一个彻底的虚幻荒诞的情境。

在《城堡》中,K既未找到希望,亦未遭遇到彻底的绝望。这是城堡的性质所决定的。如果说城堡当局确凿无疑地告诉他,城堡的确不需要一名土地测量员的话,那么K的困境似乎不难解脱。问题是在村长的记忆中,他确实曾见到过那么一份招募土地测量员的文件(尽管它出于一次模棱两可的错误);他没有获得任何展开工作的许可,但城堡却给他派来了两名助手;他没有见到克拉姆,但克拉姆却通过信使巴纳巴斯给他写了亲笔信,鼓励他好好工作;他在城堡是一个不受欢迎、碍手碍脚的人,处处遇到冷漠、刁难甚至是威胁,但城堡方面绝无将他赶走的意思……

K所面临的绝望是一种比绝望本身更为严酷的胶着、悬搁的状况。在这里,个人的生命力和自主性由于受到令人窒息的压迫而最终被耗尽,从表面上看,K活着,并为自己能够从事卑微的工作而付出全部的精力,甚至他为此还牺牲了与弗丽达的爱情,但挣扎的后果之一,只是使自己在荒谬的泥沼中陷得更深,他的存在始终没有得到任何使时间具有价值的说明。卡夫卡曾经预言,他"将从一个孩子直接转变为白发苍苍的老翁"。他显然已经意识到荒谬的实质,因此,在日记中,卡夫卡对自己,以及那些与他有相同命运感受的人明确表述了这样的劝勉:

> 不要绝望,甚至对于你并不绝望这一点也不要绝望。

在对于存在的荒谬性的感受方面,鲁迅的"铁屋子"完全可以被视为另一座"城堡"。"绝望"在卡夫卡笔下恰恰具体表现为"不绝望",在鲁迅那里,它至少有两个概念可以表述,其一是"无物之阵",其二是"虚妄"。

> 独有叫喊于生人中,而生人并无反应,既非赞同,也无反对,如置身毫无边际的荒原,无可措手的了,这是怎样的悲哀呵,我于是以我所感到者为寂寞。①
> 而我的面前又竟至于并且没有真的暗夜。②

---

① 鲁迅:《呐喊·自序》。
② 鲁迅:《野草·希望》。

如果说《狂人日记》中的"吃人"寓言透露出文化、历史的绝望现实使作者猛然醒悟,那么在《呐喊》自序中对于"无物之阵"的描述则已弥漫着浓烈的荒诞意味。"既非赞同,也无反对"的境况多少让我们联想起《城堡》中"生人"的态度:"我们并不需要您,但我们的意思也不是要将您赶走……"他们所遇到的绝望并非是一个清晰可见的黑暗壁垒,而是混沌一团的虚空。

在《野草》中,鲁迅把这一悲剧性的现实表述得更加清楚,既然黑暗和绝望构成了对个人窒息的压迫,那么孤注一掷与黑暗作一次同归于尽的"肉搏"又如何呢?鲁迅的结论是:没有真的暗夜,"肉搏"的对象在黑夜的掩护下遁走,你也许无法找到可以厮杀的对手。在K的面前,村长、希伐若、助手、克拉姆都是潜在的对手,尤其是克拉姆。K所采取的每一次英勇卓绝的行动都得到了相同的结果:连克拉姆的影子也无法见到。最后,当K看着雪地里远远耸立的城堡,竟然觉得城堡也似乎变得那么不真实。

正如前文所说,鲁迅和卡夫卡的写作是在不同的文化历史背景中展开的,但他们对于"绝望——希望""存在——虚无"等一系列核心问题的描述,以及这种描述所透露出来的共同的价值指向性耐人寻味。卡夫卡无疑是一个存在境遇的陈述者,或者如他自己认为的那样,一个记录者。他认为,希望之产生,只有当个人感知并描述出生存的全部真实性时才有可能。在鲁迅的笔下,这种真实性首先表现为对此在的"在场者"的呼唤①。也就是说,他必须首先冲破伦理道德体系的束缚,成为一个真正意义上的存在者和见证人,他才能发现并揭示出存在的真实性,承担绝望,反抗虚无才会有一个坚实的基础。鲁迅所肩负的文化历史压力远比卡夫卡沉重,因此,他的写作所揭示的文化内涵也要比后者丰富得多。

依照徐麟先生的描述,鲁迅所谓希望的存在是从绝望的不能确证而推导出来的。在鲁迅那里,希望或者可能性指向未来,"同时又蕴含在创生意志和生命意向之中,但它在未来的可能性是什么,却无法回答,为现在所不可判定。或者说,未来的可能性不在现在的视域范围内"②。"不可判定性命题还意味着一种形而上学的无穷追问的'悬置'。这种'悬置'不是丢弃意义的追寻和论证,而是把未来'是什么'的追问,视为非存在论的无意义行为。"③

对于卡夫卡来说,希望的无法说出,除了这种"悬置"的因素之外,恐怕还与卡夫卡对于语言的怀疑有关。土地测量员的希望并未彻底除灭,只是无穷尽地被悬搁起来。当这种"希望"在土地测量员身上具体表现为克拉姆的是否存在这一命题时,克拉姆无疑具有了上帝的许多特征。而上帝的甘霖降临犹如停留在天边的云团,它何时降临同样为语言所无法描述。卡夫卡式的希望也许可以用他在日记中反复出现的一个

---

① 徐麟:《鲁迅:在言说与生存的边缘》,第56页,第125—126页。
② 同上。
③ 同上。

语词来表述：等待。这是一种不顾此在境遇的巨大压力而敢于肯定自己存在的生命姿态。它既是十字架上的耶稣承担荒谬的命题的延续,同时也蕴含了超越的可能。

鲁迅和卡夫卡,他们都从自身的绝望境遇中积累起了洞穿这一绝望壁垒的力量,而"希望"的不可判定性和悬置并未导致他们在虚无中的沉沦。从最消极或最悲观的意义上来说,他们都是牺牲者和受难者。而正是这种炼狱般的受难历程,为人类穿越难以承受的黑暗境域提供了标识。

> 此后如竟没有炬火：我便是唯一的光。①

---

① 鲁迅：《热风·四十一》。

存在与想象

一、漂 泊

在瓦尔特·本雅明看来,水手无疑属于那种最有资格讲述故事的一类人。这大概是由于他们长年漂泊四方,游历各地,见多识广,见闻与阅历赋予他们以天然的权威,同时也为故事本身的可信度提供了保证。航海家辛伯达曾七次出海,他的每一个故事都光怪陆离,荒诞不经,听者之所以深深沉醉在他的故事之中不去怀疑它的真实性,讲述者航海家的身份是一个关键。

最近出版的吴洪森文论集,为我勾勒出了这样一位漂泊者的肖像:作者一会儿在江西的下放地研究司汤达,一会儿又在上海阴暗潮湿的里弄阁楼上追溯童年往事;他在香港的喧闹声中撰写考据文章,而在美国的洛杉矶,强烈的思乡之情常常使他从夜梦中惊起,不知身在何处,不知今系何时。

读书写作的时间跨度长达几十年,写作的地点所织出的游历地图几乎可以覆盖他们那一代人所有的生存空间,然而,作为一名游历者,作者并没有给我带来什么耸人听闻的历险纪实,也没有赋予经验本身以任何传奇色彩,甚至,就连他乡的风土人情、奇闻逸事、风光气候也很少涉及。也就是说,在美国西海岸与上海阁楼里所写出的文章并未显出两者迥然不同的"地方特色"。相反,我们从他的作品中所看到的是某种一成不变的东西。这种贯穿于他写作生涯中的一致性,消弭了空间与时间上的差异。

约瑟夫·康拉德去过几次印度,海明威去过几次欧洲和非洲,他们的游历或经验成了各自终生用之不竭的写作资源,就连三毛这样的作家,她笔下的撒哈拉也成了无数读者心驰神往的浪漫天堂。在作者同时代的作家中"下放地"作为他们那代城市青年所共同享有的文化资源,曾经哺育出了难以数计的"伤痕文学"或"寻根文学",而"出国热"则酝酿出了留学生文学的种种奇观。从时间上来看,风格演变的线性延续在他的作品中显得十分模糊,单单就文章来看,我们有时很难判断它们是写于1980年,还是1999年,而在这短短的二十年中,中国的文化界又经历了多少翻云覆雨的风云变幻,多少沽名造势的沧桑更迭?

摩罗先生在吴洪森文论集的序言中曾这样写道:

> 有一次与一位堪称吴洪森至交的著名作家聊天,谈到吴洪森人生道路太一波三折,导致他所写下的文字比他所能写下的要少得多……没法把自己的精力集中到文字上。

摩罗先生提到的所谓的著名作家指的就是我。他的记忆与表达大致不差。当时,我与摩罗在北京大兴县城的一家酒馆里,谈到我们俩共同的最为尊重的朋友,谈到时事与时艰,似乎生出了无穷无尽的感慨。我这样说,并没有任何指摘和惋惜之意。而只是指出了一个事实或疑问。事实上,不管是对摩罗,还是对我来说,吴洪森作为一个谈话者所显示出来的丰富性和活力远远不是这本文集的内容所能涵盖的。写得少固然是一个疑问,更大的疑问则在于:他如何看待他所拥有的丰厚的写作资源?如何看待自己的写作?暗藏在他文本中的经验是如何变形并加以展现的?它的意义如何?

毫无疑问,除非写作者本人过于迟钝,缺乏应有的感受力,否则,作者不会对他的生存经验无动于衷,时代的变化、时间的推移也不可能不在他身上留下印记。在吴洪森的笔下,唾手可得的东西往往是终生不会享用的东西,正如卡夫卡所指出的那样,确定无疑所拥有的事物恰恰就是可以随意抛弃的事物。印记或痕迹如果没有通过风格和主题加以表现,那也一定会在他的写作方式中得到清晰的辨认。

二、游　移

收在吴洪森文论集中的文章,其题材、体裁的广泛和丰富足以让人目不暇接。他的目光似乎永远不能停留在某一个确定的事物上。文集的内容涉及时事、政治、经济学、哲学沉思、考据、文学批评、小说、散文、杂感、书评等诸多方面,枝蔓庞杂,似乎缺乏统一的风格和写作动机。尽管文章之间的联系隐匿不彰,但读完全书之后,作者一以贯之的哲学、美学观念就会慢慢浮现出来,最终变得非常清晰。

然而我们首先看到的却并非这种联系,而是书中所充满的断裂或矛盾。

作者对政治、权力似乎深恶痛绝,但"政治"本身又成了他题材的一个重要部分,这就构成了某种反讽效果。关于这一点,我们也许不难理解:我们尽可能自命清高,尽可以"为艺术而艺术"——按照吴洪森的学养和想象力,他本来有足够的资格成为一名不问世事的"学者",或者成为一位文体家,但是,当"政治"成了我们每日呼吸的空气,"政治生活"取代了"日常生活"时,忽略它就成了一种自我欺骗。

他崇尚理性(我以为,与政治情绪一样,对理性的尊崇也成了他们那一代知识分子共同的心理特征),同时又为感觉、直觉和想象力留下了重要的位置;他的文章中流露出强烈的历史意识,然而他对历史进程本身的合理性与合法性却抱有深刻的怀疑。他没有坠入虚无主义的历史观,只能说历史和时间中所蕴含的真理性让他还存有一丝虚弱的信心;他的思索常常会遇到一个有力的屏障——这就是宗教和信仰,它既是屏障、极限,又是启示。同时,他对于宗教中的巫术及其变形,和它给人的心灵造成的迷误充满了警觉。

他十分看重文学与人生之间关系的严肃性,又推崇文学的游戏功能,推崇这种游戏性对人的想象力、心灵的自由呼吸所产生的作用。甚至在他那些趣味盎然的杂文中,游戏的心理也常常会沉渣泛起……

这种矛盾也同样深刻地反映在他的写作活动与时尚的关系之中,作者对于时尚的冷漠,甚至是敌意,直接导致了作者写作与时代的主流话语之间的明显错位。《我的严肃》这篇短文,从一个侧面反映了他在这方面的基本心态。

《形象的爱情心理学》写于1980年,我最近在重读这篇文章时的一个强烈感受是,这篇杰作问世于那样一个年代,显然是过于奢侈了。当时的中国文学界尚未苏醒,用作者本人的话来说:"在'文革'遗风影响下,中国文坛的保守僵化几乎到了荒谬可笑的地步",我们今天也许很难想象那种荒谬的真实状况。名噪一时的"伤痕文学"使诉苦成为一种风尚的同时,也在津津乐道乡间的偷情故事,好像他们的下放还不够彻底(说实话,我当初接触"伤痕文学"不仅没有看到什么"伤痕",相反对于插队生活充满了向往),在这样一个背景之下,一篇分析《红与黑》的文章遭到编辑的屡次退稿也就不足为怪了。文章在当时所得到的冷遇和不公正,学术界对于心理分析方法的无知,恐怕只是一个方面的原因,更为重要的是,作者的解读方法对当时读书界盛行的阅读习惯构成了致命的打击。愤怒的冷漠是可想而知的。

就吴洪森的写作与时代背景之间所形成的错位而言,《形象的爱情心理学》并不是唯一的例子。我还认为,作者迄今为止的所有写作似乎都是错位的。只要回顾一下1985年中国学界的状况,就可想而知,吴洪森在那个时候抛出《存在与想象》这样的呕心沥血之作,是多么不合时宜。

因此,这位不知疲倦的漂泊者,同时还是一位游离者。游离本身即带有隐喻特征,社会的变化、个人的文化处境都可以从这种游离中得到说明,通过这种游移,作者的经验、观念与日常生活的话语逻辑产生了明显的错位与分离,并由此进入了一个隐秘的核心:在这里,个人生存的真实感得到了有力的庇护。

三、想　象

《存在与想象》是作者于1984年前后撰写的硕士论文。就我的记忆所及,这篇长文的一部分曾在《文艺理论研究》上刊出,而作为全文发表,这还是第一次。十五年之后,这篇文章的光芒并没有随着时间的推移而减退、变色;相反,现实和生存状况的变化使它的质地显得更为坚实。这虽然是一篇纯思辨的哲学文章,但其中蕴含着作者对于存在—生命状况的最深潜的体悟。记得作者曾向我阐述过他对人生的基本看法:他认为人的一生都在黑暗的苦海中挣扎,人所能做的,无非是尽力将脑袋探出水面,喘上几口气而已。这似乎可以理解，为什么作者对于艺术和自由寄予那么高的热情，给予想象以那么崇高的地位。

以下的文字都是从《存在与想象》一文中摘录下来的，我之所以这样做，是因为作者对于思想和理论的表述十分清晰、凝练，几乎不需要任何额外的评述和说明。另外，如果读者希望通过某种介绍而窥测文章的全貌，摘引无疑是最好的办法。

1. 没有想象，便没有艺术。对于想象的本质把握，是理解艺术的最根本前提。

2. 我们与其说人是理性的动物，不如更为正确地说，人是想象的动物。

3. 想象不仅给理性以事先的价值认可，还给理性以情感动力。

4. 人作为意识的动物，具有自主性，但在根本性问题上，诸如生与死的问题却毫无自主性可言。这样，精神对自由的向往，意识对于受限制的肉体的超越性，与根本处境的被迫性和生命的短暂性之间构成了人类永恒的矛盾冲突。

5. 信仰与权威崇拜是联结在一起的，伟大人物通过创造或利用传统的集体表象，对人类的想象力加以操纵与控制，使他们在信仰之力的推动下，产生希望与热情，并通过对集体表象的认同，实现人的社会化。

6. 巫术是具体的宗教，宗教是抽象巫术。宗教与巫术的差别只是活动形式上的差别，而在实质上它们做的是同一件事，都是借助想象，培植信仰，激发热情，产生希望。

7. 今天西方人有了内心的焦虑,常常不会去找忏悔神父,而是找心理分析医生。可以说,心理分析正在西方生活中扮演巫师的角色。

8. 所谓信仰同迷信一样都是无法被科学或客观事实证明的,也就是说,它有时尽管以理性的面貌出现,实际上仍是非理性的。

9. 如果不建立有效的信仰体系,给人们提供足够的精神力量,社会的变革与迅速进步就根本不可能实现。

10. 艺术赋予人类的心灵以丰富多彩的形式,为人类建立了内在的感官世界。

11. 艺术唯有在想象中体验的特性,决定了它无法被逻辑分解。

12. 宗教是从外部被给予的,它同样可被外部的力量摧毁。因此,人类为了捍卫自己的宗教就常常不惜发动战争。

13. 对于艺术,要么接受,要么拒绝,不存在"怀疑"这样的中间状态。

14. 旧信仰体系崩溃的时代往往是艺术繁荣振兴的时代。这时的艺术会遭受到两方压力,一方面由于该时代游戏扩大化的倾向,会使艺术本身染上游戏色彩;另一方面由于精神陷入困境,就强烈地希望艺术担负起培植信仰、焕发激情的责任。

四、声　音

　　法国导演吕克·贝松在评价黑泽明的电影《乱》时,曾提到,影片最让他着迷的地方,并不在于战阵的壮丽,也不在于作品刻意营造的莎士比亚悲剧式的氛围,而是几个日本妇女从游廊上走过时,衣裙所发出的丝绸之声,这个在影片中无足轻重的背景画面,使吕克·贝松嗅到了"东方的气息"。

　　我在阅读吴洪森《动身时刻》一文时,很自然地想到了这段话。

> 我引外婆进小弄堂。弄堂小得只容一人过,我无法搀扶她,就让她走在前面。

　　这是一段原本很平常的文字,在阅读中很有可能为我们的视线所忽略,但它却带给我一种深深的忧伤,而仔细想想,又不知道这种忧戚来自何处。这里的每一个字都是静谧的,在暗中发出声音(是不是丝绸的声音)。

　　作品中所弥漫的压抑、伤感的气息,或许会让我想到另一篇表现离别的名作《背影》,但与《动身时刻》相比,朱自清的散文显得有些造作,情感也过于狭隘了(朱自清无疑是一位优秀作家,但远远称不上什么散文大师)。

《动身时刻》写的是1970年,作者离开上海去九江插队前夕所发生的事。作品写到了三个人物:我(作者)、外婆、梦林(作者的同学)。三个人物的命运彼此独立,又都交汇在一次离别的具体场景中,这是一个经典的离别故事。单单就题材而论,这样的故事即便在中国当代散文中也多得不可胜数,更别提自古以来如恒河沙数的送别诗文了。

"我"的离开是事件的主线,也构成了故事本身最初的动力,实际上,整个作品都是围绕这个事件展开的。相对于"我"这样一位离别者,外婆和梦林显然扮演着送行者的角色,也就是说,他们是作为事件的背景而出现的,通常也只能起到烘托氛围的作用。

外婆显然是家族的代表,故乡的象征。尽管作者也附带写到父母、弟弟等另外几个角色,但外婆作为家庭劫难的承受者,她的命运构成了整个家庭命运的缩影。作者不厌其烦地写到她的不治之症,家庭成员的死亡或磨难给她带来的难以承受的打击,就从一个侧面表达了作者离沪前的基本心理情感状态,也给整部作品笼罩了一层沉重、压抑、悲壮的氛围和色调。

梦林是"我"的同班同学,也是"我"最好的挚友。他们之间的关系可以从作者看似平常的一段交代中得到说明:

> 梦林很想和我一起去江西插队,他说只要和我在一起,到哪里都不怕。

这个送别者的角色一出场就显出了某种可疑性。越往后面,他的"疑点"就越清晰。从表面上来看,相对于"我"这样一位远行者,他的使命仅仅在于送别,主动与被动的关系一目了然,而实际上,作者在文章中所刻意描述的是另一次告别:在这里,远行者与送别者的关系完全颠倒了过来,因为梦林在不久之后也将远赴安徽,这从作者在文章结尾处的一段话中看得更为清楚:

> 梦林在班上最要好的朋友只有我一个,不知将来有谁会陪伴他度过即将离开上海的最后这几日?不知有哪些同学朋友会帮他打行李包……

至此,梦林的形象渐渐从背景中浮现了出来,最终占据了事件的中心。作者自始至终都没有安排两个挚友说上任何一句话,这体现了作者深刻的匠心。另外,外婆、父母、弟弟在送行时的嘈杂和混乱也反衬了梦林的沉默寡言。这个一声不吭,影子般忽隐忽现的人物反而显得更加触目。

三个人物都有着各自不同的命运。在这里,作者实际上写到了两种不同性质的离别,主人公所要离开的是故乡上海,而梦林和外婆所要离开的却是整个世界。作者与另外两个人物的关系突然演变成了幸存者与死者的关系,离别的主题也逐渐被缅怀和追思所替代,文章的内涵也越出了离别中的儿女情长,作者的目光也随之投向了现实、历史、命运的更为广阔的生存背景。

这个故事发生在"文化大革命"初期,类似的悲剧性场景在当时的中国可谓司空见惯,但作者没有一个字涉及那场骇人听闻的浩劫。没有控诉,没有抗议,甚至就连一些起码的时代背景也故意省略,尤其令人震惊的是,作者在写到梦林的死时显露的出人意料的冷静:

> ……六年后他在安徽农场自杀。他如能再多挨五个月就好了。再多挨五个月,毛泽东去世,那时谁都会知道天下要变了。但是人到挨不过去的时候,多挨一刻都是难的,又何况是五个月!

作者没有追问梦林的死因,相反却隐约多了一层对他的死亡的理解,言下之意,仿佛梦林的死并不怎么让人吃惊。读到这里,我们只能一次次掩卷长叹。那个善良、纯洁、也许还有几分木讷与脆弱的小男孩的形象在我们眼前久久不去。作者似乎在说,与他背后所蛰伏着的强大黑暗相比,他那如此单薄的身影又岂是它们的对手?

《红楼梦》的真妄观

与《金瓶梅》一样,《红楼梦》引入佛道结构,透过佛家的真妄维度,来俯瞰人世间的功名利禄与形形色色的欲望,冀此穿透尘世生活的风刀霜剑与铁壁铜墙。《金瓶梅》中"性真"与"情伪"的对立,到了《红楼梦》中则变成了带有强烈形而上哲学色彩的"真假对立"。这里的真假对立,也包含有两个层次的含义:

首先是在佛教真妄意义上的真假,用以穿透世间诸相的虚诞与幻妄。我们从《好了歌》以及"纵有千年铁门槛,终须一个土馒头""身后有余忘缩手,眼前无路想回头"这样类似于禅宗偈颂的诗句中,可以清楚地看到作者的出世情怀。作者也正是在此基础上,对现实社会的欲望和功名利禄展开了批判。

其次,在世俗人情的判断和态度上,真假对立作为一种新的价值尺度,与传统的道德善恶论并驾齐驱。

《红楼梦》中的这种真妄或真假对立,就题旨与整体结构而言,当由《金瓶梅》脱胎而来。而在《金瓶梅》之前,《西游记》中孙悟空与六耳猕猴的对比,似乎已开了章回体小说"真幻对照"的先河。当然,认为这种真假对立完全出于曹雪芹之"独创"的,学界也大有人在。

顺便提一下,袁书菲教授在一次有关《红楼梦》的演讲中,提出了一个很有意思的观点。她认为《红楼梦》中的"真假对立"哲学观的产生,与清代西洋镜和玻璃镜在贵族家庭的大量使用,存在着重要的关联。正是西洋镜的使用,使实体与幻象之间的关系直观地显现了出来。真与假互为镜像,彼此照映,在一定程度上影响了作者曹雪芹看待世界的方式,并对《红楼梦》中无处不在的"真假对立"产生了重大影响。

这是一个十分新颖且富有见地的论点。不论是清代的器物史,还是西洋镜输入中国的历史,或者《红楼梦》中大量关于镜子的实际描述,都给袁书菲的观点提供了有力的支撑。剩下的问题仅仅在于,在西洋镜传入中国之前,比如说在《金瓶梅》的世界中,镜子作为一种日常生活器物,能否唤起实体与幻象的对立关系?换句话说,我们在完全赞同袁书菲的观点之前,还必须细致地考察中国传统的铜镜在日常生活中(特别是在富贵之家)的使用情况。

我们知道,在《金瓶梅》中,以潘金莲而论,就有梳头的小镜子、照脸的大镜子、化妆打扮的"大四方穿衣镜"等多款镜子。这些镜子从材质上看,当然都是铜镜。时间一长,镜面日渐昏昧,自不待言,故而需要有专门的磨镜人用水银来打磨。尽管被磨后的镜子"耀眼争光",但其亮度想必不能与"视若无物"的西洋穿衣镜相提并论。否则的话,《红楼梦》中的西洋镜也不会对刘姥姥产生戏剧性的奇幻效果。另外,西门庆家的小厮来安,两手提着大小八面镜子,竟然行走如常,说明在《金瓶梅》中,即便是最大的穿衣镜,体积也不可能很大。而《红楼梦》中的西洋镜既大且多,既亮且奇,既是日常照临之具,亦有装饰和陈设之作用,足以使刘姥姥这样的乡下人产生幻觉。从这个方面来说,《红楼梦》与《金瓶梅》中的镜子,确乎迥然不同。

若说《红楼梦》透过大量有关镜子的隐喻来烘托真假、虚实的对立,强化实体与幻象之间的恍惚效果,当然没有问题。但如果说《红楼梦》的"真假对立"完全是西洋镜的馈赠,则万万不可。因为《红楼梦》中固然有"镜中花",但毕竟还有"水中月"。且不说"镜中花"的隐喻由来已久,即以《金刚经》中"如梦幻泡影"一类的实相非相之喻而论,在一般信众中也都是老生常谈,更不必待西洋镜传入中国才会有所觉悟也。

在《红楼梦》中,以世俗人情而论,除了真假对立之外,还有"善恶对立"和"清浊对立"。作者同时在这三个不同的层面,对笔下的世情与人物进行观照或评判。很显然,"真假对立"是三个评价尺度中最重要的一个,凌驾于另外两种尺度之上。

与《金瓶梅》不同的是,《红楼梦》将真假关系放置于中心地位,却并未完全取消善恶是非。而《金瓶梅》中几乎没有一个正面人物,或者说所有的人物都是无善无恶的。在佛家哀怜的目光下,《金瓶梅》中所有人物似乎都成为了无善无恶的

"众生";而《红楼梦》则赋予林黛玉"直烈""高标"的君子品格,以及出淤泥而不染的理想人格。

问题是,正因为真假对立的介入,传统的善恶是非观具有了一定的相对性。对是非善恶的评价,也出现了全新的变化。举例来说,读书人寒窗十年,博取功名以治理天下,符合儒家传统格物、修身、齐家、治国的理想。它曾经被看成是读书人最大的"善"。不用说,唐传奇、宋元话本以及戏曲、才子佳人小说中,均充斥着这一类俗套情节。在这类作品中,主人公能否在科场上完成"惊人地一跃"而博取功名,往往成为故事情节戏剧性转折的关键。同时,考中状元,通常是"花园私挑"能有一个大团圆结局的重要保证。

可所有这一切,到了《红楼梦》中,都发生了巨大的逆转。作者借宝玉之口将那些汲汲于功名、言必称孔孟的读书人称为"禄蠹";而混迹于大观园中的那些酸腐的秀才文人,与《金瓶梅》中的应伯爵、温葵轩之流,其实也没什么区别。在林黛玉的口中,更是对所谓"蟾宫折桂"极尽讽刺之能事。《红楼梦》倒也不是一味地反对读书。贾宝玉和林黛玉也读书,不论是诗词歌赋,还是《西厢记》,都属于切己真情的流露,与科场功名无关。作者对禄蠹的批判,显然是为了给真情率性和放达自由预留位置。从中我们不难发现,作者对于"真"的追求,实际上主导了对于俗世是非善恶的评价。

再比如说,贾政这个不苟言笑、品行端方的理想清官形象,在《红楼梦》中的面目,显得极为可疑。此人之内心,固然不像贾赦、贾琏之流那样污浊不堪,但却呆板、迂腐、教条,毫无幽默感,俨然是一个吴月娘式的道学先生。他有着坚固的道德信条和儒者的人格,严正而刻板,一举一动都有传统读书人临深履薄的审慎。从他时时刻刻不忘道德说教这一点上来看,不啻是吴月娘的转世和再生。即便在轻松愉快的家庭聚会上,贾母让他出个谜语来取乐,他所设置的谜底,居然还是文房四宝之一的"砚台"。作者倒也没有刻意将他写成一个反面人物,但却对他做了反讽、夸张和戏谑化的处理。此人身上全无一点真气可言,就连他偶尔对儿子贾宝玉的那么一丁点舐犊之情,也必须在责骂中"隐晦"地显现出来。可以说,贾政的天性,在"道学"的压力下受到了严重的扭曲而变形。

相反,对薛蟠这样一个为争丫头不惜打死人命的"呆霸王",作者倒反而赋予了他因呆气而显现出来的"性情之真"。换句话说,作者并不因为薛蟠是一个"恶人",而忽略掉他身上的真情流露——比如说,他与宝玉、宝钗,特别是柳湘莲的交往中,我们很容易发现他身上未经雕饰的天然之性。作者的这种笔法,自然会使我们想起《金瓶梅》;当然,也可能会让我们想起陀思妥耶夫斯基,想到他笔下那些集善恶于一身的"自然"人物。

相对于善恶对立和真假对立,《红楼梦》中的另一组对立关系——清浊对立——也值得一提。我们从柳湘莲"宁国府里只有石头狮子是干净的"一类的指控中,可以明显感觉到作者对于"清"与"洁"的追求。从某种意义上说,《红楼梦》中的清浊对立,在一定程度上也覆盖了善恶之分。正如前文所说,君子遗世独立、出淤泥而不染的孤傲和高洁,是《红楼梦》的核心价值观之一,也是感动后世无数读者为之涕泪交流的关键所在。但即便是"清"或"洁",也有真妄之分。换言之,即便是"清"或"洁",也需要将它放置于"真假对立"中去考察和检验。

所谓的孤傲与清洁,一旦流于虚伪,不过是王阳明痛斥的装饰物而已,用《红楼梦》中的话来说,就是"欲洁何曾洁,云空未必空"。如所周知,《红楼梦》明确地区分了两种完全不同的"洁"的概念,并在此基础上塑造出两类不同的人物。其一是黛玉之洁,其二是妙玉之洁。黛玉之洁是木秀于林、惨遭摧折的刚直与坚守,是《葬花词》中的"质本洁来还洁去,不教污淖陷渠沟",是对自身命运的自觉担当,同时也是一种新的道德选择。黛玉之洁,以言行出处之真为底色,以性情的活泼天然为依托,其不见容于周遭的污秽世界而直道而行,终至于枯萎凋零,令人哀叹。而妙玉之洁,从表面上看,其程度较于黛玉或有过之,但却凌空蹈虚,矫饰之极。我们可以从妙玉为贾母奉茶弃杯的情节中见其大略。也就是说,妙玉之洁,不过是一种装饰性的处世之道。作者一方面对她的命运遭际表达了"千红一哭、万艳同悲"的怜惜,但同时也有"过洁世同嫌"一类的感慨,对她由清洁而入于玄虚的沽名钓誉,给予了明确的否定。

不论是佛道的真妄世界观,还是在此基础上确立的世俗人情中的真假对立，《红楼梦》都全面继承了《金瓶梅》的思想和方法。如果没有《金瓶梅》的奠基之功，《红楼梦》高屋华厦之建立是完全无法想象的。

第三辑
塞壬的歌声

塞壬的歌声

人身鸟足的美女塞壬,居住在地中海的一个小岛上。她们用甜美的歌声诱惑经过的海员,使他们的船触礁沉没。希腊神话中的这一古老传说,也许可以被看成这样一个寓言:真实、平凡的世界是如何被巧妙地加以装饰,而这种饰物又是如何为希望提供了保证。

水手们面对的世界,是黑夜、星辰一般沉默不语的世界。歌声的出现使黑夜的幕布被划开了一道口子。平静被打破了。一个象征性的希望跃出了水面,一个朝向彼岸的通道就此打开。但它仅仅是一个通道而已,是漂亮的水妖们所布置的狡黠迷宫的一部分。

弗兰兹·卡夫卡悲哀地说穿了塞壬们的秘密。歌声是一个权宜之计,一个微不足道的、幼稚的,但却是可解燃眉之急的幌子。在他的小说《塞壬的沉默》中,歌声是塞壬们的隐身衣。美妙的歌声为塞壬的存在提供了确切的信息,同时也为她们筑起了壁垒。

与叔本华一样,卡夫卡认为世界或命运的本相是以它饰物的一面呈现在我们的眼前的。真实的塞壬始终是沉默不语的:"沉默是比歌声更为有效,也强大得多的武器。"在卡夫卡的小说中,"塞壬"这一形象即便不是最初的意象,那也是最为核心的意象。我们只要留意一下,它是如何改头换面地在他的小说中频频出现,即可以了解作者对于这一形象的眷恋程度。剩下的问题在于,卡夫卡是如何运用这一形象的暧昧特点来解释他所面对的日常生活世界,或者说解释他个人命运的。

《女歌手约瑟芬或耗子民族》是对塞壬故事的直接改写。塞壬身上的动物特征(人身鸟足)在作品中得到了强化:约瑟芬成了一只老鼠。她的歌声也和塞壬一样,具有不可抗拒的巨大魔力。而在《审判》中,K 的形象更像一个海员。他所听到的歌声并不指向美色的诱惑,而是指向洗刷自己罪名的潜在希望。他的船最终还是沉没了。塞壬故事的种种特征也许在卡夫卡的另一部长篇小说《城堡》中,表现得更为清晰。

土地测量员 K 可以被看成是一个在黑暗的大海上航行的水手,而他所来到的那个不太真实、被积雪覆盖的村庄更具有大海的性质,它漫无边际,给人以眩晕的感觉。测量员无可救药地成了一名不知所终的漂泊者。在那个由无数官员组成的世界里,他能够看到的唯一标志物就是"城堡"。它是希望的隐秘中心,是塞壬们的影息之所,犹如地中海上那个不知名的小岛。它几乎触手可及,但又遥远得无法抵达。

在《城堡》这幕荒诞的舞台剧中,塞壬的形象是由城堡官员克拉姆客串的。像传说中的那些美丽的鸟女人一样,克拉姆从不现身。K至多只能在弗丽达的帮助下,透过门上的小孔匆匆窥探一下他的背影(但他仍无法肯定这个人是不是克拉姆)。他不说话,在忠实地履行着一个诱惑者的全部使命。他的"歌声"就是那些不断给K下达指令的信件——它由专门的信使(巴纳巴斯)送达K的手中。测量员受到诱惑,得到鼓励,却始终无法接近克拉姆。K所驾驶的小船虽然没有沉没,但它被无限地搁浅了——从可以预见的结局来看,这与触礁沉没也没有多大的不同。

在卡夫卡的笔下,真实世界的大门是紧闭的。它曾经是叔本华或克尔恺郭尔的主题。问题是,在卡夫卡那里,大门并非一开始就是紧闭的。也许我们可以这样说,它是通过开启而被关闭的。他笔下的主人公,无论是K,还是卡尔,还是阿玛丽亚,都有一个十分相似的命运:他们很容易在一些微不足道的、次要的事情上得到满足,就如那些听到塞壬歌声的水手。小小的满足或乐趣使他们真正的目标逃遁得无影无踪。

希望的无限延搁,通往塞壬的旅程的不可抵达本身即是一种深刻的绝望。反过来说,阻塞、延搁又暗示了通道与希望的存在。就如同歌声的出现是塞壬们存在准确无误的信号一样。也就是说,孕育并表达了希望的事物恰恰就是绝望。我以为,要理解卡夫卡的希望,后一点尤为重要:塞壬的歌声既是宿命,又是慰藉。

卡夫卡笔下的家庭、法院、官员充斥的城堡,尽管体现了他所处的时代的重要特征,但他的主题似乎与古老的神话、宗教传统、神学思考有着更为内在的联系。他的作品与其说是一部历史记录,还不如说是一些零散的神学笔记。博尔赫斯在论及卡夫卡的先驱者时,曾提到丹麦的克尔恺郭尔、英国的布朗宁、中国的韩愈。这使我们有理由相信,世界上也许只存在着一个真正的写作者。无数优秀作家所描述的物理和人伦的世界尽管迥然不同,但却掩盖不了他们极为相似的使命:提供一个超越现实、通向未知彼岸世界的比喻。"诗人是神的抄写员"(柏拉图),说的就是这个意思。

卡夫卡所记录的世界图景要远比单纯的古希腊传说复杂,但基本的性质并未改变。我们同样可以说,我们所生活的世界与卡夫卡亦相去不远。只不过,世界所呈现的饰物的一面更为炫目,隐身衣制作得更为奢华,塞壬的歌声更易让人迷乱而已。

卡夫卡听懂了塞壬的歌声,以及歌声所掩盖的永恒静穆——对水手们来说,它既非实质,亦非徒有其表的空壳。这是卡夫卡的悲哀,也是他全部的希望所在。

阳光的时间

有人说,门德尔松只适合于早晨欣赏,而中午,尤其是阳光灿烂的中午则是莫扎特的时间,到了夜深人静的晚上,听肖邦更能够引发联想,令人心荡神驰;唯有巴赫是全天候的。

在十八、十九世纪的音乐大师们中间,门德尔松占据的地位颇为尴尬。罗曼·罗兰频繁提到他,似乎只是为了衬托出贝多芬的伟大。门德尔松是音乐圣殿标高仪上一个微不足道的刻度,是通俗,甚至于浅薄的象征。时至今日,人们往往在特定的场合演奏门德尔松的作品,比如,为了点缀一下新年喜庆的气氛,人们演奏那首《乘着歌声的翅膀》;在婚礼上演奏《婚礼进行曲》(在婚礼开始时还轮不到他,那是瓦格纳的专利,只在婚礼结束时才会想起可怜的门德尔松)。门德尔松成了某种无足轻重的饰物,某种调味品,或者是应景的道具。我不止一次听到人们谈起门德尔松所流露的轻佻,有人干脆将他的作品称为通俗音乐。

在门德尔松所创作的大量协奏曲、奏鸣曲、交响曲、清唱剧以及管风琴作品中,似乎只有那首脍炙人口的 E 小调小提琴协奏曲有资格进入伟大作品的行列。这首被称为世界四大小提琴协奏曲之一的作品写于1844年,门德尔松时年三十五岁。

我曾先后得到过这部作品的三个不同的录音版本,分别由祖克曼、斯坦恩和梅纽因担任小提琴独奏。三位演奏者的风格迥然不同:祖克曼的诠释过于光滑、随意;梅纽因则显得哀婉纤细,尤其是第二乐章的柔板,感情太过外露,似乎揉进了许多演奏者个人的情感因素;唯有斯坦恩不愠不火,中规中矩,有着门德尔松特有的风度、气势和分寸感。

这三张唱片还有一个有趣的共同点,唱片中的另一个曲目,无一例外地选择了德国作曲家布鲁赫的G小调小提琴协奏曲。后来,我在唱片店浏览其他的版本,门德尔松十有八九总是与布鲁赫灌入同一张唱片中,这似乎成了唱片公司的一个固定搭配。坦率地说,我也是在聆听门德尔松时,被迫接受了布鲁赫。

布鲁赫在写下这部作品的大部分总谱时,只有十九岁,几乎还是一个少年。尽管他本人后来活到八十多岁高龄,但他作为一名作曲家的创作生涯过早地中止了。对于一个艺术家来说,早年即写出最著名的作品是一个莫大的悲剧。布鲁赫在以后还写过《科尔尼德莱》《苏格兰幻想曲》这样优秀的作品,而相对于他早期显现出来的巨大音乐天赋,人们更有理由将其视为"江郎才尽"的典型。

与布鲁赫不同的是,门德尔松在他创作的高峰期便溘然长逝(1847),假如他能够活到贝多芬那样的年龄,或者像布鲁赫和巴赫那样长寿,会是怎样的情形呢?我们不得而知。至少,1846年问世的清唱剧《以利亚》已经显示出了与他早期作品完全不同的音乐特征。门德尔松天才的音乐禀赋并未全部展示出来,充其量,他只是进行了一些准备和练习。

与其说门德尔松的音乐属于早晨,属于旭日初升的黎明,还不如说它属于年轻人,属于自由、无拘无束、青春焕发的欢乐时间。假如你一边走路,一边戴着耳机听门德尔松,你会在不知不觉中加快步伐的节奏,而当你在子夜时分欣赏他的《无词歌》,就会出现东方欲晓的预感和幻觉。

不过,在你心情抑郁、沮丧的时刻,还是选择勃拉姆斯和肖邦为妙,因为没有比在痛苦时让自己沉浸在欢乐的背景中更为愚蠢的了。门德尔松的意气风发不仅不会给你带来任何慰藉,相反,它所带来的音乐氛围恰好构成了对你不幸命运的嘲讽。似乎作者对你的痛苦无动于衷,而且多少还有点幸灾乐祸。

莫扎特也属于英年早逝的天才。他的音乐履历本身就是一个奇迹:四岁开始学习钢琴,五岁作曲,六岁开始在德国、荷兰、瑞士、意大利作巡回演出,八岁即写出了少年志成的《G小调小步舞曲》,十四岁被选为著名的波伦亚学院院士,十九岁就已写出了大部分小提琴协奏曲,二十一岁创作《费加罗的婚礼》《唐璜》……

与文学巨匠列夫·托尔斯泰一样,莫扎特也许算不上有史以来最伟大的音乐家,却是最少受到争议的艺术家之一。

要想在他浩瀚的音乐作品中挑选出几部代表作是一件十分困难的事情,因为他的几乎每一部作品都堪称杰作,人们聆听莫扎特,并非为了了解他的情感世界和音乐观念,而仅仅是为了听到"莫扎特的声音"。这种声音与树林的喧响、海浪、潮汐一样,已经成了自然的一个部分。柴可夫斯基将莫扎特的交响曲称为自然的奇迹,而帕尔曼在北京的一次音乐会中宣称:假如地球和宇宙注定有一天会毁灭,那么,最后消失的一定是莫扎特的声音。

如果说门德尔松适合于年轻人,莫扎特则适合于每一个人。一项研究资料表明,胎儿在母腹中即能欣赏莫扎特;而卡拉扬则将莫扎特视为晚年最好的伴侣。莫扎特的音乐平易、自然,绝少矫揉造作、故弄玄虚。它注定是尘世的声音。又是天国的阳光。也许上帝忌妒他的才华,莫扎特三十五岁即在贫病交加中死去。在这样的年龄,贝多芬的《热情》《第五交响曲》以及大部分传世之作还远未问世。

什么是莫扎特的风格?这是一个令他的作品演绎者十分头疼的问题。有人说,莫扎特最突出的风格就是没有风格可言。而莫扎特的音乐一旦出现,任何人立即就能分辨出来。众所周知,莫扎特首先是作为一名演奏家享誉欧洲的,有许多作品是他坐在钢琴前,即兴创作的。往往同一部作品在不同的时间演奏,会显示出完全不同的色彩和节奏。有时,他还会随意加进一些新的装饰音。同样,我们也可以理解,为什么同一个旋律,有的演奏家重复两遍,有的则重复三遍。莫扎特往往在他的小提琴协奏曲第一乐章的尾声部分,故意空出一段时间,让演奏者自己即兴发挥。

遗憾的是,莫扎特本人的即兴演奏并未流传下来,我们现在所听到的协奏曲中的"华彩乐段",是由约阿希姆或克莱斯勒等人加进去的。

尽管疾病、颠沛流离和贫穷伴随了莫扎特一生,但莫扎特很少在作品中直接表现苦难,即便是偶尔流露的忧伤也往往一闪而过。与贝多芬所不同的是,命运的主题在莫扎特的作品中总是作为自然的一部分加以表现。与命运的抗争在莫扎特那里则意味着平静地接受和忍耐。

我们也许可以比较一下莫扎特的《安魂曲》与马勒的《第九交响曲》。莫扎特和马勒在创作这两部作品时,都已预感到了死亡的来临,因此,作品中充满了告别的情绪。马勒的《第九交响曲》犹如一条奔腾不息的河流注入大海,在摆脱自身的同时,呈现出了平静、安宁和默默的庆祝,但作品中总有一股挥之不去的忧伤和留恋的意味;而莫扎特的《安魂曲》则显得更为纯净、明亮,聆听中,我们似乎能够强烈地感受到瀑布般的阳光照射下的温暖、自在与醇厚深沉的欢乐。

每当我在南方漫长的雨季中感受到突然降临的阳光,我首先想到的一个词汇就是"莫扎特",每当我挣脱心绪的折磨,感到万物自由、精神复苏,肌体充满生命力,我所想到的还是莫扎特。莫扎特成了流逝岁月中永远的慰藉和见证:假如真有天国,它一定就是尘世的阳光。

寂 灭

黄昏将临,大地布满了雨意。树木在风中发出的声音渐渐遥远。光线灰冷黯淡,岑寂的空气中开始出现了一种淡淡的紧张感,仿佛在酝酿着什么,一些事物正在无声无息地消失,死亡变成了虚幻的记忆。

1894年的夏天,在维也纳郊外的山谷中,作曲家马勒正在伏案写作。窗下掠过的一只鸥椋鸟让他感到了安宁和自由。也许,一阵骤雨不期而至,打湿了他的乐谱……而森林总是忧郁的,深邃的,孕育着浩瀚无边的神秘。假如你让目光越过森林上空堆压的积云,在大自然的宁静或喧嚣中独自失神,你便在无意之中为它的神秘创造出了形态,犹如远处教堂钟声给森林带来了庄严。

我所得到的第一张CD,就是马勒的《第九交响曲》。感谢我的朋友刘宁,许多年前的一个冬天,在他北京的寓所里,他首次向我推荐了马勒和他的《巨人》(《第一交响曲》),这张唱片所带给我的喜悦现在回想起来依然历久弥新。它的第一乐章,作曲家向人们展示了春日黎明的生机。在弦乐悸动不安的背景之下，管乐模拟出杜鹃和猎号的声响，虚静中透出隐隐的激动，音场壮丽而宽阔，给优美的田园画面赋予了丰厚的力度。第三乐章的《葬礼进行曲》则显得庄重、滞缓、低沉并充满弹性，表现了作者对死亡状态纤细而敏锐的体验。

马勒对死亡状态的处理方式使人非常难忘。在作曲家的内心，死亡是平静而安详的，不带有任何浮夸和矫饰的成分，犹如河水悄无声息地注入海洋，或如枝头枯萎的花瓣在风中静静飘落。作者对它的接受、渴望和默默的庆祝在作品中随处可见。

马勒的魅力还来自他对世俗情感的拒斥——他给予了悲剧神圣的庄严感，来自他对包藏在万物中的尚未被命名的不稳定内容所进行的捕捉和把握，来自他卓越的想象力、他非凡的气质和力度，来自他的信念——不安的灵魂总是独自在黑暗的丛林中摸索着道路。

马勒的出现并没有减损肖邦、勃拉姆斯、巴赫、理查德·施特劳斯在我心目中的地位，但他却彻底改变了我对交响乐的看法。我喜欢用马勒来测试古往今来的交响乐作品。在马勒众多的诠释者之中，我喜欢布鲁诺·瓦尔特（Bruno Walter）的演绎。

我并不打算在这篇短文中解析马勒的作品，这是徒劳无益的。音乐作品的内涵无法通过语言来传达和复述。不过，从另外一个方面来说，世界上总有些心灵是能够彼此相通的。

夜色浓重，灯火明灭。马勒的《第九交响曲》已到了尾声。

我似乎感到此刻作曲家正走在通往维也纳歌剧院的路上,而他与我们相隔的一百年岁月已不知了去向。

小提琴持续回旋,渐渐为大提琴低沉、雄浑的声响所吞没。最后,大提琴声如浓雾慢慢散开,消失在暮色的深处。

音乐与记忆

二十世纪五十至七十年代(尤其是"文革"时期)的音乐作品,通常给人带来两种截然不同的感受。对于那些心灵遭受磨难,一心想着将那段不堪回首的记忆删除的听者们来说,音乐的重现使被遗忘的岁月复活了。就如一个人在睡眠中,睡意的甜蜜绳索将人拉向梦境的深处,而相反的力——一只啼叫不已的猫和闹钟的铃声却在破坏着我们精心编织的遗忘地图。已经远去的"黑暗"岁月并没有最终死去,它隐伏在暗处。遗忘只是一种自欺欺人的幻觉而已。岁月、时光以及与之相连的惨痛记忆在我们精神的城墙四周布下了众多的耳目,它们一直在那里探头探脑,希望有朝一日沉渣泛起,重新占据我们意识的中心,吞噬我们的信心,使我们再次回到痛苦的起点。我们就生活在这些密探、暧昧、可疑的阴暗之中。我们不可能将它们忘记,最多,我们精神的一个忠实的卫士——习惯,会让我们学会如何对它们的存在视而不见。

与伤痛一样,历史的场景亦会在时间的风雨中被剥蚀、变淡,最终变得模糊不清。随着场景的虚化,痛苦仿佛也减轻了,甚至完全消失。遗忘的强大本能,加上日常的训练,新鲜的记忆覆盖了陈旧不堪的布景,我们的心灵亦穿上了厚重的铠甲。不过,我们仍然不安全,因为我们还会有提防和担心,尽管提防和担心的对象已不复存在。

人的境遇本身即是这样一种病态,就像一个患有蜘蛛恐惧症的人,就连从书本上看到"蜘蛛"二字,亦会顿时晕厥过去。沉沦在过去的记忆中不能自拔,或者,用一种奇怪神秘的方式规避记忆的内容,两者都意味着现实生活的苍白与乏味。只不过姿态略有不同:一个朝向历史,并依靠它的回光残照,辨认眼前的道路;另一个则背对着它,如果有必要,我们还可以闭上眼睛。清除记忆的最好的方式,不是确信某件事没有发生过而是必须说服自己它已经发生过了,与这种记忆相连接的伤痛和苦难已经远离了我们;尽管我们感觉到,它们仍然在那儿,但事过境迁,它对我们已经没有任何意义,正如克尔恺郭尔所说的那样。灾难一旦发生,它就不是一次,而是无数次,它的钉子还在我们的心里。我们所要做的,不是把这个钉子拔去,而是接受它,将它看成是我们与生俱来的生命的一个部分。

二十世纪九十年代初,经过重新配器、包装的"颂歌"和"革命歌曲",甚至"语录歌"登场并很快响彻中国的大街小巷,就连崔健这样一位自我放逐的"叛逆"领袖,也重新诠释了《南泥湾》,给它注入了温柔的抒情性,这些音乐的重现随即引发了默默的抗议。那些十年、二十年前的流行歌曲,给他们带来的恐惧是可想而知的,"仿佛那个噩梦般的岁月又回来了"。他们一时无法判定,这些音乐的再度流行意味着什么。一些人将它视为政治波普,就像"列宁牌可口可乐"一样。而另一部分则把这种现象的出现归因于中国民族性中的健忘。可能两者兼而有之,但最根本的问题也许是,我们如何看待传统,如何看待集体意识与个人记忆之间微妙的关系。

过去的时代,作为记忆和传统的一部分,并没有完全结束,随着历史场景的变换,我们不可能在一夜之间将它连根拔除。我们的现实本身就扎根在传统的土壤之中。无论它是丰饶还是贫瘠,无论它是否有毒,它实际上一直在给我们提供滋养。在政治、经济、文化生活的诸多领域中,我们每时每刻都能看到它的影子,有时也许是改头换面的影子。我们却对它熟视无睹,习以为常,没有人对它大惊小怪,但音乐的出现却立刻让我们感到了不安。

的确,对于复现一段历史记忆的场景来说,没有什么比音乐更适合的媒介物了。在音乐出现之前,我们的心灵毫无戒备,它突如其来,直接击中我们心灵深处的隐秘,而且它所复现的并不是事物本身,而是某种整体性的情感、情绪、气氛、温度和色彩。因而它更为锐利,更能出其不意地击中要害。

在我小时候,村子里住着一个从江北来的老人,她常常坐在墙根下唱歌,有时身边围着一大群看热闹的孩子。更多的时候,她一个人唱,但她不是浅吟低唱,自娱自乐,借此浪漫地缅怀逝去的时光,她总是大声嚷嚷,希望村里的每个人都听见。直到现在,我还说不清她到底唱了些什么,实际上我们也并不关心。留到今天的印象,或许只剩下了一个疑问:她为何要那样做,村里的人对她的胆大妄为又有着怎样的反应。

首先,唱歌这个行为本身,对她来说,只是一种手段,用以索要她所想得到的东西,主要是粮食。因为她所唱的歌大都在禁止之列,使村里的干部们闻之大惊失色。那些知道如何使政治原则富有人情味的和事佬们当然不可能前去训斥和制止,更别提将她揪起批斗了。而且经验告诉他们,只要稍稍给她一点粮食,她几乎立即就不唱了。她出来唱歌的频率,要视她的粮食短缺的状况和饥饿程度而定。其次,歌唱本身就是一种自由,这是她自赋的特权,一种身份的象征,因为只有她可以挣脱现实关系的层层罗网。当她旁若无人地大呼小叫的时候,我们看得出她为此充满了骄傲。

村里的人们在一种复杂的情感之下听着她的歌声。他们难以接受这样一个事实:"作恶"不仅不会受到惩罚,反而还会受到优抚。到了后来他们慢慢地明白了一个道理,那就是梁山好汉之所以受到招安,封官晋爵,原因之一就在于他们杀人放火,但问题是并不是每一个做强盗的人都会得到这份幸运,它取决于命运的古怪逻辑。

当然,除了敬畏之外,更多的是鄙薄和仇视。她的歌声剥夺了人们麻木地做梦的权利,它带给人一种非常强烈的不真实感,现实生活质地坚硬的大门敞开了一条裂缝。人们害怕的不是那些过去时代的格调灰暗的歌曲,而是这样一个提醒:

他们也曾这样生活过。生活的真实图景远比成为惯性的日月推移丰富得多,也使人更难承受。

这是一个小小的矫正——人们正在做梦的时候,却发现自己再也睡不着了。它尽管令人不安,甚至使眼前的生活变轻了,但它的出现却是必然的。即使没有她的歌声,人们还是能从一些偶然的瞬间重返记忆之路,就像马塞尔·普鲁斯特笔下的椴树花茶的香味让他突然失神不知所措一样。

我们从来不会为某一类歌曲感到恐惧,真正令我们恐惧的正是我们自己。

我与音乐

在我的家庭里，没有什么人对音乐感兴趣，尽管村里的一些上了年纪的人曾告诉我，我的母亲和伯母年轻时曾参加过一场"花集"的演出，但是，母亲对这一段经历一直讳莫如深。在我的记忆中，她不仅从来不在我们面前唱任何歌曲，而且对我们之间或唱一些儿歌也感到厌烦。记得有一次，我问姑妈：为什么我的母亲反对我们唱歌？她回答说："家里现在正在遭难，以后就能唱了。"从那以后，我似乎一下子就长大了。

1974年的冬天，我的母亲到很远的集市上去卖兔毛，午后，天空纷纷扬扬地下起了大雪，我和弟弟坐在门槛上，看见母亲正顶着风雪远远地朝村里走来。我看见她怀里抱着一个用头巾裹着的东西，心里感到一阵欣喜。直到现在，我仍然清楚地记得母亲在桌子上将头巾打开时那种交织着骄傲与反悔的表情。那是一架半导体收音机。尽管母亲这一大胆的举动使得我们不得不穿着往年的旧衣服过了一个春节，但在以后更长的岁月中，我跟着那架收音机学会了八个样板戏的大部分唱段和一些民歌。这也许就是我在上大学之前仅有的一点音乐积累。

所以,我对音乐似乎是没有什么好谈的。进入大学以后,我开始慢慢接触到西方歌剧,巴赫、莫扎特、贝多芬、马勒、理查德·施特劳斯、格什温、列侬、迈克尔·杰克逊,诸如此类,它们带给我的起先是一些掺杂着厌烦的恐惧,由于某种原因,我对"音乐"一词的理解好像一直存在着某些偏差,所以迄今为止,我仍然无法真正喜欢这些东西,更无法进入所谓音乐的圣殿。曾经有朋友问我最喜欢的音乐作品是什么,我回答说是《杜鹃山》,他立刻便显露出某种鄙薄的神色。近年来各类音乐作品纷至沓来,有时是以一种近乎强迫的方式敲打着我的耳膜,但我依然初衷不改,并多少体会到一丝老调虽自爱,今人多不弹的忧伤。

我知道这种忧伤其实不仅盲目而且平庸至极,我一直觉得我天生就缺乏一种欣赏音乐的良好心境。比如当我聆听柴可夫斯基的音乐的时候,怎么也想象不出俄罗斯广袤的大地,起伏绵延的草原。我想象的疆域似乎永远只是那些模糊不清的事物:它可以是一个女人的身影,也可以是烤烧饼的炉边散发出来的阵阵香味。我想音乐如果能够使人陶醉,那么它在我的身体里激起的作用完全是另外一回事。

我这样说,并不是想阐述音乐与个人经验之间的未明关系。在大部分的场合,与其说我是在欣赏音乐本身,还不如说我是在走神。我总是凭借音乐来回忆一些往昔形象的片段,有些事情我原先以为没有经历过,可是某一种特定的旋律又会将我带到它的边缘——仅仅是边缘,它促使我产生回忆的部分往往属于那些难以言传经验的一个瞬间,这个被音乐唤醒的瞬间并不能长久地在我们的记忆中得以保存,也不能为我们的心智所把握,随着音乐的消失它自然遁隐无迹。两年前的一天,我在听肖邦的《即兴幻想曲》,这首钢琴曲我以前不知道听过多少遍,可是这一次,它却给我带来了一个我意想不到的惊讶。我突然回忆起许多年前的一段往事。那是一个仲春的黎明,我从外婆家独自渡江回家,我离开那个村庄越远,我的脚步就越沉重,看着田野上已经绿成一片的麦苗和泛青的杨柳,一种巨大的孤独和激动包围了我。我远远看见正在开凿的一条运河上飘扬着红旗,那些民工像蚂蚁一样在河堤上蠕集。我在一座破窑的边上呆呆地坐了半天,我显然被自己突然产生的那种沮丧的情绪震惊了。现在我虽然似乎已明白当时忧伤的真正原因,凭借回忆记起的大部分场景,我后来写成了一个短篇小说(《背景》),可是随着音乐的终止,那种情绪一下就逃离了我,我只是感觉到热血在我的周身肆意流淌。在那个瞬间,我一下子就理解了李商隐那句"此情可待成追忆,只是当时已惘然"诗的含义。后来我又反复将《即兴幻想曲》听了好几遍,可是我的思路又跳到了另外一件与此完全不相干的事件中去了,这也许就是我所理解的音乐的奇妙之处。

上面提到的这件事已过去两年,可是我一直考虑这样一个问题,也就是我对音乐的虔敬与音乐给我的报酬之间的荒唐的关系,它使我对经验、记忆、语言的种种再现的可能产生了进一步的怀疑,同时我似乎也体昧到,对艺术的创造和欣赏实际上永远只是瞬息意念的一些闪现,它不期而遇,又悄然而去。

作为一个小说作者,我清楚地知道情绪对艺术构成的作用和障碍,对欣赏音乐也是如此,我由于在欣赏音乐的过程中,投入了过多的情感与想入非非的内核,音乐本身倒反而成了一具空壳。这也许是很遗憾的。我的一个朋友曾告诉我,音乐便是音乐,它并不是情感的盛器,正如建筑不仅仅供人居住。我想他的话是对的,我深信良好的乐感和对音乐本身的广泛了解可以造就一个出色的听众,但对我而言,对音乐的会意往往是一种机缘。

似曾相识的精灵

无论是一首简朴的歌谣，还是一部复杂的交响曲，真正美妙的音乐是不属于这个世界的，就像是神借用一双平庸的手所写下的布满玄机的文字，它是天堂所泄漏的一线灵光。没有哪一个词比"天籁"更能描述它的性质了。对于听者来说，即便他第一次听到某个旋律，某首曲子，亦会有似曾相识之感。仿佛耳畔的旋律只是引动了他内心隐秘、沉睡的情感，如同一道闪电在顷刻之间照亮了他心底的黑暗。于是，他完全被震慑住了，忘掉了尘世的一切，他的大脑开始失神，灵魂遁入杳邈的远方。

在这个奇妙的瞬间，他心灵中的某个神祇复活了。这种感觉并不总是能够用"喜悦""忧伤"一类的概念加以解释，人们所体验到的是一种真正的"迷失"。

迷失，既是遗忘，现实世界的一切羁绊顿时冰释；又是一种深刻的记忆，仿佛听者本人，他的整个灵魂和肉体都是一道久远的闪电所留下的雷声，他强烈地感觉到自己不属于这个尘世，通往未知世界的神秘、浩瀚的门被打开了。

在古希腊、印度和中国的文化传统中,音乐的规诫与禁忌比比皆是,从表面上看,它似乎仅仅与过分的感官享乐有关,所谓逸乐亡身,淫曲丧邦。在一系列简单的事实与经验背后,是人类对于"迷失"的担忧与无所适从。它与古老的宗教热忱——超脱尘世的行动与情感相比,犹如夜晚之于白天。音乐成为宗教附庸、教化手段的历史如此漫长,以至于在七十年代末,当我们从《美国之音》中收听邓丽君的歌曲时,仍然能强烈地感受到偷尝禁果的快乐以及在靡靡之音中意志瓦解的恐惧。

让我们重新回到闪电这个比喻。

与雷声的到来不同,闪电的出现毫无预感。闪电过去了,可它那被燃烧的枝形光弧依然停留在我们的视网膜上。当我们听到一首曲子并被它打动时,所有的感觉都朝它开放。音乐消失了,心灵依旧眷恋着它。你感到超凡入圣,宠辱尽失,可道又不可道,这种感觉究竟来自何处。

时至今日,我仍记得第一次听到《洪湖水,浪打浪》这首歌时的情景。它像一道被打开的陈旧布景,敞露出三月末空旷的乡间田野。当时,我从邻近的高音喇叭里听到了这首歌。那天风很大,歌声随着风向的变化断断续续地传过来,忽隐忽现。就像田里的麦苗和河滩里的青草,只有风吹过时,才能看到绿色柔软的波动,这首歌的节奏就是风的节奏,是河水波纹的节奏,是临近中午时寂静无人的旷野的慵懒与静谧。我站在河边的树下,竖起耳朵,等着风送来令人沉醉的旋律,送来三月初春的芳香。

然而歌很快就消失了。接下去是天气预报。我感到若有所失,抑郁不欢。刚才还是阳光灿烂,鸟语花香,平庸、猥琐、习以为常的事物在阳光下获得了无限的生机,可一转眼,不知从哪儿飘来一片乌云,我看到阳光已经收敛,小鸟飞向远方。随着时间的推移,堆积在心头的幸福也在一点一点地冷却,变得淡漠、模糊,终至于完全消失了。

这支歌曲有着摇篮的节奏,带有眠歌的色彩,应和着少年人的落寞和幽光狂慧,然而,当时它所留给我的印象,却是对春天的赞美。

在我的记忆中,没有一首歌曲能够像它一样激起我对春天的眷恋,后来,我曾反复聆听斯特拉文斯基的《春之祭》、维瓦尔第的《四季》、贝多芬的《春天奏鸣曲》,始终未能复活初听《洪湖水,浪打浪》时对于春天的感觉,未能再现那个春天的绚烂多姿。甚至,我成年再听这部歌剧,竟也觉得它是那么稀松平常,而且,歌曲所描述的是遍地菱角的深秋,与春毫无关系。这与恋爱的情形十分类似,初次见面的新娘与日后同床共枕的伴侣实际上并不是同一个人。

可是问题并没有解决。当初震慑我的那个精灵究竟是什么?它藏于旋律之中,依附于回忆中的一草一木,要向我传达怎样的信息?或者说,我内心被激动的真实是什么?它从哪里来,又去了何方?由此,我想到两个词语:突然和重现。

突然,我拐过一个街角,看到了她,我们原先并不相识,但直觉告诉我,我认识她。我似乎在梦中见到过她,并与她肌肤相亲。也许按照一般的看法,她并无任何出众之处,但我还是被她迷住了,心被锋利的刀片划了一下,我站住了,看着她,无可奈何地注视着她在人群中消失。有时,我所看到的只是一个背景,一个局部,她身上的某一件色彩艳丽的饰物,但这并不妨碍我对她的如痴如醉。我的心在狂跳。

在这一刻,我并不喜悦,尽管有那么一点兴奋,也不悲伤和忧戚,更多的是惘然。我看到了那个被重重包裹的核,它不在少女身上,不在乐曲之中,它不属于这个世界,而是属于一个更高位格的存在物,就像闪电,在短短的一瞬中,我与它不期而遇,却又得而复失。领受天籁的经验使我不顾一切地想抓住它,留住它,并渴望着再次回到它温暖的巢穴中去。

突然,并不意味着"第一次",但只要你被音乐打动,每一次都包含了"突然"性质,包含了一个让人迷失的固执的命令。

晚年的博尔赫斯双目失明。有一次,他在一个咖啡馆里接受记者的采访。记者让他谈一谈,他在漫长而短暂的一生中所感受到的生活的意义。诗人没有片刻的犹豫,他不假思索地答道:没有什么意义。正如他在《怀念安赫利卡》一诗中所写的那样:

> 假如我死了,
> 我失去的,是一个毫无意义的过去……

而在另一首短诗中,博尔赫斯曾坦率地承认,在生活中感受不到幸福是他一生中最大的罪过。诗人的这一回答是我们可以预料的。然而,博尔赫斯在给出这个回答之后,立即又补充了一句:不,请等一等。他似乎想起了一件事,陷入了沉思。好像这件事最终将改变他刚才的回答。他凝神屏息,侧耳倾听。此时,咖啡馆里正在播放着一首他所熟悉的乐曲。是巴赫,还是莫扎特?你无法从他的眼睛里看出什么光泽,甚至,他的表情也没有任何变化。然而毫无疑问,诗人在出神。

"不,"终于,博尔赫斯认真地修改了他刚才的回答,"只要音乐还在继续,生活还是有意义的。"

不久之后,博尔赫斯发表了那首脍炙人口的诗作,题目就叫《只要音乐还在继续》。

在那个时刻,在布宜诺斯艾利斯的那家咖啡馆中,音乐所肯定的并不是他的生活,它没有改变什么,它只是提供了一个可能——用它来重新解释庸常的生活中所隐藏的事物,用它重新为我们的习惯命名。它给出了一个假定的情境,一只容器。所有的经验都在黑暗中闪闪发亮。因为虚幻,所以真实。

重现。在另一个地方,另一个时刻,我再次与她不期而遇。过去不经意的痴迷的一瞥所埋下的种子已经发芽,并生根开花。眷恋加深了。我与她建立了一个秘密的契约。不管物是人非,沧桑变幻,我还是闻到了同样的芬芳,感受到了同样的阳光或蒙蒙细雨。每一次都向前一次回溯,我们之间的秘密在繁殖,契约正在变得牢不可破。我感到神清气爽,只要一看到她，什么担心都没有了。没有贪欲，没有失去它的恐惧与焦虑。她招之即来，我只要按下一个键钮，拿起一张唱片，马上就要与她亲近的预感充满了我的整个身心。一次渴望着另一次，就像海浪，永远在说着下一次……

有时，你对一首曲子已烂熟于心。你甚至能随时唱出它的全部旋律，于是，渐渐地，你对它感到了厌倦。当你一口气把肖邦的一首马祖卡听上二十遍，你就会发誓以后再也不去听它了。俄国作家布尔加科夫曾经谈到过如下感受：十月革命之后，格林卡和柴可夫斯基是最受当局青睐的音乐家。这就导致了一个灾难性的后果：只要你打开收音机，从里面传出的一定是柴可夫斯基的《天鹅湖》。在傍晚时分你走进一幢建筑物，家家户户的窗口飘荡出来的总是《天鹅湖》。《天鹅湖》成了一场噩梦。

然而《天鹅湖》注定不会从人间消失。听了二十遍的马祖卡也不会消失。有一天，当熟悉的旋律再度回荡在你的耳边，你还是会怦然心动。与第一次听到它时的激动相比，你会惊异地发现，它依然完好无损，什么也没有减少。

列文曾一度发誓不再与吉提见面，他无法原谅吉提的伤害。当吉提的马车经过他的农庄时，他远远地注视着马车，想象着她的样子。没有她，生活依然在延续。可是，他在奥布朗斯基公爵的家庭聚会上再度见到吉提时，他脆弱的内心立刻变成了风暴中的海洋。

"看见"取消了"想象"：噢，她就在那里，坐在客厅的一角望着自己，她是那么生动，那么具体。伤害、嫉妒、仇视、憎恨顿时烟消云散。列文的心战栗了，没有任何力量能阻止他与她靠近。当他与吉提重修旧好，从公爵家中出来之后，正是鸽子飞过蓝天的黄昏时间，他感到天空那么高远，那么幽蓝，他的体内充满了神奇的力量，只要他愿意，他就可以将整幢房子举起来。

试图解释或想象音乐也许是可笑的。音乐的出现是一种即时的场景，它是即兴的。它联结着记忆，但它全部的奥秘却在于"此刻"。此刻，我在聆听，奇迹在我身上发生了，其他的一切都不重要。听，既是通往音乐深处的手段，又是根本目的。

我曾经听过数千遍的《东方红》旋律。但当它作为《黄河》钢琴协奏曲的华彩乐句出现在第四乐章的尾声，我还是被它深深地打动了。这个旋律是不是江青授意加进去的，对我来说并不重要。在我期待它出现的时候它出现了，这就足够了。

寒冷和疼痛的缓解

一

1944年,当英玛·伯格曼以一个编剧兼副导演的身份投入《折磨》一片的拍摄从而涉足电影行业之时,在美国的好莱坞,制片商们几乎已将"电影"和"娱乐"视为同一个概念,这门新兴的艺术经过了几十年艰辛的跋涉之后,商业化的趋势似乎已不可逆转,伯格曼显然不愿意扮演电影工业的车间主任这一角色,但他知道,他试图改造电影的种种企图所面临的巨大障碍。他希望电影能够成为表达个人生存基本问题的一种手段,从而找到一条通往人类心灵的道路。

在他长达四十年的艺术生涯中,他的大部分探索都取得了令人瞩目的成功——这种成功在罗兰·巴特看来,也许只是出于侥幸,但他的每一部影片都招来了非议、诋毁、攻讦,与他个人的犹疑、绝望和挣扎始终相伴,他一直处在兴奋而痛苦的思索之中,但却没有得出任何结论。在伯格曼自己的眼中,它也许都算不上一种思索,充其量,它只是心灵或肢体在疼痛之中寻求抚慰的呼喊,没有什么实质性的意义。

二

1957 年拍摄的《野草莓》中有一个令人难忘的场景,母亲玛丽安发现自己置身于一堆覆满了灰尘的玩具中,户外的阳光透过天窗的玻璃照亮了墙上的一面挂钟。当她意识到衰老和厌倦像某种拂之不去的气味紧紧纠缠她的时候,她只能这样喃喃自语。

> "我总是感到寒冷,特别是肚子冷。到底是什么原因呢?"
> ……

她就这样反问着自己。除了那面报时的挂钟所发出的单调的嘀嗒声,她没有得到任何解答。

而萨克·波尔格,她同样衰老的儿子则在梦中发现自己躺在一口棺材里,他同样有理由抱怨自己的寒冷。与母亲不一样的是,波尔格将目光投向了自己内心深处的童年。他带着某种清醒的动机敲开了一扇扇通往记忆的门扉,但他所看到的只是一些纷乱的、僵滞而冰冷的碎片:他的妻子与人在树林的沙砾上交媾;贝多芬葬礼主题下的结婚仪式;教堂及其尖顶上洒满的阳光;满地的蝰蛇(这个场景在影片拍摄时被删去)。他没有找到慰藉,"只有那么一点余光和某些无限悲凉的东西,绝不令人振奋或鼓舞,一个沉没的世界只存在于记忆中了,但在另一方面,它仍然活着。"

看来,记忆恰如一段尚未割去的盲肠,除了它偶然传达出来的疼痛,还能剩下什么呢?

是的,那是一种持久的疼痛。在忍受和真切的感知之外,英玛·伯格曼也许还想对它的形式加以说明。我始终觉得,《野草莓》这部作品实际上涵盖了伯格曼一生创作的所有重大问题,也囊括了他生命中许多未解的秘密。1972 年拍摄的《呼喊与细语》是对《野草莓》的一次重写,只不过,寒冷和疼痛的主题更加令人触目惊心。

这个以三姐妹的一次相会而展开的故事,带有明显的寓言色彩。我们在弗兰兹·卡夫卡的小说和斯特林堡的戏剧中曾不止一次地感受过同样的寓言氛围。一对姐妹前来探望重病在床的大姐,所有的场景皆围绕三人在病榻和客厅之间展开。

病榻是呻吟和呼叫的地方,而灯光晦暗的客厅则更适合喃喃耳语。两个场景彼此关联,互相补充。和《野草莓》中的玛丽安一样,病人显然不能对她的两个妹妹抱有太大的指望,因为她们和病人一样病入膏肓,只是病理形态略有不同而已。她的一个妹妹因不堪忍受与丈夫间的冷漠和厌倦,将打碎的玻璃片塞入了阴道;另一个妹妹更年轻,相比于她弥留之际的姐姐,她似乎对前来为姐姐治病的大夫更感兴趣,两人之间的调情带有一种犹疑和绝望的征兆,与待死的厅堂气氛显得颇为一致,她们都局限在自己的痛苦之中,无力对病人伸出援助之手。

在空空荡荡的客厅里,除了钟声那令人不安的回响,除了间断的、琐碎的、没有实指意义的低声细语,病人剩下的唯有呼喊了。伯格曼动辄以长达数分钟之久的特写画面来表现她那张被痛苦毁损的脸,那张无比真实、惊恐而丑陋的脸,伴随着一阵阵阴森的、拉长的、不加压抑和掩饰的尖叫。

这是一种抗议,但并不指向任何具体的目标。

最终给病人以安慰的是那位肥胖、敦实的保姆。她所能做的也极为有限,解开衣襟,将病人的脸贴在自己肥硕的乳房上。这个保姆尽管可以被很多人解释为"大地"的隐喻,但却是象征性的,体现了伯格曼晚年的人道和温情。

三

实际上,对于心灵的寒冷和肉体的疼痛,伯格曼很早就开始通过思辨来寻求缓解。但它找到的往往却是"沉默"。

"沉默"这个概念在伯格曼的影片中具有极为特殊的意义。首先,沉默是忍受的另一种说法。在《马戏团》的结尾,马戏团老板在促使自己的妻儿回到他身边的努力失败之后,又发现他的情人在暗中背叛了他。他的所有希望在一夜之间就崩溃了。他威胁说要自杀,却因勇气不足开枪击毙了一只狗熊。接下来的一个场景既滑稽又神圣,他的情人举着一把伞站在雨中的马车旁,他朝她走过去,想对她说些什么,又突然改变了主意,最后,他将一只手搭在她的肩膀上——这不能算是一次和解,问题尚未解决,生活就已经在继续了。在这里,伯格曼暗示了"和解"的基本形态:它在严格意义上已丧失了可能性,丧失了曾经有过的尊严,它既是被迫的,又是一种必然的命运。假如一丝温情尚存,也带有滑稽的性质,宛若炉火在燃烧后残留的一抹灰烬。

因此,在伯格曼的哲学辞典中,沉默和忍受基本上可以被看作是个人内心的痛苦寻求缓解的首选方式。

其次,沉默是上帝的声音。对于苦难的抚慰和缓解而言,上帝也许是最为极端的形式。可以说,贯穿伯格曼一生创作的中心问题始终是,上帝是否存在?或者说,他是以何种方式垂询关顾人间普遍存在的苦难。伯格曼的思考一开始就滑向了怀疑主义的异端,以至于天主教长期以来一直将他列入所谓的"黑名单"。一方面,上帝的存在在伯格曼的眼中是一封七重封印的书简,既遥不可知,又深奥难解,他带着他的全部怀疑和追问所探索出来的结论,依然是以沉默开始,以沉默告终。而在另一方面,伯格曼在其大部分影片中,尤其是在《冬日之光》《第七封印》中都怀有一种浓郁的宗教情感、一种基本的宗教氛围和态度,这些影片也可以看作是他终其一生向上帝所作的祈祷文。

最后，我们在沉默的背景中，听到的是一片喧嚣。伯格曼的影片中充满了絮絮叨叨的对白，它冗长、拖沓、貌似深刻，却没有什么意义。但这种令人厌烦的嘈杂话语的外壳包裹下的内核，却是无言和寂静，是谛听和缅想。这不禁使我想起了加缪的一句名言："真正的无言不是沉默，而是说话。"

四

瑞典著名演员维克多以七十八岁高龄参加了《野草莓》一片的拍摄。在拍片的间隙，他旁若无人地与年仅二十一岁的毕比·安德松在阳光下调情。伯格曼用24毫米的胶片偷偷地拍下了这一迷人的场景。在伯格曼看来，二十一岁的毕比如痴如醉地倒在一头七十八岁的"老雄狮"怀里，是那么的美好而感人！另有一次，伯格曼因偶然窥见挪威女演员乌曼与毕比坐在阳光下比手而产生了《假面》的创作动机，两个女人，在强烈的光线下，坐在一堵墙前，伸出各自纤细的手指，都戴着大帽子，她们几乎什么也没做，而是一遍遍看着自己或对方的手……

这两个插曲也许可以表现出英玛·伯格曼对于"欢乐与诗意"的基本态度。他抒情诗人的禀赋是与生俱来的。相对于上帝这个形象，充满诗意的记忆片段在伯格曼的影片中是抵抗寒冷和疼痛的又一形式,也许是更为有力的形式,在此基点上,伯格曼赋予了这些抒情片段以饱满的激情。

它是转瞬即逝的,却璀璨无比。它高远、清丽、庄重、节制。仿佛整部影片的压抑和沉闷所积聚的滞重空气在一刹那间就得到了全部的释放。伯格曼几乎极为吝啬地收集、保存、使用着这些画面。从未使它疏于浅俗和煽情。从哲学上来说,它是仅有的慰藉,是唯一可以产生意义的灵地,是上帝的天堂向人间撒下的一缕温暖的光亮。

在《呼喊与细语》中,它是公园五彩缤纷的草地树林间的秋千架,是姐妹们在过去年月中留下的充满生命力的笑声,是保留在相册中的一页旧照片;在《野草莓》中,它是一个阳光下寂静的池塘,是清晨教堂拱顶的阳光,钟声敲打着五点,达拉尔纳还在沉睡;在《芬尼和亚历山大》中,它是一台小小的放映彩色画片的幻灯机,圆圆的光晕投射到对面的墙上,圣诞节的夜晚在幻灯机的"咔咔"声中给人以全部神秘的憧憬……

伯格曼说,现实已经远远离开艺术家和他们的梦想了。也许他犹豫再三,只能到这些充满诗意的场景和想象中汲取力量,也许他出于真诚和谨慎只能这样选择,但他毕竟记录下了这个时代的真实图景,并极为艰难地为个人的生存赋予了庄严感。

词 语

一、死 去

  两年前的一个深夜,当胡河清①博士从公寓的楼上跳下来的时候,他所奔向的地方似乎并不是死亡的峡谷,而是全部希望的峰巅。就像一个探明了矿藏储量的地质工作者,或者,一个内心受到召唤的朝圣者,他早已备好了行囊,他已无须等待。在春天的最后一场暴雨中,几只绕梁而飞的蝙蝠,一面被闪电突然照亮的、覆盖着红布的镜子催促他踏上了远方的行程。自从王国维自沉昆明湖之后,文人的自杀在中国也成了一个若隐若现的话题。只不过,近十年来,与芸芸众生在金钱与物质中的疯狂角逐成正比,知识分子的自杀仿佛突然加快了速度。自古以来,无论在怎样的时代,生与死的纠缠一刻也没有停止过。诚如塞涅卡所说,一个人有勇气肯定死亡,并不是说就有勇气面对生存,但从另外一个意义上来说,对死亡的

---

① 胡河清:中国当代著名的文学批评家、学者,1995年自杀身亡。

肯定恰恰意味着对生存的极端重视。因此,死之轻易必然预示着生之艰难,对死亡的渴望也必然源于生存意义的极度匮乏。胡河清博士的小船并未沉没,它只是驶入了另外一个海洋。

二、春　天

现在,在我住所的窗外,春天盛大而暧昧。鸟的叫声中蛰伏着隐隐的不安,花朵在雨水中悄悄褪色,而难得一见的阳光就像利刃的寒锋照亮了这个城市晦暗的天空。艾略特说,四月是最残忍的月份。中国的一位诗人在三十年前即写下了这样的诗句:三月即末日;而胡河清在与我的一次谈话中,将春天形容为诡秘和阴险。中国古代诗词中的"小楼一夜听春雨""红杏枝头春意闹"有的是安详、宁静、明艳、自适与物我两忘;即便是"流水落花"的伤春之叹,也只是一股留春不得的淡淡惆怅。这样的春天已经开始远离我们了。今天,春天成了它的对立面,成了它的阴影。假如一个人熬过了寒冷和肃杀的漫漫长冬,而终于选择在春天死去,那么我想,他也许不是死于无法承受的痛苦而是死于对欢乐的感知,不是死于抗争而是死于倦怠。由此,我想到了另外一个词语:爱情。列夫·托尔斯泰曾经将爱情视为人类唯一合理的行为,在曹雪芹那里,它依然是抵抗不断袭来的空虚的有效壁垒。可到了今天,它也正在改变自己的面目。鲁迅的《伤逝》与其说是对爱情的赞美,还不如说是一首挽歌;K与弗丽达的爱情充其量也不过是欲望的分泌物;博尔赫斯为二十世纪的小说找回了"和谐",但他几乎从来不去描写爱情。"爱情"作为战胜死亡和空虚最重要的基本力量之一,在今天成了某种内心的隐痛。人类在无可奈何的可笑的道路上走得越远,美好的事物越是迅速地逃离我们。一扇扇大门被关上了。交流变成了障碍,希望变成了记忆。

三、借　口

当《弗兰德公路》①中的那个骑兵上尉策马跃入敌方密集的炮火之中时,他的英勇无畏只不过是故作姿态而已。他要为自己蓄谋已久的自杀动机找到一个说得过去的借口。在《战争与和平》中,当保尔·康斯基公爵向他的儿子安德烈询问去前线的动机时,安德烈的回答十分坦白:"我对彼得堡的生活已经厌倦了。"实际上,安德烈最终的死亡也可以看成是另一种自杀。"受伤"成了另一个借口。他拒绝与医生合作,以便死亡尽快将他吞噬。列夫·托尔斯泰又如何呢？他在八十高龄离家出走,给二十世纪的文学留下了一个难解之谜。鲁迅先生曾经意味深长地说过,世界上最痛苦的事莫过于噩

---

① 《弗兰德公路》:克劳德·西蒙(法国作家)的长篇小说。

梦醒来而无路可走。这句话同时指向两个方面的问题：生存的意义在何处？启蒙有无必要？在鲁迅中期长达十年的沉默中，他的放任、纵酒、自我摧残，又何尝不是一种渴望湮灭的吁求？他在《野草》中多次流露出"速朽"的愿望本身已说明了问题，而他在1928年以后直接投身于他一度十分厌恶的社会活动。其原因亦不难考察。形形色色的自杀动机亦可以在普遍的社会生活中找到它的对应物：对团体的彻底依归，投身宗教的热忱，或者干脆发动一场战争。

四、担　当

尽管卡夫卡在十九岁时已意识到自己"在通往自杀的道路上狂奔"，但他毕竟主动承担起了生存的全部荒谬。虽然"绝望"这个词语不断地在他的舌尖上跳动，他还是不停地告诫自己：不要绝望，哪怕是对自己并不感到绝望这一点也不要绝望。当列夫·托尔斯泰在默念"天国在你们心中"时，陀思妥耶夫斯基已经通过写作着手在地狱中重建天国，而鲁迅在中国历史最为黑暗的时刻，毅然承担起了虚无，给后人留下了最为宝贵的精神遗产。他们巨大的精神勇气也许可以从这样一个简单的逻辑中得到说明：我们固然不能看到明确的希望，但绝望本身却已暗示了希望的存在。在二十世纪即将结束的今天，这依然是我们不得不去面对的残酷的辩证法。

另一种形式

我去过一次精神病院,那是六七年前的一个夏天,我的一个学生突发精神分裂,我们只得将他送往上海精神病防治中心。他是一位诗人,在连续三个多月的失眠之后,他终于确信自己就是耶稣。当我闻讯赶往他的寝室,他一见到我,就对寝室里的几位同学说,"你们看,犹大来了……"

在去医院的途中,他郑重地告诉了我世界行将毁灭的消息,他认为世纪洪水将在几年后抵达我们居住的这个城市,并再三问我是否已经准备好了对付这场灾难的方舟。

两年后这位诗人病愈,给我寄来了一本诗集。这些诗篇大多是吟咏爱情之作,读来颇觉清丽忧伤。这使我自然而然地联想到了疯狂、恐惧、爱情与诗意之间的隐秘联系。

可我还是忘不了在精神病院的见闻,那个由疯子所组成的世界。它既是一座监狱,又是一处洁净而呆滞的城市花园。你简直想象不出,这个世界上竟有那么多疯狂的幽灵,正如你若是不亲临假肢厂,也不会想到世上有那么多的断臂者。我想起了索尔·贝娄的那部小说《更多的人死于心碎》……

迄今为止，我尚不知道，这个诗人是因为何种原因导致了一度的精神崩溃。但我似乎有理由相信，所谓的正常人的世界与疯子的住所仅有一步之遥，也许一个是另一个的原因或者结果，甚至两者之间本来就没有太多的分别。

在《傻瓜的诗篇》中，疯子兼精神病大夫杜预曾向他的病人们提出了这样一个问题：生活中什么东西最可怕？而病人们的回答总是一致的，那就是精神失常。这的确是颇具讽刺意味的。

对他们来说，死亡还不是最可怕的，因为它犹若一场迟早都会降临的盛宴，每个人都注定最终要去领受它，而疯狂则并非每个人都有幸领受的。死亡意味着消失，而发疯则意味着崩溃、瓦解。在这里，差别就成了恐惧的中心，成了痛苦的无底深渊，换句话说，倘若人人最终都将精神分裂，那么疯狂就不再使人担忧，因此，我们可以确信，精神病人最大的恐惧恰好在于这一差别，在于他想象中对于"不正常"的种种猜测性的幻觉。

在我们生活的那个大学校园里，我们系几乎每年都有一个学生被送往精神病院。而在1985年，我的学生中有一位就面临这样的恐惧，他曾对我说，既然每年都有一个学生患精神分裂，那么这一年这个噩运很可能会降临到他的身上，他为此开始了长达半年的间断性的失眠，甚至为此出走一个月之久。后来，他终于躲过了这场灾难，最近我听说他已创办了一家公司，赚了很多钱，神经像钢铁一样坚固。实际上，在1985年之后，我很少再听到校园里有关精神病人的谈论，这也许意味着社会已经取得了长足的进步，人们已没有任何苦恼，无论是精神还是肉体，这的确是值得庆幸的。

然而，恐惧感依旧存在。

在十八世纪甚至更早，精神分裂这种病症尚未出现，精神病人大多只是一些歇斯底里症患者，而在二十世纪的末尾，它很有可能采取了另外一种更为隐晦的形式，那就是"过于正常"。

种种迹象表明，我们已经置身于这样一个"超常"化的社会结构之中，一切都是预先可以被接受的，一切都是未经反省的，生活中无限敞开的可能性已经为人类的精神筑起了一道坚不可摧的防护大堤。五年前使人发疯的道德的折磨如今已成精神卫生的灵丹妙药。

但恐惧感依旧存在。

它脱去了意识形态、道德、自我追问、内心折磨的外衣，只是在人们的脸上绽放出了一丝可疑的笑容。五年，甚至更短，原先缠绕着我们的种种难题均已灰飞烟灭。

许多年前，罗兰·巴特就曾尖锐地指出，在精神病的治疗过程中，你只需使病人明白，他们担心的事早已发生过了，他的病就会霍然而愈。用塞涅卡的话来说，"畏惧之外无所畏"。现在，我们的确已无所畏惧，生活已变成了自我劝说，我们无须精神病医师的指导，自己就能够轻易地排除来自精神上的一切障碍。

这篇文章看上去已经不是一篇创作谈，倒像是一个精神病院的医疗报告，在《傻瓜的诗篇》之中，我试图找到疯子与正常人之间存在的某种细微的差别，他们各自的宇宙，他们对待生活中的痛苦与诗意的不同表达方式，以及疯子与正常人共同拥有的暧昧不明的意识领域，而现在看来，它似乎显得有些多此一举了。

1995 年 4 月 21 日于北京

博尔赫斯的面孔

世界上有多少博尔赫斯的读者,就会出现多少种对博尔赫斯的误解。我知道,这句话说了也等于没说。因为,从广义的阅读过程来看,这句话适用于任何一位作家。我这里要强调的是博尔赫斯的别具一格的写作方法。尽管有许多国外的学者在评价博尔赫斯时,都不约而同地认为,他的风格和创作方法是前无古人的,但我仍然认为,博尔赫斯属于一个时断时续却相对稳定的文学和哲学传统。在哲学上有叔本华、休谟、卢克莱修和帕斯卡尔,而文学上则有威尔斯、霍桑和卡夫卡。

我说博尔赫斯易遭误解,首先一个理由是,他试图表达的内容,在常人看来本来就是虚幻的。其次,他用的手法是隐喻性的,他是一个无可争议的比喻收藏家。《玫瑰色街角的人》的作者与《一个无可奈何的奇迹》的作者似乎并不能算是同一个人(博尔赫斯本人也有类似的描述);而写作抒情诗、哲理随笔、叙事诗小说、文学论文的博尔赫斯分别具有不同的面孔。

所有这些面孔糅合、叠映出一个完整的形象,这就是我要在这里谈论的博尔赫斯：一个阿根廷人，一个双目失明的人，一个家禽市场检验员，一个图书馆的馆长，当然还有更重要的一个身份，一位冥想者。

一个人要是过多地沉湎于冥想，沉湎于那些由宇宙的浩瀚和时空的无穷奥妙所组成的虚幻之境中，他本人也很容易成为虚幻的一个部分。博尔赫斯认为，他所面对的这个世界本来就是虚幻的，不堪一击，弱不禁风。它是由一个更高意志（智慧）的主宰（也许是上帝）所做的一个无关紧要的梦。另一个梦，是博尔赫斯和所有的人共同完成的，从某种意义上说，它就是日常生活。

应当说，博尔赫斯的冥想或梦本身就是最完整的作品，它是秘密的，不可言说的，如果一定要说，只能借助于隐喻或比方，由此，博尔赫斯留下了一些关于这个世界图景的作品，诗歌、小说、随笔和文论，数量不算多。其中有些混乱复杂、曲径分岔，另一些则简洁、流畅。

博尔赫斯一生依赖于书本，前人的文字不仅哺育了他的想象，给予他形式技巧和哲学方法，也给了他取之不竭的素材。但博尔赫斯对于书籍和文字亦持有某种深刻的怀疑，和所有的写作者一样，他意识到这是一个难以克服的矛盾。他曾经用暧昧的语调谈起人类历史上的焚书事件，谈起中国的秦始皇，那些没有成功的文化劫难。当然，他也曾不止一次地谈到卡夫卡焚毁自己手稿的行为，博尔赫斯不想模仿他。要是没有了文字和书籍，甚至没有了语言，这个世界会变得更好还是更坏？博尔赫斯即便有了自己的答案，他也绝对不会说出来。

博尔赫斯虽然并不否认卡夫卡作为一个描述官僚制度和人类绝望困境的作家所具有的意义，但他更愿意将卡夫卡看成一个幻想小说的作家，卡夫卡的作品"修改了我们对于过去的观念"，也就是说创造了幻想小说的先驱，属于由芝诺、韩愈、克尔恺郭尔、勃朗宁、布洛瓦和邓萨尼勋爵共同创造的没有边界（国界）的传统的一部分。这一论述本身即带有幻想的成分。

在谈到另一位爱好冥想的作家霍桑时，博尔赫斯同样充满了敬意。霍桑让博尔赫斯敬佩的，并不是他那部名闻遐迩的《红字》，而是那些想象奇特、气氛灰暗、主题古怪的短篇小说，包括那篇著名的《韦克菲尔德》。

博尔赫斯在一篇分析霍桑的长文中，用了很大的篇幅来分析韦克菲尔德怪异的行为。读过这篇文章的人也许都会有这样的印象，博尔赫斯对故事的复述与解析，其魅力也许超过了霍桑的作品本身。一个人感到绝望，受到诱惑，在列夫·托尔斯泰那里，往往是生活现实的巨大压力所致，至少，被引诱意味着引诱者的存在。而在霍桑的那些多少有点深奥的短篇小说中，一个梦、一个一闪而过的意念就足以让人脱胎换骨，从日常生活的天堂坠入自我怀疑的地狱。

也许正是这种倾向迷住了博尔赫斯，他和霍桑一样，都是意念大师。霍桑首先是一个幻想者，其次才是作家。博尔赫斯在做出这样的论断的同时也公布了他的理由：霍桑身后留下了多达数千个故事的构思，但霍桑并未将它们写成小说出版。也就是说，作者本人是作品唯一的读者。

博尔赫斯认为，写作很像是一个人写给自己的愉快而无用的信件，只不过是游戏。他这样说，并非是故作惊人之语，因为，在他看来，整个人的生命都是游戏的一部分，没有任何实质性的意义。这是一种充满野心和自负的谦逊。他骨子里的优越感和悲哀都同样突出。

有人说，博尔赫斯的小说是超政治（或者说超越现实）的，他观察、思考世界的方式基本上是唯心主义的，他的哲学和世界观则是相对主义和虚无主义的。从本质上来说，他认为世界是不可知的、神秘的。这些笼统的说法并没有错，也许正是这些笼罩在他身上的特殊的光环吸引了世界各地的大批年轻的追随者，当然也招致了很多批评和轻视。

在众多的追随者眼中，博尔赫斯的小说由于远离了社会现实、政治层面的一般描述和典型化的创作方法，反而给"想象力"留下了足够多的空间，从而解除了创作上的许多束缚。

中国二十世纪八十年代中后期的创作广泛受到博尔赫斯的影响，并不意味着中国的作家完全理解并接受了博尔赫斯的哲学思想，相当一部分人只不过是借助他作品的幻想色彩，为处于敏感的政治学、庸俗的社会学、陈腐的历史决定论重压下的中国文学找到一条可能的出路，这是一个权宜之计。这也在某种程度上导致了副作用的出现，那就是对博尔赫斯的误解。

一位很有影响的当代著名作家(我在这里就不说他的名字了,但愿他看到这篇文章能够发出会心一笑)在向我推荐《小径分岔的花园》的时候,曾经严肃地向我指出,博尔赫斯是文学界的爱因斯坦,他改变了文学基本格局的发展趋势,从此,世界文学将翻开新的一页。

还是这个人,到了九十年代中期(当时,博尔赫斯已经不那么时髦了),突然来到我的住处,再一次严肃地向我指出:我们的创作再也不能这样下去了,像博尔赫斯那样装神弄鬼是完全没有前途的。我记得我妻子当时是这么回答的:我们从来就没觉得博尔赫斯是在装神弄鬼。言下之意:你才装神弄鬼呢。我的这位朋友当然很不高兴。坦率地说,直到今天,我仍然对博尔赫斯有所眷恋,这被许多人认为不可救药。

在二十世纪八十年代,博尔赫斯是一个炙手可热的标签,一经贴上,作品似乎立即熠熠生辉。而如今,情况又倒了过来,他成了一个人人避之不及的猛虎,人们要去衡量一个作家是否还有前途,就要看他是否还在喜欢博尔赫斯。

这使我想到,自从新时期以来,中国文学创作波诡云谲,各种思潮、观点、叙事方式你方唱罢我登场,很是热闹。一代又一代的作家,横空出世,如过江之鲫,各展身手,令人目不暇接。但仔细一想,热闹倒是热闹,若说真正在文学观念上有什么长足进步,倒也很难说。非此即彼的评价方式,以进化论为基础的文学史观,庸俗社会学的批评方式并无太大的改变。

说起非此即彼的评价方式,我想到了加西亚·马尔克斯在《霍乱时期的爱情》中的一个场景:一名歹徒在深夜用手枪拦住了一名行路人,在打死他之前,给了他一个机会,根据他的回答来决定他的生死。他的问题是:"你是喜欢民主党,还是共和党?"行路人意识到,他活命的机会只有50%(而实际上他的机会远远没有50%),如果说错了,只有死路一条。小说读到这里的时候,我也不禁有些头皮发麻,我想象我要是那个行路人的话,大概会用抛硬币的方法来决定。因为很显然,我无法了解歹徒的政治倾向,只能任意选择一下,听天由命了。最后的结果出人意料。行路人想了一下,回答道:"两个我都不喜欢。"歹徒满意地笑了:"你答对了,我饶了你。"

事实上,我也经常碰到有人向我发出这样的逼问。不过,提问者手里没有枪,无论我怎样回答,后果没有马尔克斯小说中的人物那么严重。比如,"你是喜欢巴尔扎克,还是福楼拜?""喜欢凡·高,还是塞尚?""你喜欢德沃夏克,还是亚那切克?""你是喜欢《红楼梦》,还是《金瓶梅》?"诸如此类。这种二者必居其一的低智游戏真的让人不胜其烦。当我碰到"你喜欢博尔赫斯吗?"这样的问题时,我总是充满了警惕。

有一次,在华东师大,我骑车经过丽娃河上的大桥时,一个剃着光头的古代文学专业的研究生把我拦住了。他说要和我谈谈,让我去他的宿舍好好谈谈。我根本不认识这个人,但居然跟着他去了他的住处。开始我们谈得还好,但不久之后就说到了博尔赫斯。他像是若无其事地问了我一句:"听说你喜欢博尔赫斯?"我点了点头。他又问:"现在你还喜欢他吗?"我又点了点头。他忽然就不说话了。半天才摇了摇头,叹了口气,向我宣布道:"你完了!"我一时没有回过神来,遂问他是什么意思。这个人挠了挠头,充满同情地重复了一遍刚才的话:"你完了,彻底完了,竟然喜欢一个三流作家。"

"你凭什么说他是三流作家?"

"他只会玩弄文学游戏。"

"你有什么根据?"

"他自己就说过嘛,文学只不过是游戏。"

"他所说的'游戏',跟你所理解的'游戏'也许不很一样……"

"一样,都是无病呻吟。"

接下来,他又发表了一通高论,大抵是人民养活了你们这些作家,你们却在玩文学游戏,很不道德之类的话。我想了想,就问他是否喜欢王国维。"那当然了,王静安这三个字可不是随便叫的。"

"王国维也说过'文学是游戏'同样的话呢。"

"他说过吗?"

我告诉他,王国维在《文学小言》一文中曾明确写道:"文学者,游戏的事业也。"

"他怎么能说这么糊涂的话呢? 不可能。"

我也没有与他争辩,就起身告辞了。后来,我又在校园里碰到过他一次,说来奇怪,仍然是在丽娃河的桥头。这一次,他告诉我,他已经决定抛弃王国维了,还说,这个人最后自沉于颐和园,境界有问题云云。望着他那瘦弱的背影,我心里忽然生出一种怅惘之感,总觉得自己有什么地方对不起王国维。

至少就中国的文学界而言,博尔赫斯为人诟病最多的莫过于他的"游戏说"。尤其是在那些以倡导所谓"终极关怀""精神归宿""现实苦难"为己任的批评者眼中,"游戏"二字实在是过于刺眼了。他们全然不去考虑,作为一个人,博尔赫斯所持有的严肃的政治立场,创作上一丝不苟的态度,他对极权、独裁政治的憎恶与蔑视。他就是因为在反对庇隆政权的宣言上签名而被革去市立图书馆馆长一职的。他们不去探究博尔赫斯的游戏与阿根廷的社会现实构成的隐喻关系。他们忘记了,博尔赫斯所描述的主题,不仅在西方渊源已久,在中国亦是代代相续,从未断绝。

除了"游戏说"之外,博尔赫斯还时常在文章和讲演中发表一些令人费解的惊人之言。比如,一个人只能成为众人,而不能成为他自己;比如,作家创造他的先驱,而不是相反;再比如,一个人其实并没有生命,他的无数个夜晚连一夜也不存在;全世界的人都在写同一本书;世界各个民族地区的文学都具有完全相同的价值等等。

假如我们仅仅从这些话语的字面来看(而不去考虑他的上下文关系,不管他的言论中所包含的隐喻),这些话无异于痴人说梦。我们不妨来看看,"一个人其实并没有生命"这句话的上下文,在他耸人听闻的言词之下,究竟想表述什么样的思想。

在1824年8月上旬，伊西多罗·苏亚雷斯上校率领着秘鲁的轻骑兵队，决定了胡宁的胜利；1824年8月上旬，德·昆西发表了一篇对Wilhelm Meisters Lehrjahre（歌德《威廉·麦斯特的学习时代》）的激烈抨击；这些事件并非同时代的（它们现在是了），因为这两个人死去时——一个在蒙得维的亚城，另一个在爱丁堡——都不知道对方的一切……

每一个时刻都是自立的。无论是复仇、宽赦，甚至遗忘，都无法修改无懈可击的过去。对于我，希望与恐惧似乎也同样的虚幻，因为它们总是指向未来的事件，即指向不会发生在我们身上的事件，我们是细致入微的现在。

我被告知现在，心理学家们的似是而非的现在，延续期介于几秒钟到一秒钟的一段微小碎片之间；那也可以是宇宙历史的持续时间。也就是说，并没有这样的历史，正如一个人并没有生命；他的无数个夜晚甚至一夜也不存在；我们生活的每一个时刻存在，但不是它们想象性的联结。宇宙，事物的总和，是一堆聚集物，同莎士比亚在1592至1594年间梦想的所有马匹的聚集一样只存在于臆想之中——一个，许多，没有？我补充：倘若时间是一个心理的过程，那么成千上万的人——甚至两个不同的人——如何能够将它分享？

博尔赫斯在这里试图证明的，是历史和时间的非连续性，也就是说，我们习以为常的连续性和因果关系只不过是一种假象，一种装饰物。

卡夫卡曾经论述过这种装饰物的各种变形。随着文明的发展,这种装饰物亦会变得更加繁多(用博尔赫斯的话来说,"像镜子一样迅速繁殖"),令人眼花缭乱。这种因果关系、连续性表面上看来是不言自明的,异常坚固、逻辑严密,而实际上却经不起推敲。

从时间上来看,伊西多罗·苏亚雷斯上校和德·昆西的不同作为,发生于同一时刻(1824年8月上旬),但这种时间上的重叠在博尔赫斯看来毫无意义,他们有着不同的文化背景,不同的行为动机,行为也产生不同的后果,由此,博尔赫斯认为,这两个处于同一时间段的人其实不属于同一个时代,每一个个人的时刻实际上都是自立的,单独的,孤立的。

另外,即使是一个人的生命,其实也是不连续的,因为一个人假如因为犯了罪而被处死或监禁,惩罚是不能修改过去的。而对于未来,博尔赫斯进一步论证道,我们对于未来有着无数的想象、希望或恐惧,但绝大部分对于未来的想象都不会被证实。即便勉强被证实(比如一个人的命运兑现了他期待中的成功),那也是一种假象。(我记得歌德在《浮士德》中也表述过类似的思想)

博尔赫斯就此得出结论说,一个人的生命的每一个瞬间其实也是不连续的,而我们认为它是连续的,这是一种文化、文明进程带来的幻觉。你不会两次踏入同一条河流:河流早已变化,而你也是不同的。我们只能生活于每一个稍纵即逝的瞬间之中,这是个人命运的悲剧所在。

但是，博尔赫斯并不是在一个普泛的意义上决然否定文明进程的连续性和因果关系，他始终是从一个个人的立场来看待这个问题的。从人类、集体的角度来说，哲学、科学，甚至心理学所建立起来的连续性当然可以自圆其说，但具体到个人，一切都会成为问题。人类的文明、进步和愚昧都不能担保一个人的幸福与不幸。

正如卡夫卡在极度悲哀绝望之中，也拒绝将个人的痛苦普遍化，荒谬或绝望只能是一个单独个人的荒谬感和绝望感。一个人不小心于某一个时间段沦为一个不幸的人，只不过恰好在这个瞬间，"上帝的心情不太好"。博尔赫斯引用萧伯纳的话进一步来证明上帝的正义：谁杀死一个人，谁就毁灭了世界。

你所能遭受的是世上所能遭受的最大的一份。倘若你死于饥饿，你将遭受曾经有过或将有的所有饥饿。倘若一万人与你一同死去，他们和你共命运不会使你一万倍的饥饿也不会使你的饥饿时间增长一万倍。别让自己被人类苦难的可怕总和所压倒；这种总和并不存在。无论是贫穷还是痛苦都不是累积的。

尽管博尔赫斯否认时间的连续性，但他并不否认在时间的长河中（或者说在一个人漫长的一生）所发生事件的暗中联系。实际上，博尔赫斯一直致力于寻找这种联系。这种联系并不由时间的先后顺序来排定秩序，当然，表面上的因果关系也不堪一击。他试图从不同的空间／时间发生的事件中找到共通点或相类性。博尔赫斯经常表述的一个内容是记忆或感觉上的似曾相识,他最喜爱的一个词语是"重复"。一个人就是所有的人(而非叠加与部分),在某一个时间的连接点上,韩愈就是卡夫卡或克尔恺郭尔,某一位莎士比亚的读者就是莎士比亚本人(否则,我们如何解释读者在阅读莎剧时的感同身受)。

除了时间的非连续性之外,博尔赫斯的另一个主题则是时间的非逻辑混乱,这种混乱与语言(表述)本身的逻辑性要求构成了矛盾,两者之间的缝隙正是博尔赫斯非凡的想象力得以驰骋的空间。《巴别图书馆》是一个很好的例证,另一个例证更为著名,那就是《小径分岔的花园》。

为了分析的方便,我们不妨将《小径分岔的花园》分为两个部分:"故事"和"哲学"。

我们先来说说"故事"的这个部分,它的确有些类似于美国或欧洲的间谍小说,情节安排十分紧凑,扣人心弦。

一个黄种人(作者暗示他是中国人),第一次世界大战中为德国人做间谍。他发现英国人布置了十三师的兵力(在一千四百门大炮的支持下)准备于7月24日向塞尔—蒙托邦一线发动攻击。英国的炮兵阵地在安克雷(又名阿伯特),这是一份重要的情报,他必须尽快将它报告给德国军方。问题是,他在得到这一情报的同时,一直在缉捕他的英国特工马登上尉也恰好发现他的行踪(时间发生了不可思议的重叠)。于是间谍在马登上尉的追捕下,开始逃亡。这名间谍知道,他一旦被马登发现,是很难逃脱的,他必须在被马登抓住或打死之前将那份重要的情报送出去。要完成这看来是不可能完成的使命,也只有一小段的时间可以利用。这段时间的长度恰好等于他与马登上尉之间的距离。

其次是方式,他怎么才能把这份情报送出去呢,他灵机一动,想出了一个绝妙的方法(也只有博尔赫斯才会为他的主人公想出这么一个方法):打死一个名叫阿伯特的人(我们已经知道,阿伯特是安克雷的别名)。他希望报纸对于这个名叫阿伯特的人突然被打死的报道,能够让他的德国元首有所警觉,从而能由这个人的名字猜到英军炮兵阵地的地名:安克雷(阿伯特)。他从电话号码簿上查到了一个名叫阿伯特的人,他住在范顿(这一行为是随机的,了解这一点,对于理解这篇小说十分重要)。于是这名间谍跳上一列火车,赶往范顿。他心里只有一个愿望,就是在被马登抓住之前杀死那个名叫阿伯特的人。

故事讲到这里,我们忽然发现,一个与事件原本毫无关系的人,阿伯特,已经被硬拉进了这个事件中来了,并成了某种关键的因素,具有荒诞意味的是,这个阿伯特对此一无所知。

博尔赫斯在这篇小说中有一句非常重要的话,重复了多次:"未来提前存在。"我们也可以说,在这名间谍在电话簿上查到阿伯特的住址的那一刻,阿伯特在某种意义上已经死了。博尔赫斯在此揭示了个人命运的荒诞逻辑。最后,间谍来到了范顿,按照事先的设想打死了阿伯特(他在死的时候,仍然不知道自己为何要被打死)。

阿伯特到底是一个什么样的人呢?

小说由此进入了第二个部分,我们把它称为"哲学"部分。阿伯特是一个中国通,对《红楼梦》有着精深的研究,在天津做过传教士。当间谍突然出现在他的花园中时,阿伯特并不知道造访者的隐秘意图,他们于是开始了交谈。小说的故事到这里突然陷入了停顿。这个停顿显示出了作者良好的文体意识以及叙述上的分寸感。马登虽然像影子一样跟随着这个间谍,但他要立刻找到后者,需要一段时间,因此这个停顿在情节安排上是合理的;其次,从阅读效果上来看,读者由于被紧张的故事所牵挂,他们在没有彻底弄清楚故事的来龙去脉之前,保持着足够的耐心,因此,这个停顿为博尔赫斯正面阐述自己的哲学主张提供了保证。

这个部分在小说中几乎占据了60%的篇幅(由此也可以看出作者叙事的重心所在),当然这部分内容是通过间谍与阿伯特两人之间的对话来完成的。他们从《红楼梦》谈到迷宫,从一个名叫崔朋的云南总督谈到花园里的分岔的小径,所有这些事物都指向一个核心,那是一个谜语的谜底,是时间。阿伯特有这样一段话特别耐人寻味:小径分岔的花园是按照崔朋的想象而描绘出的一个不完整,但也不假的宇宙图像。与牛顿和叔本华不同,您的祖先不相信单一、绝对的时间,认为存在着无限的时间系列,存在着一张分离、汇合、平行的种种时间织成的、急遽扩张的网。这张各种时间的互相接近、分岔、相交或长期不相干的网,它包含着全部的可能性。这些时间的大部分,我们是不存在的;有些时间,您存在而我不存在。这段时间里,给我提供了一个偶然的良机,您来到我的家;在另一段时间里,您穿过花园以后发现我已经死了;在另一段时间里,我说着同样的这些话,可我是个失误,是个幽灵。

故事中的这两个部分是可以彼此印证,互相说明的:"故事"为哲学提供了实例,而"哲学"表述则赋予了"故事"以更普泛的意义。而实际上,我们可以说"哲学"是"故事"的一个部分,反过来说也同样成立,通过阿伯特的死,两个部分融为一体。

博尔赫斯的早期小说,如《世界性的丑事》,主要是通过一个个清晰、单纯的故事来表述他的哲学观念,随着《小径分岔的花园》的出现,作者开始尝试在故事中插入另外一些因素,从而使文体变得更加繁复,这些被插入的因素涉及哲学、历史学、语言学、诡辩术、宗教史和地理学等等。

而在《阿莱夫》《赫尔伯特·奎因作品分析》《一个无可奈何的奇迹》等小说中,博尔赫斯尝试用学术论文的方式写小说。由此观之,在作者一生的创作中,有一个逐渐淡化故事的总体趋向,尽管这样一个趋向并不能覆盖所有的事实——作者晚年仍然没有放弃写作单纯故事的癖好。关于这一点,我们在作者的诗歌写作中也能找到同样的例证。

在诗歌中,尤其是《布宜诺斯艾利斯的热情》,博尔赫斯让我们看到了作者在小说和文学论文中被过滤掉的激情,但随着《圣马丁札记簿》的问世,博尔赫斯的创作变得冷静了许多,而在《另一个、同一个》《博物馆》等诗集中,博尔赫斯的书卷气和思辨性则变得更加浓郁。

1969年,作者在几本早期诗集的再版序言中,明确地对早期诗歌的伤感、雕饰和忧郁做了批评性回顾:

> 那时候,我寻求日落,城市外围的陋巷,和忧伤,
> 如今我寻求黎明,都市,和宁静。

一个作家的命运是奇怪的,起初,他是巴洛克式的——炫耀的巴洛克式——多年以后,他会得到的,假如吉星高照的话,不是在其中毫无一物的简洁,而是一种谦逊而隐蔽的繁复。

关于博尔赫斯的成就,似乎有两种说法:在诗人的眼中,博尔赫斯的诗歌是最值得珍视的,叙事性小说本来就不值一提;而小说家则相反,他们认为"短篇小说"的写作体现了博尔赫斯艺术的伟大成就,也奠定了他在文学史上的地位。但在我看来,这种分辨并不重要,无论是诗歌,还是小说,博尔赫斯在写作过程中都具有一种向学术论文过渡的倾向,也就是说,他在骨子里也许既不是一个惠特曼式的抒情诗人,也不是一个卡夫卡式的小说家,而是一个卢克莱修式的感知命运偶然性,并加以审慎表述的散文作者,一个切斯特顿那样的幻想者。

在诗人的眼中,博尔赫斯的诗歌是最值得珍视的,叙事性小说本来就不值一提;而小说家则相反,他们认为"短篇小说"的写作体现了博尔赫斯艺术的伟大成就,也奠定了他在文学史上的地位。但在我看来,这种争辩并不重要……

一本书打开一个世界

欢迎订购、合作

订购电话：0571-85153371

服务热线：0571-85152727

KEY-可以文化　　浙江文艺出版社　　天猫旗舰店

关注 KEY-可以文化、浙江文艺出版社公众号，及浙江文艺出版社天猫旗舰店，随时获取最新图书资讯，享受最优购书福利以及意想不到的作家惊喜